KB172379

겐지이야기

9

GENJI MONOGATARI

by Murasaki-Shikibu, re-written by Jakucho Setouchi

Copyright@1996 by Jakucho Setouchi

Original Japanese edition published by Kodansha Ltd.

Korean translation rights arranged with Jakucho Setouchi

through Japan Foreign-Rights Centre

Translated by Kim Nan-Joo

Published by Hangilsa Publishing Co., Ltd., Korea, 2007.

「이 도서의 국립중앙도서관 출판시도서목록(CIP)은
e-CIP 홈페이지(http://www.nl.go.kr/cip.php)에서 이용하실 수 있습니다.
(CIP제어번호: CIP2006002747)」

겐지이야기

9

◆ 무라사키시키부 지음
◆ 세토우치 자쿠초 현대일본어로 옮김
◆ 김난주 한국어로 옮김
◆ 김유천 감수

한길사

源氏物語
겐지
이야
기
⟨9⟩

지은이 · 무라사키 시키부
현대일본어로 옮긴이 · 세토우치 자쿠초
한국어로 옮긴이 · 김난주
감수 · 김유천
펴낸이 · 김언호
펴낸곳 · (주)도서출판 한길사

등록 · 1976년 12월 24일 제74호
주소 · 10881 경기도 파주시 광인사길 37
　　　www.hangilsa.co.kr
　　　E-mail: hangilsa@hangilsa.co.kr
전화 · 031-955-2000~3　　팩스 · 031-955-2005

제1판 제1쇄 2007년　1월　1일
제1판 제5쇄 2024년　2월 29일

값 15,500원
ISBN 978-89-356-5812-1　04830
ISBN 978-89-356-5814-5 (전10권)

◆ 잘못 만들어진 책은 구입하신 서점에서 바꿔드립니다.

그리움에 한도가 있어

언젠가는 사라질

이 세상이라면

겐지이야기 9

햇고사리	17
거우살이	47
정자	165

홍매화의 기억 | 세토우치 자쿠초   249

참고 도판   273

계보도   284

연표   286

어구 해설   289

인용된 옛 노래   299

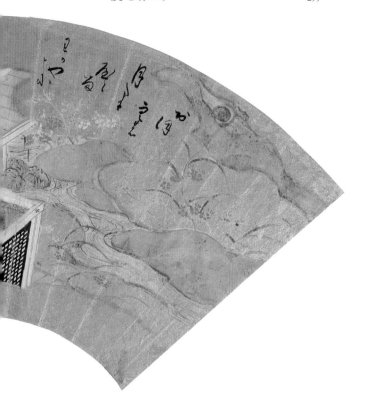

❀ 이 책은 무라사키 시키부(紫式部)의 고전소설 『겐지 이야기』(源氏物語)를
세토우치 자쿠초(瀬戸内寂聴)가 현대일본어로 풀어쓴 것을 한국어로 옮긴 것이다.

❀ 처소명에 따라 붙여진 등장인물의 이름은 처소를 나타낼 땐 한자음으로 읽고,
인물을 가리킬 땐 소리 나는 대로 썼다. 따라서 동명이인이 많다.
예1: 장소 승향전(承香殿); 인물 쇼쿄덴(承香殿) 여어.
예2: 장소 여경전(麗景殿); 인물 레이케이덴(麗景殿) 여어.
예3: 장소 홍휘전(弘輝殿); 인물 고키덴(弘輝殿) 여어.

❀ 산, 강, 절 이름은 지명과 한글을 혼합해서 달았다.
예: 히에이 산(比叡山), 나카 강(那賀川), 기요미즈 절(清水寺).

❀ 거리, 건물, 직함명 등은 한자음 그대로 읽었다.
예: 육조대로(六條大路), 이조원(二條院), 자신전(紫宸殿), 여어(女御), 갱의(更衣),
대납언(大納言).

❀ 각 첩의 제목은 될 수 있는 대로 뜻으로 풀었다.
첩명 해설은 자료를 바탕으로 옮긴이가 정리해 붙였다.
예: 저녁 안개(夕霧), 밤나팔꽃(夕顔).

❀ 등장인물의 이름은 직함에 따라 한자음으로 읽은 경우와, 고유음 그대로를 살린
경우가 있다. 그밖에 인물의 특징을 잘 보여주는 경우에는 뜻을 살려서 달았다.
예1: 중납언, 대보 명부; 예2: 고레미쓰; 예3: 검은 턱수염 대장, 반딧불 병부경.

❀ 이 책의 말미에 붙은 부록 중 '어구 해설'과 '인용된 옛 노래'는
다카기 가즈코(高木和子)가 작성한 것을 바탕으로 필요에 따라 첨삭했다.
본문에 풀어쓴 것은 생략하고, 필요에 따라 그 내용을 옮긴이가
보완하여 정리한 것이다.

❀ 일본 고유의 개념인 미카도(帝)는 이름 뒤에 올 때는 '제'로, 단독으로 쓰일 때는
'천황'과 '폐하'를 혼용했다.

햇고사리

모두들 떠나간
올해의 쓸쓸한 봄
돌아가신 아버님의 유품이라
뜯어 보낸 이 햇고사리
누구에게 보이면 좋으리

◆ 작은아씨

제48첩 햇고사리(早蕨)

새해, 죽은 하치노미야를 그리워하며 아사리가 산에서 보내준 햇고사리를 받고,
작은아씨가 답가를 보낸다.

옛 노래에도 햇빛은 덤불숲이든 어디든 고루 비친다는 말이 있듯이, 찾는 이 하나 없는 우지의 산골에도 드디어 밝은 햇살이 비치는 봄이 찾아왔습니다.

작은아씨는 그 봄 햇살을 보면서도, 어떻게 이렇듯 긴 세월을 살아남을 수 있었을까 하고 생각하니, 모든 것이 마치 꿈만 같았습니다.

돌고 도는 계절 속에서, 아침저녁으로 꽃의 색과 새들의 지저귐을 언니와 같은 기분으로 바라보고 듣고는 두서없는 노래나마 앞뒤 구절을 맞추어 노래하면서 아버지가 돌아가신 후의 불안하고 힘겨운 세상살이의 괴로움도 원망스러움도 사이좋게 얘기할 수 있었기에 서로를 위로하며 살 수 있었던 것입니다.

지금은 재미있는 일도 마음을 절절하게 감동시키는 일도, 얘기를 나누며 서로를 이해해주는 사람도 없으니 그저 우울한 마음이 갤 날이 없어 홀로 외로이 슬픔에 잠겨 있을 뿐입니다.

아버지가 돌아가신 슬픔보다 죽은 언니가 그리워 쓸쓸함이 더하니, 앞으로는 어떻게 살아가면 좋을까 하여 날이 밝고 해가 지는 것을 느끼지 못할 정도로 슬픔을 가누지 못합니다.

그런데도 이 세상에 살아야 할 수명은 정해져 있으니, 작은아씨는 죽고 싶어도 죽을 수 없는 것이 한스러울 따름입니다.

그러던 차에 해가 바뀌면서 산사에 있는 아사리에게서 문안 편지가 왔습니다.

"새해가 되었는데 아씨는 어찌 지내는지요. 하루도 기도를 게을리하지 않고 있습니다. 지금은 오직 작은아씨의 안위가 염려되니, 온 마음을 다하여 무사함과 행복을 빌고 있습니다. 이것은 절의 동자들이 따와 부처님께 올린 햇것들입니다."

편지와 더불어 햇고사리와 뱀밥을 풍류스러운 바구니에 담아 선물로 보내왔습니다. 필적은 심한 악필이나, 노래는 일부러 멋을 부려 편지의 내용과는 행을 달리하여 적었습니다.

　　돌아가신 하치노미야 님께
　　오래도록 봄마다
　　뜯어 헌상하였던
　　그리운 햇고사리를
　　돌아가신 분의 추억과 함께 보내니

"이 노래를 아씨에게 읽어주십시오."

시녀 앞으로 쓴 편지인데, 몹시 긴장하고 고심하여 지은 노래일 것이라 상상하니, 작은아씨는 하잘것없는 노래에 담긴 심정에 깊은 감동을 느꼈습니다.

그리 깊이 생각하고 있지는 않을 터인데, 적당히 아름다운 말로 사람의 마음을 끌듯 실로 유연하게 써내려간 니오노미야의 상투적인 편지보다는 한결 마음이 감동되어 눈물마저 흐르니, 시녀에게 답장을 쓰게 하였습니다.

모두들 떠나간
올해의 쓸쓸한 봄
돌아가신 아버님의 유품이라
뜯어 보낸 이 햇고사리
누구에게 보이면 좋으리

심부름꾼에게는 녹을 내렸습니다.

지금이 한참 아름다울 때인 작은아씨는 갖가지 마음고생으로 다소 얼굴이 야위기는 하였으나, 그 모습에 도리어 기품과 화사한 아름다움이 더해지니 돌아가신 큰아씨를 한결 닮은 듯 보입니다.

자매가 나란히 살았던 시절에는 각각의 아름다움에서 개성이 두드러져 전혀 닮지 않은 것처럼 보였는데, 요즘은 큰아씨가 돌아가셨다는 것을 깜빡 잊어버리고 작은아씨를 큰아씨라 착각할 정도로 닮아 보입니다.

"가오루 님은 큰아씨의 시신이나마 이 세상에 남겨두고 볼수 있다면 하고 지금도 아침저녁으로 그리워하신다고 하는데. 이왕이면 작은아씨와 부부의 연을 맺었으면 좋았을 것을, 어찌하여 그런 인연은 없었을까."

작은아씨를 가까이에서 모시는 시녀들은 이렇게 아쉬워합니다.

예의 가오루의 부하가 우지 산장의 시녀를 만나기 위해 드나드는 터라, 그때마다 각자의 소식을 들어 알고 있었습니다. 가오루는 여전히 비탄에 젖어 있는 나머지 얼이 빠진 사람처럼 망연하여, 해가 바뀌었는데도 눈에서 눈물이 가실 날이 없다고 합니다. 작은아씨는 지금 와서야 가오루의 깊은 마음을 구구절절 알게 되었습니다.

"언니에 대한 가오루 님의 사랑은 일시적인 충동이 아니었던게야."

니오노미야는 신분이 그러하여 우지를 드나들기가 쉽지 않은탓에, 역시 작은아씨를 도읍으로 맞이하자고 결심하였습니다.

정월에 거행하는 궁중의 연회 등으로 분주한 시기가 지나자가오루는 견딜 수 없는 애틋한 마음을 누구에게 털어놓으면 좋을까 하고 생각한 나머지, 니오노미야를 찾아갔습니다.

고즈넉한 해질 녘, 니오노미야가 툇마루 끝에 나와 앉아 쟁을퉁기면서 좋아하는 홍매향을 음미하고 있을 때였습니다.

가오루가 그 홍매의 아랫가지를 꺾어 쥐고 다가가니, 그 향이 뭐라 형용할 수 없이 그윽하여 니오노미야는 때가 때인지라 흥미롭게 느끼며 노래를 지었습니다.

이 홍매꽃은
꺾은 그대를 닮았는가
겉으로는 색향을 풍기지 않고
안으로 향내를 감싸고 있구나

그저 꽃을 바라보는 내게
공연한 시비를 걸다니
그리 소중한 꽃이라면
조심하여 꺾을 것을

"공연한 억측이네그려."

이렇게 농담을 주고받을 수 있는 것도 막역한 친구 사이이기 때문입니다. 속내를 털어놓고 친밀한 대화를 나눈 후에 니오노미야가 우지 산골의 근황을 물었습니다.

"그쪽은 요즘 어떻게 하고 있는가."

가오루는 큰아씨를 지금도 잊지 못하고 있으니, 슬펐던 일, 즐거웠던 일, 만난 당시부터 지금까지 하루도 큰아씨를 잊지 않았던 추억을 세속에서 말하듯 '눈물 반 웃음 반'으로 얘기하였습니다. 니오노미야는 가오루 못지않게 특히 바람기 많은 남자 특유의 눈물이 많은 성품인 터라, '타인의 신세타령을 들으면서 소맷자락을 짜낼 듯이 눈물을 흘리고' 마치 부모라도 된 듯이 맞장구를 칩니다.

날씨마저 사람의 슬픔에 동조하듯 사방에 어둡게 안개가 꼈습니다.

밤이 되어 바람이 세차게 몰아치니, 아직은 겨울이라 주위가 서늘하고 등불마저 때로 꺼져버립니다. 매화향도 두 사람의 향내도 숨길 수가 없으나 '봄날의 어두운 밤은 아무런 소용이 없으니'라는 노래처럼 어슴푸레하여 얼굴조차 확실하게 보이지 않습니다. 그런데도 두 사람의 얘기는 그칠 줄을 모르니, 해도 해도 끝나지 않는 얘기를 마음이 후련해지도록 다 하지 못하고 끝내 날이 밝고 말았습니다.

세상에 예가 없을 정도로 특별한 가오루와 큰아씨와의 친밀한 관계를 니오노미야는 아직도 의심하는 듯합니다.

"그렇듯 결백하다고는 하나, 아무리 그래도 설마 그렇게 깨끗한 사이로 끝나지는 않았을 터이지."

니오노미야가 이렇게 추궁하는 것은 도무지 속수무책인 자신의 성향으로 미루어 상상하는 탓이겠지요. 허나 한편 니오노미야는 만사를 잘 이해하는 분인지라, 슬픔에 갇혀 있는 가오루의 심정이 개운해지도록 위로도 하고 깊은 슬픔이 덜하도록 격려도 하며 여러 가지로 친밀하게 대화를 나눕니다.

그런 니오노미야의 탁월한 말솜씨에 그만 가오루는 가슴속에 쌓인 울적한 갖가지 번뇌를 조금씩 털어놓다 보니, 어두웠던 마음이 활짝 개는 기분이었습니다.

니오노미야도 가오루와 도읍에서 가까운 곳에 작은아씨를 모시려는 계획을 세세하게 의논하였습니다.

"그것 참 잘된 일이로군. 그대로 그냥 놔두자니, 내 잘못으로 작은아씨가 불행해진 것은 아닐까 하여 몹시 후회스러웠는데. 내게는 잊지 못할 그리운 사람을 떠올리게 하는 사람이 그분 말고는 없으니, 어떤 일이든 내가 뒤를 보살피지 않으면 안 될 사람이네. 다만 그대가 그런 나를 이상히 여길까 걱정스럽네그려."

그리고 큰아씨가 작은아씨를 나처럼 여겨달라고 하면서 내게 양보하려 하였다는 얘기도 넌지시 비추었으나, 물론 '이와세 숲의 두견새'가 울 듯한 산장에서의 하룻밤 일은 얘기하지 않았습니다.

마음속에서는 이렇게 언제까지나 잊을 수 없어 그리운 큰아씨의 유품이라 여기고, 자신이야말로 작은아씨와 결혼하여 도읍으로 맞았어야 하는데, 하고 후회스러운 마음이 점차 깊어졌습니다.

'허나 지금 와서 이런 생각을 해봐야 아무 소용없는 것을, 언제까지고 이런 생각을 하고 있다가 엉뚱한 짓을 저지를 수도 있으니. 그렇게 되면 모두에게 불편하고 어리석은 일이 될 터이지.'

이렇게 체념하면서도 작은아씨가 거처를 도읍으로 옮긴다면, 자기 말고는 누가 있어 진심으로 보살피랴 싶으니, 이사 준비 등에 분주하게 손을 써서 준비를 하도록 합니다.

우지에서도 용모가 뛰어난 젊은 여자와 여동을 고용하니, 시녀들도 만족스러운 표정으로 마음이 들떠 있습니다.

작은아씨는 끝내 이곳과도 영원한 이별을 하여야 하나 싶으니, 앞으로 이 산장을 황폐하게 내버려두는 것이 견딜 수 없이 안타까워 슬픔이 끊이지 않습니다. 그렇다 하여 고집을 피워 이곳에 머문다 해보아야 좋은 일이 있을 리가 없습니다.

"깊은 인연을 맺은 우리의 관계가 이대로 끊기고 말 정도로 먼 곳에 거처하고 있는데, 대체 어찌할 생각인지요."

이렇게 니오노미야가 원망을 하는 것도 다소는 합당하다 여겨지니, 대체 어찌하면 좋을까 난감하여 괴로워합니다.

도읍으로 이사할 날짜가 이월 초순경으로 정해졌습니다. 그날이 다가오면서 벚나무에 꽃봉오리가 점차 부풀어 오르니, 아름다운 벚꽃이 한참 필 때가 생각나 아쉬움이 더하였습니다.

'산에 산에 안개가 끼는 이 경치를 버리고 끝내 이곳을 떠나는 것은 북쪽의 고향으로 돌아가는 기러기떼와는 사정이 다르니, 나는 고향도 아닌 여행길의 숙소에 머무는 듯한 신세, 얼마나 그 꼴이 한심할지, 과연 웃음거리가 되는 사태가 벌어지지는

않을지.'

작은아씨는 만사가 불안한 마음으로 남몰래 고뇌하면서 하루하루를 지내고 있습니다.

복상은 기간이 정해져 있는지라, 작은아씨는 드디어 상복을 벗을 때가 되었습니다. 강가의 들판에서 탈상의 예를 치르니, 죽은 사람에 대한 정이 얕은 것처럼 느껴집니다. 어머니의 얼굴은 기억에도 없으니 그리워할 여지도 없습니다. 그 대신 언니의 죽음을 위한 이 상복은 부모님이 돌아가셨을 때처럼 짙은 색으로 물을 들이고 싶었으나, 거기에도 예법이라는 것이 있어 사정이 통하지 않으니 생각대로 되지 않았습니다. 작은아씨는 그것이 견딜 수 없이 슬펐습니다.

탈상의 예를 갖추기 위하여 강가의 들판으로 향하는 수레와 앞을 물리는 사람들, 출발의 절차를 밟기 위한 음양박사 등을 가오루가 보내어 왔습니다.

흐르는 세월의 허망함이여
상복을 입은 것이
바로 엊그제 같은데
화려한 옷으로 갈아입는 날이
일찍이도 왔구나

이렇게 노래 한 수까지 곁들여 참으로 갖가지 아름다운 의상을 선물하였습니다.

도읍으로 이사할 때에 대비하여 수행원들의 축의품 역시 신분에 걸맞게 꼼꼼하게 신경을 써서 과다하지는 않으나 충분하게 준비하였습니다.

"무슨 일이 있을 때마다 옛날을 잊지 않고 배려하여주시는 가오루 님의 친절은 참으로 망극할 따름이지요. 친형제라도 이렇게까지는 하실 수 없을 것입니다."

시녀들은 이렇게 작은아씨에게 말합니다. 특히 소박한 고참 시녀들은 가오루의 이런 실생활에 도움이 되는 실질적인 배려를 진심으로 고마워하며 그 마음을 작은아씨에게 말씀드리곤 하였습니다. 젊은 시녀들은 지금까지 가끔이나마 찾아와주는 모습에 익숙해졌는데, 이제는 전혀 남남이 되어야 하는 것이 서글퍼 이렇게 수군덕거립니다.

"앞으로는 작은아씨도 가오루 님을 무척이나 그리워하게 되겠지요."

가오루 자신은 이사를 하루 앞둔 날 이른 아침에 우지로 내려왔습니다.

평소에 그리하던 대로 손님 방으로 안내를 하였습니다.

'큰아씨가 살아 있었다면, 지금쯤 서로에 대한 서먹함도 가셨을 터이니, 나야말로 니오노미야에 앞서 큰아씨를 도읍으로 맞아들일 생각이었건만.'

이렇게 큰아씨가 살아 있었을 때의 모습이며 이런저런 얘기를 나누던 때의 심정을 떠올렸습니다.

'성정이 고집스럽기는 하였으나 큰아씨는 어디까지나 나를 피하려 하지 않고 뜻밖이라는 식으로 거북한 태도를 취하여 나를 부끄럽게 하지도 않았는데, 다만 내 자신의 심약함 때문에 지나치게 조심한 나머지 결국 맺어지지 못하고 끝났던 것이야.'

가오루는 이렇게 가슴이 메이도록 후회를 합니다. 엿보았던 장지문의 구멍도 생각나 다가가 들여다보았으나, 건너편에 발이 완전히 내려져 있어 방 안이 전혀 보이지 않았습니다.

방 안에서는 시녀들이 큰아씨를 추억하며 훌쩍훌쩍 울고 있습니다. 특히 작은아씨는 넘쳐흐르는 눈물에 숨마저 컥컥 막힐 듯하니, 내일이면 도읍으로 올라가야 할 몸인데 이사는 안중에도 없고 그저 허망한 모습으로 얼이라도 빠진 듯 수심에 잠겨 누워 있습니다.

"몇 달이나 소식을 전하지 못하는 동안 이렇다 할 일은 없었으나 시름은 가슴 가득 쌓여 있으니, 그 한편이나마 말씀드리며 괴로운 마음을 달래고 싶습니다. 지난날처럼 쌀쌀맞게 대하여 불편하게 만들지 마세요. 또다시 그런 일을 당하면 먼 타국에 온 듯한 기분이 들 터이니."

가오루가 말하자 작은아씨는 이렇게 말을 전하라 이르고 난감해합니다.

"그렇듯 혹독하게 대할 마음은 전혀 없었는데, 어찌 된 일인지 제 마음도 평온하지 못하여 어지러운 때인지라, 공연히 이상한 말씀을 드려 결례를 하면 어찌하나 싶어 꺼려집니다."

시녀들이 너무한 처사라고 그리 전하면 가오루가 안쓰럽다고 권하여, 작은아씨는 장지문을 사이에 두고 가오루와 대면하였습니다.

가오루의 모습은 보는 이가 부끄러울 정도로 우아한데 오늘은 성숙한 느낌이 한결 더하니 더더욱 훌륭하게 보입니다. 눈이 번쩍 뜨일 만큼 화사하고 아름답고, 행동거지 하나하나의 예사롭지 않은 깊이며 뭐라 형용하기 어려우리만치 빼어난 분입니다. 작은아씨는 언제까지나 그 모습이 지워지지 않는 언니와 이분의 관계를 생각하며 정겨운 느낌으로 바라봅니다. 가오루는 이렇게 말을 꺼냈습니다.

"경하스러운 출발을 앞둔 오늘, 돌아가신 분에 대한 다할 길 없는 추억담은 삼가야겠지요. 얼마 후면 이사를 가는 댁 근처로 나 역시 거처를 옮길 것이니, '친근한 친구끼리는 밤과 낮 새벽 없이'라고 세상에서 말하는 것처럼 언제든 무슨 일이든 부담 없이 의논을 하여주세요. 내가 살아 있는 한은 무슨 일이든 말씀만 하면 살펴드리고 싶은데, 과연 작은아씨의 의향은 어떤지요. 사람의 생각이 서로 다른 세상이니, 이런 말씀을 드리는 것이 오히려 불쾌하지는 않을까 우려되어 이쪽에서 일방적으로 정할 수도 없는 일이라."

"이 산골 집을 떠나고 싶지 않은 마음이 간절한데, 근처라고 말씀하시니 다시금 온갖 일들이 떠올라 마음이 어지럽습니다.

뭐라 대답을 하면 좋을지 모르겠습니다."

작은아씨는 이렇게 더듬더듬 겨우 말을 이어나갑니다. 도무지 슬퍼 견딜 수 없어하는 모습이 정말 큰아씨를 닮았습니다.

가오루는 자신이 자청하여 이 사람을 남의 손에 넘겼다 생각하니 분하여 견딜 수가 없으나, 지금 와서 새삼 한탄해봐야 소용없는 일이라, 둘이 아무 일 없이 같이 보낸 그날 밤의 일은 한마디도 입 밖에 내지 않고, 마치 잊어버리지는 않았을까 하고 여겨질 정도로 태연한 태도를 취하고 있습니다.

뜰에 핀 홍매가 그 색깔이며 향기도 부드럽기만 한데, 종달새까지 못 보고 지나치는지 우짖으며 하늘을 질러 갑니다. 하물며 나리히라의 노래처럼 '봄은 봄이되 옛 봄은 아니니'이듯 죽은 사람을 추억하며 비탄에 젖어 있는 두 사람의 대화는 때가 때인지라 숙연하고 슬픔에 겨운 것이었습니다.

바람이 휙 불어오니, 홍매향이나 손님인 가오루에게서 풍기는 방향이나 '옛 사람의 소맷자락 향기가 난다'는 감귤꽃은 아니지만, 옛일을 떠올리게 하는 향기입니다.

"따분함을 달랠 때나 괴로운 세상사를 위로할 때나 언니는 늘 이 홍매에 마음을 붙이고 즐겼습니다."

작은아씨는 이렇게 말하며 슬픔이 북받쳐 오르니, 읊조리는 것도 아니나 희미한 목소리가 띄엄띄엄 들려옵니다.

　　비바람에 꽃이 휘날리는 이 산골

내가 떠나고 나면
더는 돌아볼 사람도 없을
이 산골에 죽은 사람 떠올리게 하는
홍매향이 떠다니니

가오루는 그리운 마음으로 화답하였습니다.

그 옛날, 내가 소맷자락을 잡아
사랑했던 이 추억의 홍매는
예나 지금이나 같은 향기를 풍기는데
뿌리째 옮겨 심을 곳은
이미 내가 사는 곳과는 다른 곳

참을 수 없이 솟구치는 눈물을 차분하게 닦으며 가오루는 이런 한 마디를 남기고 자리를 떴습니다.

"앞으로도 간혹 이렇게 뵙고, 무슨 일이든 얘기를 나누고 싶습니다."

가오루는 이사에 필요한 갖가지 준비를 시녀들에게 지시하였습니다. 산장은 예의 턱수염이 텁수룩한 숙직자가 남아 지키기로 한 터라, 그 주위에 있는 자신의 장원 사람들에게 명하며 생활을 돌봐주라 하였습니다. 생활에 필요한 식료품과 옷가지들까지 세세하게 배려하여 빈틈없이 일을 처리하였습니다.

변은 이렇게 말하며 출가하여 여승이 되었습니다.

"이 몸이 동행을 하다니요. 뜻하지 않게 오래 살아 있는 것이 오히려 한심할 지경입니다. 더욱이 이 늙은이를 다들 불길하다 여길 것이니, 지금은 살아 있다는 것조차 사람들에게 알리고 싶지 않습니다."

가오루는 출가한 변을 굳이 불러들여 감개에 벅찬 마음으로 그 모습을 바라봅니다. 늘 그렇게 하듯 그 옛날의 추억을 얘기하여 보라 하면서, 말을 채 끝내지 못하고 울음을 터뜨리고 맙니다.

"앞으로도 나는 간혹 이곳을 찾을 생각인데, 그때 아무도 없으면 허전하고 쓸쓸할 터인데 그대가 이렇게 남아 있어주니 얼마나 고마운지 모르겠소."

'싫다 하면 싫다 할수록 오히려' 오래 살아남는 것이 괴롭고, 또 이 몸은 어찌하라고 홀로 남겨두고 떠난 큰아씨가 원망스러워 견딜 수가 없습니다. 이제 더 이상 '이 세상에는 아무런 미련이 없음은 물론이요 염증이 나고 말아' 눈물로 지새고 있으니, 죄업이 얼마나 클지 모르겠습니다."

변이 이렇게 속마음을 털어놓으니, 가오루는 불평이 많다고 느끼기는 하나 그래도 상냥한 말로 위로하여줍니다.

변은 이제 늙었으나, 그 옛날 젊은 시절의 흔적이 남아 있는 머리칼을 짧게 깎아 이마 언저리의 분위기가 변하고 말았습니다. 그 탓인지 오히려 조금은 젊어진 듯하고 나름대로 품위 있는 여승의 모습입니다.

가오루는 내심 이런저런 생각을 하며 여승이 된 변의 모습마저 부러워합니다.

'그때 마음이 한참 어지러울 때, 어찌하여 큰아씨를 출가시켜드리지 못하였을까. 그때 출가를 하였다면, 목숨을 연명하였을지도 모르고, 그러했다면 여승이 된 모습으로나마 어떻게든 불심이나 내세에 대하여 얘기를 나눌 수도 있었을 터인데.'

가오루는 변이 몸을 숨기고 있는 휘장을 살짝 옆으로 밀면서 다감하게 얘기를 나눕니다. 변은 슬퍼하는 나머지 노망이 든 듯 보이기도 하나, 막상 얘기를 시작하니 그 말투며 취향이 제법 멋스러워 유서 깊은 시녀였던 시절의 흔적이 느껴지는 듯하였습니다.

늙은 몸은
눈물이 앞서는데
눈물의 강에 이내 몸을 던졌다면
그때 큰아씨의 뒤를 따라
죽었을 목숨인데

변은 이렇게 눈물진 얼굴로 노래를 읊었습니다.

"그렇게 죽는 것은 오히려 죄를 짓는 일이지요. 그런 짓을 하였다가는 절대 정토에는 가지 못할 것이니. 그렇게 몸을 던지는 따위의 이상한 짓을 하면 지옥의 나락으로 떨어져 왕생도 하지 못할 것이니 난감한 일이 아니겠소. 이 세상 모두가 무상하다는 것을 깨우치세요. 그것이 바로 이 세상을 살아가는 이치이외다."

> 그대가 몸을 던지겠다던
> 깊은 눈물의 강바닥으로
> 나 역시 몸을 던졌다 한들
> 늘 그리워 견딜 수 없는 그 사람을
> 잊을 수는 없으리니

"대체 언제쯤이면 이 슬픔이 다소나마 가시려는지."

가오루는 그날이 한없이 길게만 느껴집니다. 도읍으로 돌아갈 마음도 없으니, 수심에 잠겨 멍하니 생각하는 동안에 해가 기울고 말았습니다. 이대로 산장에 머물렀다가 니오노미야의 의심을 사는 것도 쓸데없는 일이니 결국은 도읍으로 돌아갔습니다.

변은 가오루가 고통스러워하며 한 얘기를 모두 작은아씨에게 전하고는, 괴로운 마음을 달랠 길이 없어 눈물만 흘립니다.

다른 시녀들은 모두 흡족한 표정으로 옷가지를 만드느라 바느질에 여념이 없으니, 자신의 추한 모습마저 잊고 멋부리기에 정신이 팔려 있습니다.

그런 가운데 변 혼자만이 여승다운 검소한 차림으로 슬픔을
노래로 지어냅니다.

  모두들 상경 준비에
  바늘을 놀리느라 여념이 없는데
  나만 홀로 초라한 여승의 모습으로
  눈물에 잠겨 있으니

  눈물에 젖은 승복을 입은
  그대와 이 내가
  다를 것이 무에 있으랴
  파도에 떠다니는 듯한 불안에
  나 역시 눈물로 소맷자락 적시고 있으니

  작은아씨는 이렇게 노래로 화답하고는 피붙이처럼 친밀하게
얘기합니다.

  "앞으로 도읍에서 사는 일 또한 몹시 힘들 것이라 생각됩니
다. 그리고 자칫하면 이곳으로 다시 돌아올 수도 있으니, 이 산
장을 황폐해지도록 내버려두고 싶지 않아요. 돌아오게 되면 그
대를 다시 만날 수도 있겠으나, 잠시나마 그대 홀로 남겨두고
떠나가야 한다 생각하니 너무도 가엾어 도읍으로 올라가는 것
이 내키기가 않습니다. 그대처럼 출가를 하였다 하여 모두가 세

상을 미련 없이 내던지고 은거하는 것도 아닌 듯하니, 남들처럼 생각하여 가끔은 도읍으로 찾아와주세요."

죽은 큰아씨가 사용하였던 추억이 담긴 가재도구는 모두 이 변에게 남겼습니다.

"이렇듯 남보다 깊이 슬퍼하는 것을 보면, 전생에서 그대와 언니의 인연이 각별하였던 모양입니다. 그렇다면 더욱이 친근하게 여겨지니, 그립고 또한 슬픕니다."

작은아씨가 이렇게 말하니 변은 점점 더 슬픔을 가누지 못하고 어린애가 어머니를 그리워하여 울듯이 눈물짓고 있습니다.

산장 안을 깨끗하게 청소하고 모든 것을 반듯하게 정리한 후, 작은아씨를 맞으러 온 수레 몇 대를 널마루에 대었습니다. 앞을 물리는 역으로 4위, 5위 사람들이 꽤나 많이 당도하였습니다. 니오노미야 자신도 꼭 맞으러 오고 싶었으나, 일이 커지면 오히려 어색할 듯하여 내밀하게 진행하면서 마음만 설레고 있습니다.

가오루 역시 수행원을 다수 보내었습니다. 모든 일에 대해서는 한 차례 니오노미야의 지시가 있었으나, 세세하고 내밀한 일들은 모두 가오루가 빈틈없이 뒤를 보살폈습니다.

"이제 날이 다 저문 듯합니다."

시녀들과 맞으러온 사람들이 일제히 채근을 하여대니, 작은아씨는 차분하지 못한 마음으로 대체 어디로 가는 것일까, 하고 생각하면 그저 불안하고 허탈하여 가슴이 꽉 메어오는 듯하였습니다. 같은 수레에 탄 시녀 대보가 노래를 한 수 지어 읊조리고는 싱글벙글거리며 좋아하는데, 변과는 어쩌면 이리도 다를까 하여 작은아씨는 한심하게 생각합니다.

오래 살다 보니
이렇듯 기쁜 시절도
만날 수 있었는데
행여 세상이 허망하다 하여
우지 강에 몸을 던졌다면

돌아가신 큰아씨를
그리워하는 마음은 변함없지만
도읍으로 올라가는 작은아씨에게는
경하로운 이날
우선은 기쁨이 앞서니

다른 한 시녀도 이렇게 노래하니, 둘 다 옛날부터 산장에서 시중을 들던 시녀로 작은아씨보다는 큰아씨를 더 많이 따랐습니다. 그러한데 지금은 이렇듯 작은아씨에게로 마음이 돌아, 더욱이 오늘은 불길한 말을 피하려 큰아씨에 대한 말은 입에 담지 않겠노라 애를 쓰고 있습니다.

그 모습을 보니 참으로 세상이란 인정머리가 없는 것이라고 그 경박함이 절실하도록 느껴지니, 작은아씨는 한마디도 하고 싶은 마음이 없었습니다.

도읍으로 올라가는 길, 멀고 험한 산길을 처음 두 눈으로 접하자 작은아씨는 지금까지 너무한 분이라고 원망하였던 니오노미야가 우지를 아주 가끔씩 드나들 수밖에 없었던 이유를 알 것도 같아, 다소는 그 옛날의 잘못을 인정하게 되었습니다.

이월 이레의 달이 둥실 떠오르니, 달빛에 비친 정취가 그윽하고 아련한 경치를 바라보면서 도읍으로 가는 멀고 먼 길을 더듬고 있으나, 이런 여행에 익숙하지 않은 작은아씨는 몹시 힘들어, 그만 멍하니 상념에 잠겨 노래를 읊조렸습니다.

　내 몸의 앞날을 생각하고
　하늘을 올려다보면
　산기슭에서 떠올라 하늘을 질러가는 달도
　이 괴롭고 시름에 겨운 세상에 살다 지쳐
　다시금 산으로 기우는 것이라 싶구나

'앞으로 낯선 곳에 사는 자신의 앞날이 어떻게 될 것인지. 이 불안에 비하면 지금까지 긴 세월 무엇이 그리도 괴로웠는지, 지금까지의 마음고생 따위는 하잘것없었다는 생각이 드는구나. 아, 그럴 수만 있다면 옛날을 지금으로 되살리고 싶구나.'

이렇게 앞날에 대한 걱정이 태산 같습니다.

밤도 아주 깊어서야 도읍의 댁 이조원에 도착하였습니다.

본 적도 없을 만큼 훌륭하고 눈이 부시도록 휘황찬란한 건물
이 몇 동이나 처마를 맞대고 있는 곳으로 수레가 들어갔습니다.

니오노미야는 이제나저제나 하고 기다렸던 터라, 수레가 집
안으로 들어오자 몸소 뛰어가 작은아씨를 안아 내렸습니다.

방의 장식물은 화려하여 아름다움의 극치를 이루고, 시녀들
의 방방에 이르기까지 니오노미야가 직접 신경을 썼다는 것을
족히 알 수 있는 더할 나위 없이 이상적인 거처였습니다.

대체 어떤 대접을 받을 것인가 하여 불안해하던 사람을 갑자
기 이렇듯 정중하게 환대하자, 세상 사람들도 어떤 분인가 궁금
하여 두 눈을 부릅뜨고 놀라고 있습니다.

"니오노미야가 이분에게는 애착이 큰 모양이로군. 저렇듯 귀
히 여기는 것을 보면 작은아씨란 분이 아주 출중한 게야."

가오루는 이달 이십일즈음에 새로 짓고 있는 삼조궁으로 이
사할 예정입니다. 요즘은 하루도 빠지지 않고 삼조궁을 찾아가
일의 진척 상황을 지켜보고 있습니다. 그곳에서 이조원은 그리
멀지 않은 터라, 작은아씨가 도착하였다는 소식이나마 들으려
고 밤이 깊도록 그쪽에서 기다리고 있었습니다.

우지로 내려 보낸 수행원들도 모두 돌아와, 이런저런 상황을

보고합니다.

니오노미야가 작은아씨를 무척이나 마음에 들어하며 극진하게 맞아들였다는 말을 듣자, 가오루는 기뻐하면서도 마음속으로는 자청하여 한 일이기는 하나 참으로 어리석은 짓을 하였다고 가슴이 메이는 듯한 기분이 드니, '되찾고 싶구나'라는 노랫말을 혼자서 몇 번이나 중얼거리면서 트집이라도 잡고 싶은 심정입니다.

　비와 호를 노 저어 가는 배의
　활짝 펼쳐진 돛처럼
　우리 두 사람의 인연
　깊이 맺어진 것은 아니나
　하룻밤을 함께한 사이이거늘

유기리 우대신은 여섯째 딸을 니오노미야와 혼인시킬 날을 이월로 예정하고 있었던 터에, 니오노미야가 뜻하지 않은 사람을 자신의 딸보다 먼저 정중하게 맞아들이고 육조원을 멀리하면서 전혀 돌아보지 않으니, 몹시 기분이 상하였습니다.

그런 소문을 들은 니오노미야는 안되었다고 생각하면서 때로 여섯째 딸에게 편지를 보냅니다.

딸의 성인식을 온 세상에 평판이 자자할 정도로 성대하게 준비하였는데, 날짜를 연기하는 것도 웃음거리가 될 듯하니 이십일경에 그 식을 거행하였습니다.

유기리 우대신은 가오루를 염두에 두고 적당한 사람을 중개인으로 내세워 가오루의 심중을 넌지시 떠보았습니다.

'같은 가문끼리 인연을 맺는 것이 그리 드문 일은 아니나, 가오루를 남에게 양보하자니 참으로 아깝구나. 차라리 가오루를 여섯째의 사위로 삼을까. 풍문에 듣자 하니, 오랜 세월 은밀히 연모하였던 사람을 잃고 크게 낙담하여 수심에 잠겨 있다고 하니.'

"사랑하는 사람을 앞세우고 이 세상의 무상함을 두 눈으로 똑똑히 본 지 오래지 않아 아직도 비탄에 잠겨 있는데다 자신의 몸마저 불길하게 여겨지니, 어떤 혼담이 있다 한들 결혼 따위는 꿈도 꾸고 있지 않습니다."

그러나 가오루는 이렇게 단호한 태도를 보였습니다.

"나는 진심으로 청을 넣었는데, 왜 그 사람까지 이런 나를 소홀히 여기는 것일까."

유기리 우대신은 이렇게 원망을 하나, 같은 형제라 하여도 가오루는 모두가 경의를 표하는 훌륭한 분인지라 강권할 수는 없었습니다.

꽃이 한창일 무렵, 가오루는 근처 이조원의 벚꽃을 밖에서 바라보다가 주인 없는 우지의 산장이 가장 먼저 떠오르니, 그리움을 견디다 못하여 홀로 옛 노래를 읊조리며 니오노미야를 찾아갔습니다.

　　주인 없는 집의 벚꽃은
　　스스럼없이 바람에 날리며 지는구나

　니오노미야는 주로 이조원에 있으면서 작은아씨와 금실 좋게
사는 생활에 푹 빠져 있는지라, 가오루는 참으로 바람직한 일이
라 생각하면서도 왠지 불손한 마음이 끓어오르기도 하니 자신
의 마음을 알 수 없었습니다. 허나 역시 작은아씨를 위해서는
진심으로 기뻐하고 이제는 안심이라 여기는 것이 진정한 마음
이었습니다.

　두 분이 이런저런 얘기를 나누며 시간을 보내다가 저녁때가
되자 니오노미야는 입궁을 하게 되어 수레를 준비하였습니다.
수행원들이 대거 몰려오니, 가오루는 자리에서 일어나 서쪽 별
채에 있는 작은아씨의 처소로 향하였습니다.

　우지의 소박한 산장과는 비교도 할 수 없을 정도로 발 사이로
보이는 방이 그윽한 생활의 멋을 풍기고 있습니다.

　발 너머로 보이는 귀여운 여동에게 작은아씨에게 인사를 전
하도록 합니다. 안쪽에서 방석을 밀어내 보내고, 이전부터 사
정을 알고 있는 시녀가 나와 작은아씨의 대답을 전하여주었습
니다.

　"아침저녁으로 찾아 뵐 수 있는 가까운 곳에 살면서도 특별

한 용건도 없이 폐를 끼치게 되면 오히려 지나치게 친밀히 지낸다는 비난을 면치 못할 듯하여 사양하다 보니, 세상이 완전히 뒤바뀐 듯한 기분이 들 정도로군요. 안개 너머로 앞뜰의 벚나무 가지가 보이는데, 그것 하나만 보아도 우지가 그립고 감개무량하게 떠오르는 일이 한두 가지가 아닙니다."

이렇게 말하며 근심에 차 있는 가오루의 모습이 안되었다는 생각에 작은아씨는 큰아씨를 떠올리며 말하였습니다.

"정말 언니가 살아 있어 가오루 님과 결혼을 하였다면, 서로가 격의 없이 수시로 오가면서 꽃의 색이며 새의 지저귐 소리를 계절과 함께 즐기고, 조금은 밝은 마음으로 살아갈 수 있었을 것을."

세상과 교섭을 끊고 오직 집 안에 틀어박혀 지냈던 우지에서의 쓸쓸한 생활보다 지금이 오히려 미진하고 한없이 슬프니, 안타까운 마음이 한층 더하였습니다.

"가오루 님을 남을 대하듯 그리 서먹하게 대하여서는 아니됩니다. 가오루 님의 깊은 호의를 이제야 알게 되었다고, 분명하게 알려야지요."

시녀들은 작은아씨에게 이렇게 언질을 주는데, 시녀의 중재 없이 불쑥 대면하고 직접 대화를 나누자니, 그것도 내키지 않는 일이라 망설이고 있습니다.

그때 니오노미야가 출타 전 인사를 하기 위해 찾아왔습니다. 아름답게 몸단장을 하고 화장을 하였으니, 그저 보기만 하여도 넋을 잃을 듯한 모습입니다. 가오루가 작은아씨의 처소에 있는 것을 보고는 이렇게 작은아씨를 나무랍니다.

"어찌하여 이렇듯 무례하게 발 밖에 앉도록 하는 것인가요. 가오루는 이전부터 그대를, 다소 수상쩍다 싶을 정도로 세심하고 친절하게 보살펴준 사람이 아닙니까. 어리석고 불미한 일을 저지르지는 않을까 하여 속이 타지 않는 것은 아니나, 그렇다 하여 마치 남인 것처럼 퉁명스럽게 대하면 벌을 받지요. 좀더 가까이, 발 안으로 들이고 옛 추억이라도 나누는 것이 좋지 않을는지요. 허나, 너무 마음을 열어놓는 것은 어떨까 싶군요. 저 사람에게 시키면 흑심이 없다 할 수는 없으니."

이렇듯 말이 오락가락하니 작은아씨는 그저 당혹스러울 따름입니다.

작은아씨 자신도 가오루가 정말 친절한 분이라고 마음 깊이 고마워하고 있으니 새삼 서먹하게 대할 수는 없습니다.

'가오루 님이 늘 그렇게 생각하고 말씀하듯이, 나 역시 가오루 님을 언니 대신이라 여기고 감사하고 있다는 것을 언젠가는 알려드려야 할 터인데.'

작은아씨는 생각은 이러하나 니오노미야가 시시콜콜 두 사람의 관계를 의심하고 불안해하며 질투를 하는 듯하니, 마음이 편치 못하고 괴로웠습니다.

겨우살이

그 옛날 이곳에 묵은
추억이 없었더라면
깊은 산 넝쿨잎 아래서 잠드는
나그네의 하룻밤이
얼마나 쓸쓸하였을 것인지

◆ 가오루

썩어 문드러진 나무처럼
볼품없는 이 늙은이의
외로운 누옥에 묵은
그 추억을 지금도 잊지 않으시니
슬프기만 합니다

◆ 여승변

❀ 제49첩 겨우살이(宿木)

宿木는 '야도리기'라 읽는다. 겨우살이는 다른 나무에 기생하는 식물로, 그 이름에 '묵는다'는 뜻의 야도루가 포함되어 있다. 옛날을 그리워하는 가오루와 우지 산장의 변 사이에 오간 노래에서 이 제목이 붙었다.

그무렵, 돌아가신 좌대신의 여식으로 후지쓰보 여어란 분이 있었습니다. 지금의 천황이 동궁이었을 당시, 동궁 비로 다른 이들보다 앞서 입궁을 하였기에 폐하께서 진심으로 어여뻐하여 각별한 총애를 한 터라, 부부 금실도 무척이나 좋았습니다. 허나 그 총애가 이렇다 할 결실을 맺지 못한 채 세월만 흘렀습니다.

　한편 아카시 중궁은 황자를 많이 생산하였으니, 지금은 모두 성인이 되었습니다. 그에 비하여 후지쓰보 여어는 자식 복이 없어 황녀 한 분만을 생산하였을 뿐이었습니다.

　'안타까우나 내 운명이 박복하여 타인에게 밀리고 말았으니, 모진 서러움을 겪은 대신 이 황녀만이라도 어떻게든 만족할 수 있으리만큼 행복하게 해주어야 할 터인데.'

　후지쓰보 여어는 이렇게 생각하며 딸을 애지중지하였습니다. 이 황녀는 용모가 아름다워 폐하께서도 무척이나 귀여워하였습니다.

　폐하께서는 아카시 중궁의 배에서 태어난 첫째 황녀를 더없이 극진하게 여기는지라, 이 둘째 황녀에 대한 세상 사람들의 인기는 첫째 황녀에 미치지 못하여도 생활하는 모습은 조금도 뒤지지 않습니다.

돌아가신 아버지 좌대신이 권세를 휘둘렀을 당시의 위세도 그리 줄어들지 않아 여어는 별다른 불편 없이 살고 있습니다. 시중을 드는 시녀들의 차림새는 물론 계절이 바뀔 때마다 어울리는 것을 새로 지어 반듯하게 긴장을 늦추지 않으니, 화려한 가운데에도 그윽함이 묻어나는 생활이었습니다.

이 둘째 황녀가 열네 살이 된 해, 어머니 여어가 성인식을 치러주기 위하여 다른 일을 모두 제쳐놓고 하나에서 열까지 남부럽지 않게 그 준비를 서둘러 갖추었습니다.

이참에 예로부터 좌대신가에 내려오는 갖가지 보물을 유용하게 쓰고자 일일이 찾아내어 대대적인 준비를 합니다.

그러다 여름이 되면서 여어는 귀신에 씌어 괴로워하던 나머지, 어이없이 숨을 거두고 말았습니다. 폐하께서는 뭐라 말할 수 없을 정도로 유감스러워하며 한탄하였습니다.

돌아가신 여어는 정이 많고 자상한 성품이었는지라 전상인들도 그 죽음을 애석해하였습니다.

"앞으로는 적적한 일이 많아지겠습니다."

별 관계가 없는 미천한 시녀들까지 죽음을 아쉬워하지 않는 자가 없을 정도였습니다.

둘째 황녀는 아직 어린 나이에 어머니를 잃은 터라 허전하고 불안한 나머지 슬픔에서 헤어나지 못합니다.

폐하께서는 그런 모습을 전해 듣고 가여워 마음 아파하니, 사십구재일을 기다려 은밀히 궁중으로 불러들였습니다.

폐하께서는 날마다 둘째 황녀의 처소를 몸소 찾아가 그 모습을 바라보며 위로의 말을 건네었습니다.

검은 상복을 입은 황녀의 모습이 한층 기품이 있고 사랑스러우니, 전보다 한결 아름다워 보입니다. 생각하는 것도 어른스러워, 어머니 여어보다 조금 차분하고 묵직한 느낌이 더합니다.

폐하께서는 그 모습을 참으로 대견스럽게 여겼습니다. 허나 사실, 외가 쪽 친척으로는 믿을 만한 후견이 없으니, 든든하여 의지할 만한 백부도 없었습니다.

여어의 이복 형제로 대장경이나 수리 대부가 있는 정도였습니다. 이렇듯 세상의 신망도 두텁지 못하고 신분이나 지위도 그다지 높지 못한 사람을 후견으로 삼아 의지하고 살아가자면, 여자 몸으로 괴롭고 힘겨운 일이 한두 가지가 아닐 터이니 폐하께서는 가여운 심정을 견딜 수가 없어 몸소 뒤를 보살펴야겠다고 걱정하는 나머지 시름이 끊이지 않았습니다.

앞뜰에 핀 국화가 서리를 맞아 색깔이 변하니 지금이 한창 아름다울 때입니다. 날씨도 뒤숭숭하여 가을비라도 내릴 듯한 때, 폐하께서는 둘째 황녀의 처소로 걸음을 하여 돌아가신 여어에 대하여 이런저런 얘기를 하였습니다.

황녀는 얌전하면서도 발랄하고 영리하게 또박또박 대답을 하니, 폐하께서는 그 모습을 귀엽게 여깁니다.

'이런 황녀의 매력을 이해하고 사랑하며 소중하게 지켜줄 사내가 어디 없을까.'

스자쿠 상황이 셋째 황녀인 온나산노미야를 육조원의 겐지에게 맡겼을 당시, 이러쿵저러쿵 말이 많았던 일이 떠오릅니다.

"신하에게 시집을 보내다니, 찬성할 수 없는 일이외다. 황녀는 결혼을 하지 않는 것이 좋을 터인데."

이렇게 비판하는 목소리도 많았습니다.

'허나 지금은 그 아들인 가오루가 훌륭하게 성장하여 만사 빈틈없이 뒤를 돌보아주고 있는 덕분에, 그 옛날의 성망과 고귀한 체면을 유지하면서 불편 없이 살고 있지 않은가. 만약 그렇지 않았더라면 온나산노미야 자신도 상상치 못한 운명에 우롱당하여, 사람들로부터 멸시를 당하는 지경에 놓였을 것이야.'

천황은 이렇게 이런저런 생각을 하면서, 자신의 재위 기간 중에 둘째 황녀의 결혼을 반드시 성사시키리라 다짐합니다. 헌데 그리하자면, 온나산노미야와 겐지의 예처럼, 가오루만큼 사위에 적합한 인물이 없었습니다.

'가오루 정도면 황녀 옆에 나란히 세워놓아도 신랑감으로서 무엇 하나 부족함이 없을 것이야. 이미 사랑하는 여인이 있다 한들, 그 때문에 황녀에게 마음고생을 시킬 사람은 아닐 듯하고, 결국은 누군가와 결혼하지 않을 수 없을 터이니. 일이 그렇게 되기 전에, 둘째 황녀와의 혼담을 넌지시 타진하여보아야겠구나.'

폐하께서는 때로 이렇게 생각하였습니다.

폐하께서 황녀와 바둑을 두고 있는데, 날이 저물어갔습니다. 늦가을비가 정취를 자아내듯 부슬부슬 내리는 한편으로 국화꽃에 비치는 아스라한 저녁햇살을 바라보면서 사람들을 불러 이렇게 물었습니다.

"지금 전상의 방에 누가 있느냐?"

"중무 친왕, 고즈케 친왕, 중납언 미나모토 조신이 있사옵니다."

"중납언을 이리로 불러들이거라."

폐하께서 이렇게 명하니, 중납언 가오루가 폐하를 알현하였습니다. 폐하께서 이렇듯 친히 불러들였을 만큼, 멀리서도 풍기는 향기로운 냄새는 물론이요 남다르게 빼어난 풍채를 하고 있습니다.

"오늘 이렇듯 가을비가 운치 있게 내리는데, 상중인지라 관현놀이를 할 수도 없으니 따분함을 달래지 못하고 있었느니라. 이러한 때, 심심풀이로 이만한 것도 없을 것이야."

폐하께서는 이렇게 말하며 바둑판을 사이에 놓고, 가오루와 바둑을 두었습니다. 늘 이렇게 가까이 불러들이는지라, 가오루는 오늘도 별다른 생각 없이 폐하와 마주 앉았습니다.

"오늘 승부에는 좋은 상품이 있으나, 그리 쉬이 넘길 수는 없을 것이야. 자 달리 뭐가 좋을까."

이렇게 말하는 폐하의 모습이 가오루의 눈에 어떻게 비치는

지, 평소보다 한결 마음을 쓰며 바둑에 임하고 있습니다.

바둑은 삼판 승부로 폐하께서 두 판을 패하였습니다.

"어허, 이거 분하구나. 오늘은 상품으로 이 정원의 꽃가지를 하나 꺾도록 허락하마."

폐하께서 이렇게 말하니, 가오루는 대답은 하지 않은 채 정원으로 내려가 풍취 있는 국화 한 송이를 꺾어가지고 돌아왔습니다.

세상에 널린 집의 울타리에서
향내를 피우는 국화라면
마음껏 꺾어
소중하게 간직하련만

노래를 읊으며 폐하께 헌상하니, 고상한 심성이 엿보입니다.

서리를 견디지 못하고
시들어버린
가여운 정원의 국화이나
남은 국화는 색도 바래지 않고
아름답게 피워 향을 풍기고 있으니

폐하께서는 이렇게 화답하였습니다.

폐하께서 간혹 이렇게 둘째 황녀와의 혼인을 넌지시 암시하는데, 가오루는 그 의향을 짐작하면서도 세상의 뭇 사내들과는 다른 느긋한 성품으로 서둘러 일을 진행하려고는 하지 않습니다.

'아니, 둘째 황녀와의 혼인은 애당초 내가 바라던 바가 아니지. 지금까지도 거절하기 어려운 갖가지 혼담을 그저 흘려들으며 오랜 세월을 지내왔는데, 새삼스레 이 혼담을 받아들이면 세상을 등졌던 중이 환속을 한 듯한 기분이 들 터이지. 아, 이렇게 생각하는 것도 이상한 일이야. 황녀를 향한 사랑 때문에 애를 태우고 몸 달아하는 남자가 얼마든지 있을 것인데.'

이렇게 생각하는 한편, 이 혼담이 아카시 중궁이 낳은 황녀와의 혼담이라면 사정이 다를 터인데, 하고 생각하니 자신의 분수를 모르는 허망한 소망이라 하여야겠지요.

유기리 우대신도 이 혼담에 대하여 얼핏 들었습니다.

'여섯째를 무슨 수를 써서라도 가오루와 맺어주자. 만약 저쪽이 시큰둥해하여도 이쪽에서 열의를 보이고 부탁하면 끝까지 거절하지는 못할 것이야.'

이렇게 생각하고 있는 차에 사태가 뜻하지 않은 방향으로 흘러가는 듯하니, 질투가 나기도 하였습니다. 그래서 그리 큰 애착은 없는 듯하나 니오노미야 또한 여섯째에게 흥취 있는 편지를 수시로 보내는지라, 결국은 이런 결심을 하였습니다.

'모르겠구나, 일시적이고 가벼운 충동이라 하더라도 인연이 있어 결혼을 하면 진정한 애정이 생기지 말라는 법도 없으니.
깨가 쏟아지도록 금실 좋은 부부가 되라 바라며 결혼을 시킨다
지만, 그렇다고 그저 평범한 신분의 남자로 격을 낮춘다면, 남
보기에도 체면이 서지 않고 만족할 수도 없을 것이야.'

"지금은 딸들의 앞날이 어찌 될지 알 수 없는 말세이니, 폐하
까지 몸소 사위를 찾는 세상입니다. 하물며 신하의 딸이 자칫
혼기를 놓치면 더더욱 난감한 일이지요."

이렇게 유기리 우대신은 천황을 비난하듯 말하는데다 아카시
의 중궁에게도 니오노미야 건으로 번번이 불평을 늘어놓습니
다. 중궁은 어찌할 바를 몰라 난색을 보입니다.

"정말 안타까운 일입니다. 우대신이 이렇듯 그대를 진심으로
사위로 맞겠노라 한 것이 벌써 몇 년째인데 심술궂게 피해만 다
니니 몰인정하게 보일까 걱정입니다. 황자는 믿음직한 외척이
있고 없고에 따라 운명이 좌우되는 법입니다. 폐하께서도 치세
가 얼마 남지 않았다면서 양위의 뜻을 수시로 내비치시는 듯한
데. 신하는 일단 정부인이 정해지면 다른 여인에게 마음을 나누
어주기는 어려운 법입니다. 그럼에도 저 유기리 대신은 성실하
고 고지식한 듯하면서도 정부인인 구모이노가리 부인에게나 둘
째 황녀인 온나니노미야에게나 원망을 사지 않는 원만한 생활
을 하고 있습니다. 하물며 그대는 이전부터 제안하였던 것처럼,
동궁이 되는 날에는 곁에 여인을 몇 명을 두든 무슨 지장이 있
겠습니까."

아카시 중궁은 전에 없이 자상하게 훈계하였습니다. 니오노미야는 유기리 대신의 여섯째 딸에 대해서는 전혀 마음이 없었던 것도 아닌 터라 무턱대고 거절할 뜻은 없었습니다. 다만 지금까지 제멋대로 분방하게 살았는데, 격식을 따지고 꼼꼼한 우대신 집 안에 갇혀 살기가 답답하지 않을까 하여 성가시니 마음이 내키지 않았던 것입니다.

'그렇다고 우대신의 미움을 사면 일이 복잡해질 터이지.'

이렇게 겨우 마음을 고쳐먹은 듯합니다. 허나 천성이 바람기가 많은 성품이니, 안찰사 대납언 집안의 고바이도 지금까지 단념하지 못하여 봄가을이 되면 편지를 주고받고 있으니, 두 분 모두에게 마음이 이끌리고 있는 셈입니다.

허나 별다른 일없이 그해는 지나가고, 새해가 되었습니다.

둘째 황녀 온나니노미야는 어머니 여어의 복상이 끝났으니, 이제 꺼려할 것이 아무것도 없습니다. 가오루 쪽에서 청혼만 해주었으면 하고 폐하의 의중을 전해주는 사람들도 있으니, 가오루는 아무것도 모르는 척 시치미를 떼고 있기도 무례하고 고집스러운 듯 보일 것 같아, 용기를 내어 둘째 황녀를 아내로 맞고 싶다고 청하였습니다. 그런 가오루에게 폐하께서 내키지 않는다는 대답을 할 리는 없지요.

가오루는 사람을 통하여 폐하께서 혼인 날짜를 정한 듯하시다는 소식을 전해 듣기도 하고 그 자신도 직접 폐하의 의향을 살피기도 하는데, 사실 마음속으로는 지금도 여전히 애석하게 죽은 큰아씨에 대한 아쉬운 비련을 잊지 못하고 있고, 또 잊을 날이 오리라는 생각도 들지 않습니다.

'아아, 이 무슨 슬픈 운명이란 말인가. 그토록 인연이 깊었던 분이 어찌하여 끝내 결혼을 허락하여주지 않은 채 저세상으로 갔다는 말인가.'

이렇게 납득하지 못하는 심정으로 큰아씨를 추억합니다.

'아무리 신분이 미천한 여인이라도 큰아씨의 모습을 다소나마 닮았다면 마음이 끌릴 터인데. 옛날에 있었다는 반혼향을 피워, 그 연기 속에서나마 다시 한 번 큰아씨를 만나보고 싶구나.'

가오루는 이렇게 생각할 뿐, 신분이 고귀한 둘째 황녀와의 혼인을 어서 치르고 싶어 서두르는 마음은 전혀 없습니다.

유기리 우대신은 마음이 조급하여, 니오노미야 쪽에 팔월경에는 혼인의 예를 올리자고 날짜를 청하였습니다.

이조원의 작은아씨는 그 소문을 전해 듣고 이렇게 생각합니다.

'역시 생각하였던 대로구나. 이렇게 되면 어찌 평생을 니오노미야와 함께할 수 있으리. 어차피 하잘것없는 몸이니, 언젠가는 사람들의 웃음거리가 되는 한심한 일을 당하게 될 것이라고 벌써부터 생각하고 있었으면서도 지금까지 함께 살아왔는데. 바람기가 많은 성품이라는 것은 전부터 알고 있어 믿을 수 없는 사람이라 여기기는 하였으나, 함께 살면서는 이렇다 하게 괴로운 일도 없었고 늘 자상하고 깊은 부부의 정을 보여주고 있는데. 앞으로는 그 사람에게 마음이 옮아 가 갑자기 태도가 변하는 일이라도 있다면, 어찌 평정을 유지하며 태연하게 지낼 수 있을까. 아랫사람들의 부부 사이처럼 그 일로 인연이 완전히 끊기는 일은 없다 하여도, 앞으로는 얼마나 마음고생이 심할까. 역시 나는 불행한 운명을 짊어지고 태어난 듯하니, 결국은 산골로 돌아가게 되겠지.

그대로 우지의 산골에 묻혀 살았다면 몰라도, 새삼스레 우지로 돌아가면 산골 사람들이 기다렸다는 듯이 나를 웃음거리로 삼을 수도 있으니, 그것이 오히려 부끄럽구나. 아버님의 유언을 거역하고 그 깊은 산골을 떠나온 경거망동이 두고두고 후회스럽고 한스러워 견딜 수가 없구나.'

작은아씨는 이렇게 자신의 처지를 한탄합니다.

'죽은 언니는 겉보기에는 얌전하고 늘 맥없이 허약한 모습이었고, 생각이나 하는 말 역시 늘 그런 식이었으나 사실 심지는 더없이 굳은 분이었어. 가오루 님은 지금도 언니를 한시도 잊지 않고 슬퍼하는 듯한데, 만약 언니가 살아 있었다면 지금의 나와 똑같은 고뇌를 안고 있었을지도 모르지. 그러나 언니는 절대 이런 꼴은 당하지 않으리라 사려 깊게 생각하고, 어떻게든 가오루 님을 멀리하려고 이런저런 일을 도모하여 끝내는 출가를 결심하기까지 한 것이야. 지금도 살아 있다면 분명 출가를 하였겠지. 지금 와서 생각하면, 얼마나 사려 깊은 처신이었는지 모르겠구나. 언니의 혼도 이런 나를 어리석다 여기며 어처구니없어할 터이지.'

이렇게 부끄러워하고 슬퍼하는 한편으로 아무것도 못 들은 척 꾹 참고 견디면서 의연하게 지내고 있습니다.

'어차피 지금은 어쩔 수 없는 일, 이렇게 풀이 죽은 모습을 니오노미야 님에게 보이고 싶지는 않구나.'

니오노미야는 평소보다 더욱 깊은 애정을 보이며 밤낮으로 다정하게 얘기를 나누고 끔찍이 사랑하면서, 이 세상 살아서는 물론 죽어서도 변치 않겠노라 굳게 약속하며 믿음직스러운 말을 합니다.

실은 지난 오월에 작은아씨가 회임을 하니, 몸이 좋지 않은 날도 있었습니다. 몹시 힘겨워하는 것은 아니나, 평소보다 식욕이 없으니 거의 이부자리에 누워만 있습니다.

니오노미야는 회임하여 몸이 무거운 여인의 모습을 아직 알지 못하는 터라, 다만 날이 무더워 더위를 먹은 탓에 이렇듯 허약해진 모양이라고 생각하고 있습니다. 그런 한편 이상하다는 느낌도 있으니 이렇게 넌지시 물어보기도 합니다.

"혹시 임신을 한 것은 아닌지요. 기분이 어떻습니까? 임신을 하면 그렇듯 힘들어한다는 이야기를 들었습니다."

작은아씨는 그저 부끄러워, 입덧이 아닌 양 애써 시치미를 떼는데다 나서서 회임이라 보고하는 시녀도 없는지라, 니오노미야는 아무것도 모르고 있습니다.

　팔월이 되자 이윽고 니오노미야와 유기리 대신 댁의 여섯째 딸의 혼사날이 다가왔다 하여, 작은아씨의 귀에도 소문이 들려왔습니다.

　니오노미야는 숨길 마음은 없었으나 말을 꺼내기도 어색하고 작은아씨가 가엾기도 하니, 분명하게 말하지 못합니다. 작은아씨는 솔직하게 말해주지 않는 니오노미야가 야속하였습니다.

　유기리 우대신 집안과의 혼사는 새삼 비밀도 아니고 천하가 다 아는 사건인데 그 날짜조차 알려주지 않는가 싶으니, 어찌 원망하지 않을 수 있겠는지요.

　우지에서 올라온 후로, 궁중으로 들어간 날에도 특별한 일이 없는 한 궁중에서 묵는 일도 없었고, 여기저기 애인의 집을 떠도느라 작은아씨의 처소로 돌아오지 않는 일도 없었습니다. 우대신의 여섯째 딸과 결혼을 하면 작은아씨가 홀로 자야 하는 괴로움을 겪어야 할 것이 가엾고 안쓰러워, 그때가 되어 괴로워할 작은아씨의 마음을 다소나마 완화시킬 요량으로 요즘은 궁중에서 숙직을 한다 이르고는 일부러 묵기도 하면서, 작은아씨로 하여금 홀로 견뎌야 할 외로움에 미리부터 조금씩 익숙해지도록 하고 있습니다.

　허나 작은아씨로서는 니오노미야의 처사가 박정하게만 여겨질 터이니, 오직 원망만 하고 있을 터이지요.

가오루 역시 그 소문을 듣고는 이렇게 생각합니다.

'참으로 안된 일이로구나.

원래가 색을 좋아하고 변덕이 심한 성품인데, 설사 작은아씨를 사랑한다 하여도 새로운 부인에게 마음이 반드시 옮아 갈 터이니. 대신의 딸 역시 어엿하고 위세 등등한 아버지가 뒤에 있으니 두 눈을 부릅뜨고 잔소리를 하여 니오노미야를 풀어주지 않는다면, 작은아씨는 지금까지 그런 경험 없이 지내왔는데 앞으로는 뜬눈으로 지새우는 밤도 많아질 것이니 참으로 안타깝구나.'

이렇게 생각하는 한편 이런 생각도 합니다.

'나도 참 바보 같은 짓을 하였구나. 어쩌자고 작은아씨를 니오노미야에게 양보하였을까. 죽은 큰아씨에게 마음을 빼앗기고부터 그때까지, 여인네들과의 정사 따위는 멀리하여 맑았던 한결같은 마음도 탁해지기 시작하니 그저 그분만을 흠모하면서, 큰아씨가 허락하지 않는데 억지로 손을 대는 것은 내 진심이 바라는 바를 거역하는 일이라 삼가고, 어떻게든 큰아씨의 연민을 사서 마음을 열어주는 날만을 기다리면서 앞날에 대한 꿈만을 기대하고 있었거늘. 허나 큰아씨 쪽은 그런 마음은 전혀 없는 듯 나를 차갑게만 대하였다. 그런데도 무턱대고 내치지는 못할 것이라고 생각하는 내게 '동생은 나와 같은 피를 나눈 사이이니'라고 둘러대며, 나는 생각지도 않는 작은아씨와의 결혼을 권하는 것이 분하고 야속해서, 일단은 그 계획을 무산시키려고 그

62

런 짓을 저지르고 말았던 것이니.'

남자답지 못하게 함부로 이성을 잃고 혼란스러워하며, 니오노미야를 군이 우지까지 데리고 가 작은아씨와의 밀회를 획책하였던 당시를 떠올립니다.

'내가 도모한 일이기는 하나 참으로 한심한 짓이었어.'

가오루는 이렇게 당시의 일을 두고두고 후회합니다.

'니오노미야도 당시의 정황을 다소나마 생각한다면, 내 귀에까지 들릴 만한 조심스럽지 못한 행동을 조금은 삼가도 좋았을 터인데.

아니지, 지금은 당시의 일 따위 내색도 하지 않는 듯하다. 역시 바람기 많은 성품을 이기지 못하는 변덕스러운 사람은 상대인 여자에게 폐가 될 뿐만 아니라 다른 누구에게도 신뢰를 얻지 못하니, 경박한 행동을 하여 마땅한 것이겠지.'

가오루는 이렇게 니오노미야를 얄밉게 생각합니다. 자신이 한 가지 일에 철저하게 집착하는 성품인지라, 그렇지 못한 타인이 하는 일은 더없이 부자연스럽게 느껴지는 것이겠지요.

'큰아씨가 죽은 후의 내 심정으로는, 황녀를 주시겠다 결정하신 폐하의 후의도 반갑지가 않구나. 차라리 작은아씨와 결혼하였다면 좋았을걸 싶은 마음이 날로 간절해지니, 그것도 오직 하나뿐인 큰아씨의 여동생인 까닭이라 체념할 수가 없구나. 자매라 하여도 그 두 사람은 각별히 사이가 좋았는데, 큰아씨가 숨을 거두기에 앞서 '뒤에 남은 동생을 저라 생각해주세요'라고 하면서, '아무것도 부족함이 없었습니다. 다만 제가 제안하였던 그 일을 그대가 그르친 것만이 아쉽고 원망스러우니, 이 세상에 분함이 남겠지요'라고 하지 않았던가. 죽은 큰아씨의 혼이 천공을 떠돌면서 작은아씨의 지금의 처지를 내려다본다면, 얼마나 괴로워하고 원망할 것인가.'

이렇게 고뇌하니, 자청하여 홀로 잠드는 외로운 밤이면 희미한 바람 소리에도 눈이 번쩍 뜨이고, 자신의 지나간 날과 앞날은 물론 작은아씨의 처지까지 생각하며 뜻하는 바대로 되지 않는 무상하고 시름 많은 세상이라 절실하게 생각하였습니다.

잠시 마음을 위로하기 위해 정분을 나누고, 가까이 두고 친근하게 부리는 시녀들 가운데 알게 모르게 정이 깊어진 여인이 있는 것은 당연한 일이나, 딱히 마음이 끌리는 여인이 있는 것은 아니니, 실로 가오루의 처신이 무척이나 깔끔한가 봅니다. 그러하다고는 하나, 우지의 아씨들 못지않은 신분의 아씨들이면서도 권세의 부침에 따라 영락하여 볼품없이 살고 있는 이가 있으면 굳이 찾아내 데려와서는 시녀로 시중을 들게 하니, 그런 여자들이 상당히 많았습니다.

'이 세상을 버리고 출가를 할 때에, 이 여자만은 하고 마음을 끊지 못하여 미련의 원인이 되는 여자는 만들지 말고 지내자고 조심하였는데, 그것이 하필이면 그 자매였던 터에 이렇듯 고통스러워하게 되었으니, 내가 생각해도 내 마음이 곧지 못한 듯하구나.'

이렇게 생각하며 편히 잠들지도 못하니, 그대로 밤을 새우고 말았습니다.

다음날 아침, 안개가 자욱하게 낀 울타리 사이로 알록달록하게 핀 꽃이 아름답게 보이는 가운데, 허망하게 섞여 피어 있는 나팔꽃이 눈길을 끌었습니다. '새벽녘에 피었다가 바로 색이 바래는구나'라 불리며 무상한 세상에 비유되는 나팔꽃이 가여운지, 격자문을 올려놓은 채 잠시 눈을 붙이려 옆으로 누워 아침을 맞고, 꽃이 피는 모습도 그저 혼자서만 보았던 것입니다.

부하를 불러들여 이렇게 명합니다.

"이조원을 방문할 터이니, 눈에 띄지 않는 수레를 준비하도록 하여라."

부하는 이렇게 고하여 올립니다.

"니오노미야 님은 어제부터 궁중에 계시다 합니다. 어젯밤 수행원이 수레만 끌고 돌아왔습니다."

"아니, 상관없다. 그 댁의 별채에 계신 분이 병을 앓고 있다 하니 문안을 올려야겠다. 오늘은 궁중에도 들어가봐야 하니, 날이 더 환히 밝기 전에."

가오루는 이렇게 말하고 복장을 갖추었습니다.

출타를 하는 길에 정원으로 내려가 꽃 속에 서 있는 모습이, 유난히 화사하고 매끄러운 옷차림을 한 것도 아닌데 그저 얼핏만 보아도 아름답고 우아하여 보는 이가 부끄러워질 정도로 훌륭합니다.

색을 좋아하고 한껏 거드름을 피우는 남정네들과는 도저히 비교할 수가 없으니 절로 갖춰진, 타고난 풍정이 있는 게지요.

나팔꽃을 살며시 잡아당기니, 이슬이 우수수 떨어집니다.

오늘 아침 잠시 핀
아름다운 꽃의 향기에
이 마음 빼앗기고 마는구나
내린 이슬이 마르기 전까지
꽃의 목숨 짧은 것을 알면서도

"참으로 허망하구나."

이렇게 홀로 읊조리며 나팔꽃을 꺾어 몸에 지녔습니다. 그 곁에 피어 있는 요염한 마타리는 쳐다보지도 않고 집을 나섰습니다.

날이 밝아오면서 아침 안개가 자욱하게 낀 하늘의 풍경이 정취가 그윽합니다.

'니오노미야가 집에 없으니 여자들이 마음 편하게 늦잠을 자고 있을 터이지. 격자문이나 옆문을 두드리고, 헛기침을 하여 방문을 알리는 것도 꺼려지는 일. 너무 이른 시각에 오고 말았구나.'

가오루는 수행원을 불러 열려 있는 중문으로 안을 들여다보게 합니다.

"격자문은 모두 올려져 있는 듯합니다. 시녀들의 기척도 있습니다."

수행원이 이렇게 고하자, 가오루가 수레에서 내려 안개에 뒤섞인 아름다운 모습으로 걸어서 집 안으로 들어가니, 시녀들은 니오노미야가 잠행에서 돌아온 줄 알고 있습니다. 허나 이슬에 젖어 풍기는 향기는 가오루의 것이 틀림없습니다.

"역시 가오루 님은 정신이 번쩍 들만큼 훌륭한 분이라니까요. 하지만 너무도 점잔을 빼는 것이 얄미울 정도입니다."

젊은 시녀들이 상스럽게 수군덕거립니다. 허나 갑작스러운 방문객에 허둥대지는 않고, 옷자락이 스치는 부드러운 소리를 내면서 바삐 움직여 방석을 내밀기도 하니, 그 모습에 조금도 소홀함이 없습니다.

"이곳에서 대기하라 허락하는 것은 남들처럼 친근하게 대하여주는 것이라 생각하였건만, 역시 이렇게 발 밖에서 대면하여야 하는 것이 서운하여, 종종 찾아 뵙지도 못하겠습니다."

가오루가 말합니다.

"그렇다면 어떻게 하는 것이 좋을는지요."

"나 같은 옛 친구가 뵙기에 적당한 장소는 북쪽에 있는 방처럼 사람들 눈에 띄지 않는 곳이지요. 허나 그것 역시 그쪽의 마음에 따라야 하니, 불만스럽다 하는 것은 아닙니다."

가오루는 이렇게 말하고 문턱에 기대앉으니, 시녀들이 작은아씨에게 권합니다.

"역시 그곳까지 나아가 인사를 하시지요."

가오루는 원래 성급하고 거칠게 밀어붙이는 성품이 아닌데, 요즘은 점점 더 침착하고 조용한 태도로 점잖을 부리는 터라, 전에는 작은아씨도 직접 대면하는 것은 거북하여 꺼려 하였지만 요즘은 조금씩 그런 마음이 줄어들고 간신히 익숙해졌습니다.

"몸이 불편하다 들었습니다. 어찌 된 일인지요?"

가오루가 이렇게 묻는데도 작은아씨는 속 시원하게 대답하지 않습니다. 평소보다 침울해 보이는 모습이 안쓰러워 가오루는 마음이 아팠습니다. 가오루는 부부간의 마음씀씀이 등을, 오빠라면 이렇게 할 것처럼 성의를 다하여 세세하게 가르치고 위로하여주었습니다.

작은아씨의 목소리를 이전에는 큰아씨를 많이 닮았다 여기지 않았는데, 지금은 신기할 정도로 똑같게 느껴지니 시녀들의 눈길을 상관하지 않아도 된다면 발을 걷어 올리고 마주 앉고 싶은 심정입니다. 몸이 불편하다 하니 그 모습이며 얼굴을 확인하고 싶은 것이지요.

그러면서도 역시 이 세상에 사랑 때문에 고뇌하지 않는 인간은 없으리라고 절실하게 깨우칩니다.

"나는 지금까지 남들처럼 출세하여 화려한 영화를 누리지는 못하여도 마음에 고뇌를 품거나 나 자신을 감당하지 못하여 괴로워하는 일 없이 이 세상을 살아갈 수 있을 것이라 생각하였습니다. 허나 자청하여 슬픈 일을 당하고 어리석게도 이런저런 후회를 하면서 마음 잘 날 없이 괴로워하고 있으니 실로 어처구니 없는 일입니다. 세상에서는 관위의 승진 등을 중요시 하는 것 같은데, 그것이 뜻대로 되지 않아 걱정하고 한탄하는 사람에 비하면 나의 고뇌가 조금은 죄가 크다 할 수 있겠지요."

이렇게 말하면서 꺾어 온 나팔꽃을 부채에 올려놓고 바라보는데, 점차 붉은빛을 띠는 것이 오히려 색감이 아름답게 보여 살며시 발 안으로 밀어넣었습니다.

하얀 이슬 같은 큰아씨가
나처럼 여기라면서
나팔꽃 같은 그대와의 결혼을
약속해주었는데
나는 그대를 보살필 수도 없으니

가오루는 노래를 읊었습니다.

"일부러 그렇게 하신 것은 아닌 듯한데, 꽃에 맺힌 이슬을 떨어뜨리지 않고 이곳까지 가져오시다니."

작은아씨는 감동하여 꽃을 바라보고 있는데, 꽃은 이슬을 얹은 채 점차 시들어갔습니다.

이슬이 마르기도 전에

시들어버린 나팔꽃처럼
죽어버린 언니의 허망함
그보다 더욱 허망한 것은
뒤에 남은 이슬인 이 몸의 처지

"이슬의 목숨은 무엇에 의지하여야 할지요."

이렇게 조그만 목소리로 나지막히 얘기하는 말조차 띄엄띄엄 끊어지고, 삼가 조심스럽게 얼버무리는 모습이 역시 큰아씨를 닮았으니, 가오루는 슬픔이 끓어오르는 듯하였습니다.

"'가을 하늘을 올려다보면 평소보다 수심이 한결 더하는 듯합니다.' 그 수심을 달래려 지난날 우지에 다녀왔습니다. 뜰이며 울타리가 전보다 한층 황폐해져 슬픔을 견디기가 어려웠습니다. 아버님 겐지께서 돌아가시기 전, 출가를 하면서 2, 3년 동안 지내셨던 사가원이나 육조원 역시 돌아가신 후에는 찾아보는 이가 슬픔을 달랠 길 없을 정도로 황폐했었지요. 정원의 초목을 보고는 회고의 눈물을 흘리며 돌아가야 했습니다. 아버님을 모시던 사람들은 상하를 막론하고 모두 정이 많은 사람들이었는데, 육조원에 모여 살던 부인들도 아버님이 돌아가신 후에는 각자 뿔뿔이 흩어져 출가를 한 듯하였습니다. 하물며 신분이 낮은 시녀들은 슬픔을 달랠 길이 없으니, 이성을 잃고 산천을 헤매며 떠돌아다니다가 하잘것없는 시골 사람이 되어 영락한 가엾은 사람들도 많았습니다. 그렇게 육조원이 완전히 황폐해져 원추

리만 무성하였는데, 지금의 유기리 우대신이 옮겨 살면서 그 자식들도 모여들었으니, 지금은 그 옛날 육조원의 위용을 되찾은 듯합니다. 그런 것처럼 세상에 둘도 없는 슬픔도 세월이 흘러 때가 되면 희석된다는 것을 알게 되었습니다. 어떤 슬픔에도 한계가 있다는 것을 알았습니다. 허나 그 옛날의 슬픔은, 내가 아직 어렸을 때의 일이라 그리 절실하지는 않았을 것이라 생각합니다. 그에 비하면 큰아씨의 죽음은 아직도 지난밤에 꾼 꿈처럼 여겨지니, 두 분 다 무상한 이 세상에서의 사별이라고는 하나, 아버님의 죽음보다 큰아씨와의 사별이 죄업이 한층 크기 때문은 아닐까 싶어 그조차 한심하고 괴로워 견딜 수가 없습니다."

이렇게 말하며 우는 모습이 큰아씨에 대한 애정이 참으로 깊었던 것이라 짐작됩니다.

죽은 큰아씨를 그리 따르지 않았던 사람들조차도 슬퍼하는 가오루의 모습을 보고는 그저 가만히 있지는 못하는데, 하물며 작은아씨는 자신도 만사가 불안하고 고뇌가 많으니, 여느 때보다 한결 큰아씨의 모습을 그리워하며 슬픈 마음으로 떠올리면서 흘러넘치는 눈물을 가누지 못하니 말을 할 수도 없습니다. 그런 모습을 보고 있는 가오루 역시 참기가 힘들어, 서로를 가엾게 생각하고 있습니다.

"옛사람들은 '이 풍진 세상에 살기보다는 산골 깊은 곳에서 호젓하게 사는 것이 더 편하다' 하였으나, 그렇게 비교할 여유도 없이 지금까지 지내왔습니다. 허나 요즘은 어떻게든 조용한 산골에서 살고 싶은 생각이 간절합니다. 그렇다 하여 그 바람이 이루어지지는 않을 것이니 출가한 변이 그저 부러울 따름입니다. 이번 달 이십일이 지나면, 아버님의 기일도 있고 하니 산장 근처의 산사에서 법회를 열어, 그리운 종소리를 듣고 싶습니다. 저를 은밀히 우지로 데려가줄 수는 없는지요. 이렇게 부탁을 드립니다."

"우지의 산장을 황폐해진 채로 놔둘 수는 없다 생각하지만, 그것은 가능하지 않은 일입니다. 가벼이 나다닐 수 있는 남자조차 오가기 힘겨운 험악한 산길이니, 나도 마음에는 걸리나 오래도록 가보지 못하고 있습니다. 돌아가신 하치노미야 님의 기일에는 아사리에게 법회 일체를 부탁하여두었습니다. 그 산장은 역시 부처님에 헌납하여 절로 사용하도록 하세요. 간혹 산장을 찾아가 보면 슬픈 마음만 가득하여 고뇌가 끊이지 않으니, 달리 방도가 없습니다. 차라리 죄업을 다소나마 덜기 위하여 절로 만들고 싶은데, 어찌 생각하는지요. 달리 무슨 좋은 생각이라도 있는지요. 나는 어찌하든 그대의 생각을 따를 작정입니다. 어떻게 하고 싶은지 말씀하여주세요. 나는 그대가 무슨 일이든 허물없이 의논하여주었으면 합니다."

가오루는 이렇게 실무적인 일을 작은아씨에게 말씀드립니다. 경권과 불상 등도 지금까지 한 것 이상으로 기부할 계획인 듯합니다.

작은아씨는 아버지의 법회를 빌미 삼아 아예 우지로 돌아가 살고 싶다 생각하는 눈치이니 가오루는 이렇게 깨우칩니다.

"그런 일은 절대 불가합니다. 무슨 일이든 여유를 가지고 느긋하게 생각하세요."

해가 높이 올라 시녀들이 모여드니, 오래 지체하다 보면 무슨 연유라도 있는 것이 아닐까 오해를 살 듯하여 가오루는 일어서 돌아가려 합니다.

"어느 댁을 방문하여도 발 밖에서 이렇듯 대면하는 대우는 받지 않았는데, 거북하기 짝이 없습니다. 허나 아무튼, 근일 중에 다시 찾아 뵙겠습니다."

니오노미야는 자신이 없는 사이에 다녀갔다 하면 의심할 것이 뻔한 성품인지라, 그것이 성가셔 시소 별당의 우경 대부를 불러들였습니다.

"니오노미야 님이 어젯밤에 퇴궁을 하였다 하여 이렇듯 찾아 뵈었는데, 아직 돌아오지 않았으니 입궁을 하여 뵈어야겠다."

"오늘은 돌아오실 것입니다."

"그렇다면 저녁나절에 다시 오도록 하마."

가오루는 발 너머로나마 작은아씨의 분위기며 모습을 느낄 때마다, 어찌하여 죽은 큰아씨의 권유를 거역하고 그 마음을 돌아보지 않았을까 하고 후회가 크니, 늘 그 일이 마음을 떠나지 않아 괴로워하고 또 반성합니다.

'나는 어찌하면 이리도 고뇌를 자초하는 성격인 것일까.'

가오루는 큰아씨가 죽은 후로 점점 더 불도 근행에 정진하며 하루하루를 보내고 있습니다.

어머니 온나산노미야는 지금도 여전히 젊지만 다부지거나 미덥지는 못한데, 그래도 가오루의 이런 속내를 알아차리고는 불안하고 불길해하며 걱정합니다.

"내 남은 목숨이 그리 길지는 않을 터인데, 이렇게 살아 얼굴을 볼 수 있는 동안이라도 그대는 출가 따위는 염두에 두지 말고 이 세상에서 꿋꿋이 살아가는 모습을 보여주세요. 나는 출가한 몸이니 그대가 세상을 등지고 출가한다 하면 그것을 막을 도리는 없으나, 만약 그렇게 되면 나는 이 세상에 살아 있는 보람이 없어 낙담한 나머지 슬픔과 괴로움으로 더 큰 죄업을 짓게될 것입니다."

이렇게 말하는 어머니가 안쓰럽고 또 죄스러운 마음이 드니, 가오루는 어머니 앞에서는 자신의 괴로움을 억누르고 아무 걱정 없는 표정을 짓고 있습니다.

유기리 우대신은 육조원의 동쪽 침전을 호화찬란한 가재도구로 아름답게 치장하고 혼례 준비를 모두 갖춘 후에 니오노미야를 기다리고 있습니다. 그런데 열엿새 밤의 달이 두둥실 떠오르도록 나타날 기미가 보이지 않자, 애당초 니오노미야가 이 혼례를 마땅치 않아하였던데다 일이 어떻게 된 것인지 애가 타, 부하를 보내어 속사정을 살피고 오라 하였습니다.

"니오노미야 님은 오늘 저녁에 퇴궁하여 이조원에 계시는 듯합니다."

부하는 이렇게 보고하였습니다.

니오노미야는 이미 사랑하는 여인을 거느리고 있으니 우대신으로서는 마땅치 않은 일이나, 오늘 밤 사위가 찾아오지 않는 상태로 밤을 밝히게 되면 세상의 웃음거리가 될 터이니 아들 두 중장에게 편지를 쥐어 사자로 보냈습니다.

드넓은 하늘 질러가던 달도
이 집 위에 멈추어
밝게 비추고 있는데
기다리는 이 밤이 지나도록
모습을 보이지 않는 매정한 그대여

'오늘 밤이 첫날밤이라는 것을 작은아씨에게 알릴 수는 없지, 가엾으니.'

니오노미야는 이렇게 생각하고, 궁중에서 바로 육조원을 갈 요량으로 작은아씨에게 편지를 보냈습니다. 그 답장에 뭐라 씌어 있었는지, 역시 가엾은 마음 금할 길이 없어 은밀하게 이조원으로 돌아간 것입니다.

사랑스러운 작은아씨를 외면하고 다른 곳으로 가기가 내키지 않으니, 니오노미야는 함께 달을 바라보며 이런저런 말로 사랑을 약속하면서 위로하였습니다.

작은아씨는 지금까지 여러 가지로 마음고생이 많았으나, 어떻게든 내색을 하지 않으려고 번번이 참고 견디면서 애써 아무렇지도 않은 척 마음을 다스려왔던 터라, 육조원에서 사자가 와도 별다른 신경을 쓰지 않고 유연하게 대처하는데, 그 모습이 더더욱 가여웠습니다.

사자로 두중장이 찾아왔다는 전갈을 들은 니오노미야는 가지 않으면 그쪽에게도 안된 일이라 채비를 합니다.

"곧 돌아올 것입니다. 불길하니 혼자서는 달을 보지 마세요. 그대를 두고 가자 하니, 내 마음도 애틋하고 내키지가 않습니다."

이런 말을 남기고 집을 나섰으나 그래도 역시 뒤가 켕기고 거북하여 사람들 눈에 띄지 않는 곳을 지나 침전으로 향하였습니다.

그런 니오노미야의 뒷모습을 바라보는 작은아씨는 애써 마음을 다잡으려 하나 그저 흘러내리는 눈물의 강에 베개마저 떠오를 듯한 심정이니, 참으로 사람의 마음이란 소갈머리 없는 것이라고 생각합니다.

'생각해보면 어렸을 때부터 우리 자매의 처지는 불안하고 서러웠으니, 그토록 쓸쓸한 산골에서 속세를 등지듯 살아가는 아버님 하나만을 의지하여 오랜 세월을 살면서 아침저녁으로 늘 따분하고 쓸쓸하였지. 그래도 그 시절에는 이렇듯 세상이 마음 아프고 괴로운 것인 줄은 몰랐으니. 아버님과 언니가 잇달아 저

세상으로 떠나는 뜻하지 않은 일이 생기고, 그 슬픔에 잠겨 있을 때는 이 세상에 홀로 남은 몸이 한시도 살 수 없을 것 같아 이렇듯 슬프고 괴로운 일이 두 번 다시 없을 것이라 여겼거늘. 헌데 목숨이 길어 나 홀로 지금까지 살아 있다 보니, 사람들이 상상하였던 것보다는 버젓한 살림도 꾸리게 되었는데. 허나 이렇게 행복한 생활이 언제까지나 계속될 리는 없을 것이라 여기긴 하였어도, 니오노미야가 곁에 있을 때는 늘 애정이 깊고 친절한 태도를 보여주는 터에 불안걱정이 다소는 줄어들었다 싶었는데. 그런데 지금 또 이런 일이 생겼으니, 내 이 불행한 신세 무엇에 비하랴. 더 이상은 참을 수 없을 듯하구나. 이 세상을 떠나버린 아버님이나 언니와 달라 니오노미야를 가끔을 만날 수 있으니 그것으로 마음을 달래어도 좋을 터인데, 오늘 밤 이렇게 나를 버리고 다른 곳으로 가는 뒷모습을 보는 이 괴로움, 과거도 미래도 아무것도 알 수가 없고 불안해서 견딜 수가 없구나. 내 마음을 나도 추스릴 수가 없으니, 아. 허나 그래도 살아만 있으면 언젠가는 다시 우리 부부 사이도.'

작은아씨는 이렇게 마음을 스스로 달래보려 하나, 옛 노래에서 '마음의 시름을 달랠 길 없다고 표현되는 오바스테 산의 달'이 싸늘한 빛을 뿌리며 떠오르니, 밤이 깊어가면서 괴로움이 더할 뿐입니다.

불어오는 솔바람 소리도 우지의 거친 산바람 소리에 비하면 한층 여유롭고 부드러워 살기 편한 거처이기는 하나, 오늘 밤은 그런 생각이 들지 않으니 산장 주변에서 사락사락 부딪치는 메밀잣밤나무 소리만 못한 듯이 느껴집니다.

> 쓸쓸한 우지 산골의
> 소나무에 가린 거처에도
> 이토록 마음을 저미는
> 외로운 솔바람은 불지 않았거늘

작은아씨는 그 옛날 산골에서 외롭게 살았던 생활을 잊은 것일까요.

늙은 시녀들은 한숨을 쉬며 이렇게 말합니다.

"안으로 들어가세요. 달을 너무 보면 불길하다 합니다. 더구나 요즘은 과일조차 입에 대시지 않으니, 앞날이 어찌 될지요. 아아, 정말 보기가 딱합니다. 불길한 일마저 떠오르니, 걱정스러워 견딜 수가 없습니다."

"정말 이번 혼례는 너무합니다. 아무리 그렇다 하나 저쪽 부인에게 마음이 옮아간 채 이곳을 멀리하는 일은 없겠지요. 처음부터 깊이 사랑한 사이는 그리 쉬이 끊어질 수 없는 법이니까요."

시녀들이 수군덕거리는 소리가 몹시 듣기 괴로우니 작은아씨는 이렇게 생각합니다.

'지금은 이런저런 아무 소문도, 아무 말도 듣고 싶지 않구나.

그저 가만히 니오노미야의 심경을 지켜보는 도리밖에.

타인에게 이러쿵저러쿵 말하게 하고 싶지도 않구나. 이 원망, 나홀로 가슴에 묻어두기로 하자.'

이렇게 다짐하고 있는 것일까요.

"그건 그렇고, 가오루 님은 그토록 친절하고 정도 깊은 분인데, 어찌하여 결혼을 하지 않았을까요."

"사람의 운명이란 불가사의하니, 알 수 없는 것이지요."

전에부터 시중을 들었던 시녀들은 이런 말들을 합니다.

니오노미야는 작은아씨를 가엾다 여기면서도 원래 성품이 화려한 것을 좋아하는지라, 우대신 댁에도 훌륭한 사위로 환대를 받고 싶은 마음에 뭐라 말할 수 없이 향긋한 명향을 옷가지에 배이게 하니, 그 풍채가 실로 나무랄 데가 없습니다.

오직 니오노미야만을 기다리고 있는 우대신 댁의 위용이나 꾸밈새도 무척이나 풍정이 있습니다.

여섯째 딸은 성장한 모습이 자그마하고 가련한 용모가 아니라 보기 좋게 탐스러운 느낌입니다.

'과연 인품은 어떠할지. 교만방자하고 빈틈이 없어 느긋하지 못하고 퉁명스러운 것은 아닐까. 그렇다면 난감한 일일 터인데.'

니오노미야는 부인의 모습만 보고 이렇게 우려하나, 막상 만나 보니 그렇지도 않았나 봅니다. 부인에게 보이는 니오노미야의 애정이 예사롭지 않습니다.

'가을밤은 길고도 깊은 법인데,' 이리로 건너온 것이 늦은 밤이었기 때문일까요, 머지않아 날이 밝았습니다.

이조원으로 돌아온 니오노미야는 작은아씨의 처소인 서쪽 별채로 걸음하지 않고, 잠시 혼자 잠을 청한 후에 일어나 우대신 댁의 부인에게 편지를 썼습니다.

"눈치를 보니, 꽤 마음에 드신 모양입니다."

시녀들이 옆구리를 툭툭 치며 이렇게 말합니다.

"작은아씨가 안됐군요. 니오노미야 님은 이쪽이나 저쪽이나 공평하게 대하겠노라 생각하시겠지만, 그래도 역시 작은아씨가 밀리는 일도 있을 터이니."

모두들 작은아씨를 따르며 시중을 드는 시녀들인지라, 마음이 뒤숭숭하여 가만히 있지를 못하고 뭐라뭐라 불평을 늘어놓는 자도 있고 시샘하는 자도 있습니다.

새 부인의 답장을 이곳에서 받고 싶으나, 홀로 잔 작은아씨의 어젯밤의 불안함이 여느 밤과는 달랐을 것이니 얼마나 외로웠을까 하여 마음이 편치 않아 서둘러 서쪽 별채를 찾았습니다.

니오노미야는 잠결에 흐트러진 모습마저 아름답고 휘황합니다. 니오노미야가 방으로 들어가니, 작은아씨는 그냥 누운 채로 있으면 토라져 있는 것처럼 보일 듯하여 살짝 일어나 앉아 있는데, 그 얼굴이 눈물의 흔적인지 발그스름하게 물들어 있어 오늘 아침따라 더욱 아름답고 요염함이 두드러져 보입니다.

니오노미야는 자신도 모르게 눈물을 머금고 잠시 그 얼굴을 바라보는데, 작은아씨는 부끄러워 그만 엎드리고 맙니다. 늘어진 머리칼하며 머리 모양이 역시 둘도 없을 아름다움입니다. 니오노미야는 왠지 쑥스럽고 거북하여, 예의 애정에 넘치는 부드러운 말을 금방 꺼내지는 못합니다.

"왜 이리 늘 안 좋아보이는 것입니까. 더운 계절이라 그렇다 하여 시원한 계절이 오기를 고대하였는데 지금도 여전히 쇠약해져 보이니, 참으로 난감하군요. 갖가지 기도를 명하였으나, 그것도 별다른 효험이 없는 듯하고. 허나 기도는 역시 계속 드리는 것이 좋겠지요. 더 영험한 스님은 없는 것인지. 그 모모라는 승도에게 밤을 지키라 할 것을 그랬습니다."

니오노미야가 이렇듯 실무적인 말을 꺼내니, 작은아씨는 이런 말이나마 듣기 좋게 얘기하는 것이 불쾌하게 여겨지나, 뭐라 대꾸하지 않는 것도 부자연스러운 일이라 이렇게 대답합니다.

"나는 태어나기를 다른 사람과 달라, 이렇게 시름시름 않는 적이 많았습니다. 허나 그냥 내버려두면 절로 나는 병이니."

"참으로 쉽게 말하는군요."

니오노미야는 웃으면서 이런 생각을 합니다.

'역시 온순하고 사랑스러운 점에서는 이 사람을 당할 자가 없을 게야.'

허나 새 부인을 어서 만나고 싶은 조급한 마음도 어찌할 수 없으니, 부인에 대한 애착이 남다르기 때문이겠지요.

그래도 작은아씨와 마주하고 있을 때에는 여전히 변함없는 애정을 보이니, 내세에서도 변하지 않겠노라는 약속을 몇 번이나 거듭합니다. 작은아씨는 니오노미야의 그런 말을 듣고 이렇게 생각합니다.

"인생살이란 짧은 것'. 그 허망한 목숨이 다하기를 기다리는 동안에도 틀림없이 니오노미야의 매정한 처사를 보게 될 터인데 내세에서도 변하지 않겠노라는 이 약속을 과연 지켜주실까. '아직도 혼이 덜 났다 여기고' 역시 니오노미야에게 의지하지 않으면 안 되는 것일까.'

애써 참으려 하나 끝내 더 이상은 참을 수 없는지 오늘은 눈물을 흘립니다.

요즘은 늘 이렇듯 마음이 쓸쓸하나 니오노미야가 알아차리지 못하도록 하려고 애써 마음을 추슬러왔는데, 여러 가지 마음고생이 겹치니 끝까지 감추고 견딜 수는 없었던 게지요. 한번 흐르기 시작한 눈물이 여간해서 그치지 않으니, 정말 부끄럽고 괴로워 고개를 돌리고 있습니다.

니오노미야는 그런 작은아씨의 몸을 억지로 끌어당겨 자기 쪽으로 향하게 합니다.

"그대는 내 말을 있는 그대로 믿어주는 순순한 사람인 줄로만 여겼는데, 역시 나를 남을 대하듯 하는 경계가 있었군요. 그렇지 않다면 하룻밤 사이에 마음이라도 변했다는 말입니까."

니오노미야는 자신의 소맷자락으로 작은아씨의 눈물을 닦아

줍니다.

"하룻밤 사이에 마음이 변하다니, 누가 그렇다 하시는 것인지 모르겠군요."

작은아씨는 이렇게 말하고 방긋 웃습니다.

"무슨 철없는 말씀을 하는 겝니까. 나는 결코 수상한 짓을 하지 않았으니 결백합니다. 아무리 변명을 늘어놓는다 하여도, 실제로 마음이 변하였다면 들통이 나게 되어 있으니까요. 그대는 세상의 도리를 전혀 알지 못하니 귀엽기도 하나 난감하기도 합니다. 아무튼 됐어요. 그대가 내가 되어 잘 생각해보세요. '나는 내 마음대로 처신할 수 있는 입장이 아닙니다.' 만약 내가 내 마음대로 무엇이나 할 수 있다면, 누구보다 그대를 사랑한다는 증거로 분명하게 보여주고 싶은 것이 한 가지 있습니다. 허나 그것은 가벼이 입에 담을 수 있는 일은 아니니, 지금은 말할 수 없어요. '목숨을 소중히 하여 오래 사세요. 그리고 지켜보세요.'"

이렇게 얘기를 나누는 동안, 육조원에 보낸 사자가 그쪽에서 접대해준 술에 취하여 돌아왔습니다. 사자는 작은아씨에 대한 배려는 까맣게 잊고 당당하게 서쪽 별채의 남쪽 뜰에 나타났습니다.

선물로 받은 진귀하고 아름다운 여러 벌의 옷을 어깨에 걸쳐 몸이 파묻힐 것처럼 하고 나타나니, 시녀들은 한눈에 첫날밤을 치르고 난 후의 편지를 들고 온 사자라는 것을 알 수 있었습니다. 니오노미야가 어느 틈에 그런 편지를 써서 보냈을까 싶으니 시녀들은 과연 마음이 편치 않을 터이지요.

니오노미야는 우대신 댁에 사자를 보낸 것이 굳이 숨길 일은 아니나, 갑자기 나타난 사람에게서 편지를 받는 것은 작은아씨에게 못할 짓이라 여겼습니다. 다만 사자가 좀더 신경을 썼으면 좋았을 것을 하고 생각하면서도 지금 와서 달리 어쩔 수도 없는 노릇이니 시녀에게 답장을 받도록 하였습니다.

일이 이렇게 된 이상 숨기지 않는 태도로 일관하자는 생각에 니오노미야는 그 자리에서 편지를 열어보았습니다. 필적이 여섯째 딸의 계모인 온나니노미야인 듯하여 다소는 안심하면서 내려놓았습니다. 아무리 대필이라 하여도 작은아씨가 보는 앞에서 편지를 읽기는 거북하였던 게지요.

"대신 쓰자니 부끄럽고 뻔뻔한 일이라 여겨져 본인에게 직접 쓰도록 권하였으나, 몸이 많이 불편하다 하여."

아침 이슬이 어떤 처사를 하였기에
오늘 아침 마타리는 시들어 고개 숙이고 있는가
아씨도 오늘 아침에는 시름에 젖어 있으니
어젯밤 그대가 아씨를
과연 어떻게 다루었기에

기품 있고 풍정이 넘치는 필체입니다.

"어째 불평을 하는 듯한 투로구나. 사실 나는 이대로 당분간은 우리 둘이 마음 편히 살고 싶었는데, 뜻하지 않게 일이 이렇게 되었으니 성가시구나."

말은 이렇게 하나, 아내 외에는 여자를 거느리지 않고 사는 것을 당연시하는 평범한 부부 사이라면, 이런 일이 생겼을 때 원망하는 아내의 마음을 동정하는 것이 보통이겠으나, 생각해 보면 니오노미야에게 아내가 한 명밖에 없다는 것은 거의 있을 수 없는 일입니다. 결국 언젠가는 이렇게 될 입장인 것이지요.

황자들 가운데서도 니오노미야는 특별한 사람이라고 세상 사람들은 생각하고 있으니, 아내를 몇 명 거느리든 아무도 비난할 사람이 없습니다. 그러하니 사람들 역시 작은아씨가 안됐다는 생각은 하지 않겠지요. 그보다 작은아씨를 이처럼 정중하게 이조원으로 모셔 아끼고 사랑하는 것은 니오노미야가 작은아씨를 극진히 여기기 때문입니다. 그러니 정말 좋은 운을 타고난 사람이라는 소문이 있는 게지요.

작은아씨 역시 지금은 극진한 대접을 받는 데 익숙해져 있는지라, 갑자기 거북한 상황에 놓일 듯하니 한심하게 여겨지는 것이지요.

'옛날에는 이야기책을 읽거나 다른 사람의 신상에 일어난 얘기를 들으면서, 사람들이 어찌하여 남녀 사이를 그리 중히 여기는지 이상하게 생각하였는데, 나 자신이 직접 경험하고 보니 정말 적당히 지나칠 수 없는 중대사인 것을 알겠구나.'

작은아씨는 비로소 만사를 이해하게 되었습니다.

니오노미야는 평소보다 한결 친절하고 너그럽고 남편다운 태도로 이렇게 타이릅니다.

"아무것도 먹지 않다니, 좋지 않은 일입니다."

그러고는 맛있는 과자를 주문하고, 솜씨가 좋은 요리사에게 특별히 신경을 써서 반찬을 만들게 하여 작은아씨에게 권하나, 아씨는 조금도 손을 대려 하지 않습니다.

"보고 있기가 안타깝습니다."

이렇게 걱정하면서도 해가 저물자 출타를 위하여 침전으로 돌아갔습니다.

바람이 시원하게 불어오고 하늘의 모양에도 정취가 있는 계절입니다. 니오노미야는 당대풍의 화려한 것을 좋아하는 성품이라 여느 때보다 한결 기분이 밝고 들떠 있습니다.

허나 근심이 많은 작은아씨의 가슴속은 견디기 어려운 일만 가득합니다. 쓰르라미 우는 소리에 우지의 산장이 더욱 그리워지니 이렇게 읊조립니다.

그대로 우지에 살았더라면
쓰르라미 우는 소리도 마음에 담지 않고
흘려들을 수 있었을 터인데
도읍의 생활에서는
그 소리마저 원망스럽게 들리니
가을날의 해질 녘이여

니오노미야는 오늘은 밤이 깊기 전에 출타할 모양입니다. 앞을 물리는 사람들의 목소리가 점점 멀어져가니 작은아씨는 '어부가 낚시라도 할 수 있을 만큼' 하염없이 흐르는 눈물로 베갯머리를 적시고 있습니다. 누워 쓰르라미 우는 소리를 들으며, 천박한 마음이라고 생각은 하나 어쩔 수 없는 게지요.

처음 만난 그날부터 니오노미야로 하여 괴로웠던 갖가지 일들이 떠오르니, 니오노미야가 성가시기까지 합니다.

'이 무거운 몸에 입덧까지 하고 있는데 과연 어찌 될지. 우리 집안은 단명한 집안인데, 출산을 하면서 목숨을 잃지는 않을까. 아깝지 않은 목숨이나 역시 서럽고, 무거운 몸으로 죽는 것은 보다 죄가 크니.'

이렇게 이런저런 근심에 싸여 잠시도 눈을 붙이지 못하고 밤을 새웠습니다.

그날은 아카시 중궁이 편찮아 모두들 문안차 입궁하였으나, 가벼운 감기일 뿐 딱히 걱정할 일은 없을 듯하니 유기리 우대신은 정오경에 퇴궁하였습니다. 가오루에게 같이 가자 청하여 같은 수레를 타고 육조원으로 향하였습니다.

그날 밤에는 니오노미야가 우대신 댁을 드나든 지 사흘째 되는 날이라 사흘밤의 피로연이 있습니다. 과연 그 의식의 위용이 어떠할지요. 유기리 우대신은 그 의식을 최대한 성대하고 화려하게 치르고자 하나, 역시 그런 의식에는 한도가 있는 법이지요.

지금까지 일의 진행 상황으로 보아 가오루를 초대하기가 꺼려지기는 하나, 친근한 육친이라는 점에서 우대신 가문 가운데 달리 이렇다 할 사람이 없는데다 오늘 밤의 연석을 빛내기 위해서는 가오루가 가장 적합하기 때문이겠지요.

가오루가 전에 없이 일찍 입궁하여 여섯째 딸을 니오노미야에게 준 것을 유감스러워하는 눈치도 없이 유기리 우대신과 마음을 합하여 이런저런 일을 거드니, 대신은 내심 얄미운 생각이 들기도 합니다.

초저녁이 조금 지난 시각에 니오노미야가 찾아왔습니다. 침전의 남쪽 차양의 방에서 동쪽으로 치우친 곳에 자리가 마련되어 있습니다. 예법대로 굽 높은 잔 여덟 개와 접시 등이 놓여 있고 또 조그만 소반 위에는 당대풍으로 치장한 다리 있는 접시 등에 사흘밤의 축하를 위한 떡이 담겨 있습니다.

이렇게 별 새로운 것도 없는 것을 굳이 써 남기자니, 세련되지 못한 일이지요.

유기리 우대신이 와서, 시녀에게 니오노미야의 참석을 채근하였습니다.

"밤도 많이 깊었으니."

허나 니오노미야는 부인이 마음에 쏙 들어 금방은 나오지 않습니다. 우대신의 정실 구모이노카리 부인의 형제인 좌위문독과 도 재상이 내빈으로 자리를 하고 있습니다.

그 후, 니오노미야는 간신히 밖으로 나왔는데 그 모습이 너무도 훌륭하여 넋이라도 잃을 듯합니다.

주인 측의 두중장이 잔을 들어 축하주를 올렸습니다. 니오노미야는 차례차례로 따르는 잔을 두 번이고 세 번이고 받아 마십니다. 가오루가 열심히 술을 권하니 니오노미야는 씁쓸한 기분이었습니다.

"그렇듯 답답한 곳은 사양하겠소이다. 내 성미에는 맞지 않으니."

언젠가 가오루에게 이렇게 말한 일이 떠올랐기 때문이겠지요. 허나 가오루는 시치미를 뗀 침착한 표정으로 일관하고 있습니다. 가오루는 동쪽 별채로 가서 니오노미야의 수행원들까지 접대합니다.

수행원들 가운데에는 평판이 자자한 전상인이 다수 있었습니다. 4위 여섯 명에게는 여자의 옷에 평상복을 더하여 내리고, 5위 열 명에게는 삼색 겹당의를 내렸습니다. 겉치마의 허리띠 등은 위계에 따라 각기 차이를 두었겠지요. 6위 네 명에게는 능직물로 만든 평상복과 바지 등을 내렸습니다. 이런 선물에는 법도라는 것이 있는데, 유기리 대신은 그것만으로는 미흡하다 여겨 같은 물건이라도 천의 색상과 바느질 등에 세심한 주의를 기울이니 화려함의 극치를 이루고 있습니다. 하급 수행원들과 하인들에게도 전례가 없을 만큼 분에 넘치는 선물을 내리니, 그 모든 것이 성대하였습니다.

이렇듯 화려하고 성대한 의식은 볼만하여 이야기에서도 우선적으로 써 부각시키는 것이 보통이나, 자세한 것까지 일일이 쓸수는 없습니다.

가오루의 수행원 가운데 어두운 곳에 있어 이렇다 할 대접을받지 못한 자가 있었는지, 댁으로 돌아와 한숨을 쉬면서 이렇게푸념하였습니다.

"가오루 님은 어찌하여 순순히 유기리 우대신의 사위가 되지않으셨을까. 지금도 궁상스러운 독신 생활을 하고 계시면서."

중문 근처에서 투덜투덜 불평하는 소리를 가오루는 웃으면서듣고 있습니다.

밤이 깊어 자신들은 잠이 오는데, 융숭한 대접을 받은 니오노미야의 수행원들은 기분 좋게 취해 기둥에 기대어 잠들었을 것이라 하며 부러웠던 것이겠지요.

가오루는 방으로 돌아와 잠자리에 누웠습니다.

'사위가 되는 것도 참으로 거북살스러운 일이로구나. 외척들이 근엄하고 점잖은 표정으로 자리하고, 등불을 밝혀 환한 곳에서 친근한 육친들이 권하는 잔을 니오노미야는 보란 듯이 멋지게 받아 마셨으나.'

가오루는 니오노미야의 오늘 태도가 그리 나쁘지는 않았다고생각합니다.

'나 역시 아리따운 딸이 있었다면, 니오노미야가 아닌 어떤 남자에게 주고 싶어하리. 천황이라 해도 주고 싶지 않을 것이야.

허나 니오노미야에게 딸을 주고 싶어하는 세상의 많은 아비들은 모두 입을 모아 '이왕 딸을 주는 것 가오루 님이 차라리 낫지' 하고 이야기한다더군. 그리고 보면 나에 대한 평판도 그런대로 괜찮은 모양이야. 헌데 나는 세상 물정도 모르고 소극적인데다 보수적인 인간인데, 그런 내가 뭐가 그리 좋을꼬.'

가오루는 다소 우쭐해져 있습니다.

'폐하께서는 내심 나와 둘째 황녀와의 결혼을 염두에 두고 계시는데, 정작 폐하께서 마음을 굳히셨을 때 내가 이런 식으로 내키지 않는다면 어찌하면 좋을까. 내게는 명예로운 일이나, 과연 둘째 황녀는 어떤 분일까. 죽은 큰아씨를 닮았다면 더없이 좋으련만.'

이렇게 이런저런 생각을 하고 있는 것을 보면 폐하의 제안을 딱 잘라 거절할 뜻은 없는 것이지요.

늘 그렇듯 좀처럼 잠이 오지 않아 다른 시녀보다는 다소 깊은 정을 쏟고 있는 안찰사 모모라는 시녀의 방을 찾아가, 그 밤은 그곳에서 묵었습니다.

돌아갈 때, 날이 환하게 밝았다 한들 누가 뭐라고 비난하는 이도 없는데 겸연쩍은 듯이 일찍 일어나니, 시녀는 마음속이 편치 않은 듯합니다.

세상이 도저히 허락지 않는

신분이 다른 우리의 밀회인데
이렇듯 매정하게 구시니
그대가 나를 사랑한다는
소문이 나는 것조차 괴롭습니다

이렇게 푸념을 하니 가오루는 가여운 마음에 달래어줍니다.

세키 강이 겉으로는 얕은 듯 보여도
실은 깊은 것처럼
내가 그대를 어여삐 여기는 것도
매정하게 구는 겉보기와는 달리
그 속은 쉼 없이 타오르니

한없이 사랑한다고 하여도 믿을 수가 없는데, 하물며 겉으로는 매정하게 군다 하니 여자의 마음이 더욱 애가 타겠지요.

가오루는 옆문을 밀어 열고 이렇게 돌려 말하고는 방을 나가고 말았습니다.

"저 하늘을 좀 보거라. 하늘의 풍정이 저렇듯 멋스러운데 모르는 척 누워만 있을 수 있겠느냐. 풍류를 아는 사람인 양하는 것은 아니나, 요즘은 걱정거리가 많아 잠자리가 편치 않으니 새벽녘에 눈을 뜨면 이 세상 일에서 저세상 일까지 생각하게 되니, 심히 마음이 슬프구나."

딱히 이렇다 하게 세련된 표현을 늘어놓은 것도 아닌데, 그 모습이 싱그럽고 우아한 탓인지 여자는 가오루는 몰인정한 분이라는 생각을 하지 않습니다. 가벼운 농담 삼아 농을 건네면 여자들은 곁에서나마 그 모습을 보고 싶다고 생각하는 까닭인지, 출가한 어머니 온나산노미야의 댁에 억지로 연줄을 대어서는 대거 몰려들어 시중을 들고 있습니다. 그중에는 각각 자기 신분에 따라 애틋하게 흠모하는 가엾은 여자들도 많았겠지요.

니오노미야는 대낮에 환한 곳에서 우대신 댁의 딸을 보니, 애정이 더욱 깊어졌습니다. 키도 마침 적당하고 용모도 매우 아리따운데다 늘어진 머리칼하며 이마 등이 빼어나니, 뭐라 말할 수 없이 아름다운 분입니다.

얼굴의 피부도 매끄러워 좋은 향을 풍기는 듯한데, 차분하고 기품에 넘치는 눈매는 주눅이 들 정도로 총명하게 보이니, 하나에서 열까지 갖춘 미인이라 하여도 과언이 아닙니다. 나이는 스물을 한두 해 넘겼습니다. 이미 어린 나이라 할 수 없으니 몸매도 어디 한 군데 미숙하여 미흡하다 여겨지는 곳 없이 선명하고 눈에 띄게 아름다우니, 지금 한창 피어나는 꽃처럼 화사합니다.

더없이 귀히 자란 분이기에 이렇다 할 결점도 없습니다. 아비 심정에 이런 딸을 두고 애를 태우는 것도 무리는 아니라 여겨집니다. 다만 한없이 부드러우면서 애교가 있고 귀여운 점에서는 뭐니 뭐니 해도 별채의 작은아씨가 최고인 듯합니다.

이곳의 부인은 니오노미야가 뭐라고 물으면 부끄러워하면서도 주저하지 않고 시원스럽게 대답하는 등, 모든 면에서 장점이 눈에 띄는 재기에 넘치는 성품입니다.

젊은 시녀가 서른 명 정도, 여동은 여섯 명이 있는데 하나같이 아름답습니다. 의상도 격식을 차린 흔한 것은 니오노미야가 답답하게 여길 것이라 짐작되었는지, 취향을 완전히 바꾸어 어이가 없을 정도로 유별나고 신기하게 꾸미고 있습니다.

우대신은 구모이노카리 부인이 낳은 첫째를 동궁에게 시집보냈을 때보다 여섯째의 결혼에 각별하게 신경을 썼으니, 그것은 니오노미야의 인품과 성망 때문이었겠지요.

일이 이렇게 되었으니 니오노미야는 그 후로는 가벼운 마음으로 이조원을 들를 수도 없었습니다. 경솔하게 행동할 수 있는 신분도 아닌지라 낮이든 밤이든 내키는 대로 쉬이 드나들 수는 없으니, 그 옛날 무라사키 부인의 손에 자랐을 때처럼 육조원의 남쪽 거처에서 지내고 있습니다. 해가 기울었다고 부인을 모른 체하고 이조원으로 돌아갈 수도 없는 노릇이라 작은아씨는 기다리다 지치는 일도 종종 있었습니다.

작은아씨는 이렇게 될 것이라고 몇 번이고 굳은 각오를 하였으나 막상 현실로 닥치고 보니 우지를 떠나온 것이 제정신으로 한 짓 같지 않아, 그저 후회스러워 한탄할 따름입니다.

'이렇게 손바닥을 뒤집듯 나몰라라하여도 되는 것일까. 사려가 깊은 여자였다면 자신의 처지를 모르고 세상에 나와 사람들 속에 섞이는 일은 하지 않았을 터인데.

역시 무슨 수를 써서든 우지로 돌아가야겠구나. 니오노미야와 완전히 인연을 끊겠다는 것은 아니나, 잠시 몸과 마음을 편히 쉬면서 한가롭게 살고 싶구나. 이 뻔뻔하고 얄미운 태도가 니오노미야에게는 미안한 일이나.'

혼자 생각다 못하여, 꺼려지기는 하나 가오루에게 편지를 써 보냈습니다.

"지난번 아버님의 법회에 대해서는 아사리가 소상히 알려주었습니다. 옛날의 친분을 지금도 변함없이 유지하고 있는 그대 같은 분의 이런 후의가 없었더라면 돌아가신 아버님이 얼마나 비참하고 가여웠을까 하고 생각되니, 그 온정이 감사하고 고마울 뿐입니다. 가능하다면 근일 중에 직접 만나 뵙고, 감사의 말을 전하고 싶습니다."

두툼한 종이에 공연한 멋은 부리지 않고 자연스럽고 반듯하게 쓴 글씨체가 오히려 풍정이 있어 보입니다.

하치노미야의 기일에 관례적으로 치르는 법회를 가오루가 실로 엄숙하게 치러준 것을 기뻐하는 마음이 요란스럽게 표현되어 있지는 않아도, 진심으로 고마워한다는 것이 헤아려집니다. 평소에는 이쪽에서 보낸 편지의 답장조차 삼가 조심하듯 만사를 분명하게 쓰지 않는데, 이 편지에는 '근일 중에 직접 만나 뵙고'라고 씌어 있는 것이 의아하면서도 반가우니, 가오루는 가슴이 얼마나 두근거렸겠는지요.

니오노미야가 화사한 새 부인에게 마음이 홀딱 빠져 작은아씨를 소홀히 하고 있으니 실로 안됐다고 여기는 참이었는데 마침 편지가 온 터라, 가오루는 작은아씨를 진심으로 가여워하면서 각별히 풍정이 있는 것도 아닌 편지를 내려놓지 못하고 몇 번이나 다시 읽어봅니다.

"편지는 잘 읽어보았습니다. 지난날의 법회에는 그대에게도 알리지 않고, 수도승 같은 모습을 하고 사람들의 눈을 피하여 은밀히 다녀왔습니다. 말을 전하면 그대가 동행을 청할 수도 있을 듯하여. 편지에 '옛날의 친분'이라 함은 나의 진정이 다소 옅어졌다 여기는 것처럼 들리니 원망스럽습니다. 모든 것은 찾아뵙고 난 연후에. 그럼."

가오루는 하얗고 딱딱한 종이에 꼼꼼하게 써내려갔습니다.

다음날 저녁, 가오루는 이조원의 작은아씨를 찾았습니다. 남몰래 작은아씨를 흠모하고 있으니, 부드러운 옷에도 짙은 향을 배게 하여 자신의 몸에서 풍기는 향기에 곁들이는 등 세심하게 신경을 썼습니다. 그 향기도 대단한데, 오래 사용한 정향유로 물들인 부채에서도 향이 풍기니, 뭐라 표현할 길 없이 그윽합니다.

작은아씨도 우지에서의 그 묘했던 하룻밤의 일을 간혹 떠올리곤 하는데다 가오루가 남들과는 달리 늘 성실하고 자상한 드문 성품이라는 것을 지금은 알고 있으니, 이 사람과 결혼하였다면, 하는 정도의 생각은 하고 있겠지요. 이미 젊은 나이도 아니니, 자신의 처지가 한심하여 원망하는 니오노미야의 처사와 비교하면 가오루 쪽이 만사가 월등하다는 것을 알고 있기 때문이겠지요.

'늘 매정하게 발을 사이에 두고 뵙는 것도 가여운 일이고, 사람의 정리를 모르는 여자라 여겨질 수도 있으니.'

이렇게 생각하고 오늘은 발 안 차양의 방으로 안내하고, 안채의 발 안쪽에 휘장을 치고 나서 자신은 조금 안쪽에 앉아 대면하였습니다.

"일부러 불러주신 것은 아니지만 만나고 싶다 하여주신 것이 기뻐 당장 찾아 뵈려 하였으나, 어제는 공교롭게도 니오노미야 님이 이곳에 있다 들었는지라 오늘 이렇게 찾아왔습니다. 오랜 세월 제가 보여준 성의를 이제야 인정하는 것인지요. 다소는 격의 없이 대해주어 이렇게 발 안으로 들어온 것이 한없이 기쁘군요. 희한한 일도 다 있습니다."

가오루가 이렇게 말하자 역시 작은아씨는 부끄럽고 말도 나오지 않을 듯한 기분입니다.

"지난날, 아버님의 법회 일로 큰 신세를 졌다 들었습니다. 기쁘고 감사한 마음을 고맙다 말 한마디 하지 않고 가슴에만 지니고 있으면 제가 얼마나 고마워하고 있는지 그 마음의 편린조차 전달되지 않을 듯하여 아쉬운 생각에."

작은아씨는 이렇게 조심스럽게 말을 꺼냅니다. 저 멀리 안 쪽에서 작은 목소리가 띄엄띄엄 희미하게 들리니, 가오루는 답답하여 이렇게 말합니다.

"목소리가 잘 들리지 않습니다. 좀더 가까이에서 하고 싶은 얘기, 듣고 싶은 얘기가 많거늘."

작은아씨는 그도 그렇겠다 싶으니, 몸을 움직여 휘장 쪽으로 다가갑니다. 그 희미한 기척이 귀에 느껴지니, 가오루는 화들짝 놀라 가슴이 두근거립니다. 가오루는 침착하고 느긋한 태도로 작은아씨를 생각하는 니오노미야의 마음이 의외로 얕았다는 암시를 하고 은근히 비난을 하면서 작은아씨의 마음에 찬물을 끼얹는 말을 하는 한편으로 자상하게 위로를 하는 등, 이런저런 얘기를 친근하게 나눕니다.

작은아씨는 니오노미야의 매정한 처사를 운운하며 원망을 늘어놓을 수는 없는 일이라, 그저 '세상이 시름에 겨운 것인지 그 사람이 매정한 것인지'라는 식으로 자신의 불행한 운명에 대한 한탄을 은연중에 풍기며 말을 아끼고 있습니다. 그리고 우지 산장에 잠시라도 데리고 가달라고 할 생각으로, 열심히 부탁을 합니다.

"그 일만은 나 혼자서 멋대로 할 수 없습니다. 역시 니오노미야에게 솔직하게 부탁을 하여보고, 그의 의향에 따르는 것이 좋겠지요. 그렇게 하지 않았다가 만의 하나 사소한 잘못이라도 있어 니오노미야가 경솔하다 여기게 되면, 참으로 난감해질 터이니까요. 그런 걱정만 없다면 자청하여 아씨를 데리고 오가는 일에 무슨 주저함이 있겠습니까. 여느 사람과 달리 안심할 수 있는 내 성품에 대해서는 니오노미야도 충분히 알고 있습니다."

이렇게 말은 하면서도, 무슨 일이 있을 때마다 그 옛날 작은아씨를 니오노미야에게 양보한 분함을 잊지 못하니 '되찾고 싶구나'란 노래처럼 옛날로 돌아가고 싶은 심정을 은근히 암시합니다. 점차 해가 기울어 날이 어두워지는데도 돌아가지 않으니, 작은아씨는 매우 곤혹스러워합니다.

"그럼 이만. 몸이 몹시 불편하니, 좋아진 연후에 다시금 말씀을 듣기로 하지요."

이렇게 말하고 안으로 들어가려 하니, 가오루는 매우 아쉬워합니다.

"우지에는 언제쯤 갈 요량인지요. 가는 길에 잡풀이 무성하니 조금은 깎아놓으라 하겠습니다."

비위를 맞추듯 이렇게 말하자, 작은아씨가 들어가다 말고 대답합니다.

"이번 달은 이제 다 지나갔으니, 다음 달 초에라도 갈까 합니다. 다만 사람들의 눈에 띄지 않게 은밀히 가고 싶으니, 니오노미야의 허락을 받을 것까지야."

그 목소리가 너무도 귀여워 가오루는 평소보다 옛일이 더욱 그리워지니, 기대어 있던 기둥 쪽의 발밑으로 슬쩍 몸을 밀어넣고 작은아씨의 소맷자락을 잡았습니다.

'아, 역시, 몹쓸 사람.'

작은아씨는 이렇게 생각하나, 입이 떨어지지 않아 아무 말도 못하고 안으로 들어가버렸습니다. 잡은 소매를 따라 가오루는 아주 익숙한 태도로 몸의 절반을 발 안으로 들여놓고 작은아씨 곁에 슬쩍 누웠습니다.

"오해하지 마세요. 사람들 눈에 띄지 않게 은밀히라 하니 기쁜 마음에, 혹여 잘못 들은 것은 아닐까 확인하려 이러는 것입니다. 그렇게 서먹하게 대하여야 할 남 같은 사이도 아니거늘, 그리 매정하게 굴지 마세요."

이렇게 원망하니, 작은아씨는 뭐라 대답하고 싶은 마음도 없고, 너무도 뜻하지 않은 일에 가오루가 혐오스러워지는 것을 억지로 참고 있습니다.

"저는 생각지도 않는 마음을 품고 있군요. 시녀들이 뭐라 생각할지 두렵습니다. 정말 너무합니다."

이렇게 나무라며 울음을 터뜨릴 듯한 표정입니다. 가오루도 다소는 지당한 말이라 생각되어, 안쓰럽게 여기면서 이렇게 말합니다.

"무에 그리 비난할 일인지요. 옛날 일을 생각해보세요. 죽은 큰아씨도 허락한 일인데, 이 정도 일을 가지고 마치 당치도 않은 일을 저지른 것처럼 말하면 오히려 내가 섭섭하지요. 나는 호색적인 이상한 짓거리를 할 마음이 없으니 안심하세요."

이렇게 느긋하고 부드러운 태도로 작은아씨를 다루기는 하나, 지나간 오랜 세월 동안 실수를 하였다고 후회하면서도 참아온 마음이 고통스러울 정도로 되살아납니다. 가오루가 끈질기게 설득하면서 놓아줄 기미를 보이지 않자, 작은아씨는 어떻게 손을 쓸 방도도 없고 괴롭고 당혹스러우니 뭐라 말을 하지 못합니다.

속내를 모르는 남남보다 도리어 거북하여 화가 난 작은아씨가 끝내 울음을 터뜨렸습니다.

"이 무슨 어린 짓입니까."

말은 그렇게 하면서도 눈물을 흘리는 작은아씨의 모습이 뭐라 말할 수 없이 사랑스럽고 가련하였습니다. 그런 작은아씨의 이쪽이 부끄러워질 만큼 조심스럽고 그윽한 아리따움, 기품 있는 풍정 등이 그 옛날 하룻밤을 같이 지냈던 때보다 한결 어른스럽게 성숙하였으니, 자진하여 이런 분을 타인에게 양보하고서 이렇듯 괴로워하는 자신이 안타깝고 어리석게 느껴져 소리내어 울지 않을 수 없었습니다.

가까이에 대기하고 있던 시녀가 둘 있었으나, 알지도 못하는 남자가 침입한 것이라면 대체 무슨 일인가 하여 다가올 것이나, 늘 친근하게 말씀을 나누는 사이의 두 분인지라 무슨 사정이 있을 것이라 헤아리고 오히려 가까이에 있는 것을 삼가고 모르는 척 그 자리를 떠나니, 작은아씨에게는 도리어 안된 일이었습니다.

가오루는 옛날을 후회하는 마음의 괴로움이 견디기 어려워 힘들 터인데, 옛날에도 드물 정도로 신중하고 근엄한 성격이었으니 오늘 밤 역시 자신의 욕망을 억지로 강요하는 충동적인 행동은 취하지 않았습니다.

허나 이런 일까지 세세하게 쓸 수는 없겠지요.

가오루는 이대로 돌아가고 싶은 마음은 없으나 그렇다 하여 사람들 눈에 띄는 것도 불미하여 꺼려지니, 결국은 이래저래 마음을 고쳐먹고 돌아갔습니다.

아직 초저녁인 줄 알았는데 어느 틈에 날이 밝아오고 있었습니다. 사람들의 눈에 띄어 비난을 당하면 어쩌나 하여 걱정하는 것도 작은아씨에게 폐를 끼치지 않으려는 배려에서였습니다.

'요즘 들어 늘 몸이 좋지 않다고 하였는데, 과연 그럴 만도 하였구나. 작은아씨가 부끄러워하였던 임신의 징표인 복띠를 알아보고 그것이 마음 아픈 나머지 마음을 돌려먹었으니. 평소 같으면 나 자신을 얼빠진 남자라 생각하였을 터인데, 상대를 무시하고 강압적인 태도를 취하는 것은 역시 나로서는 원치 않는 일이었다. 더구나 그 자리에서 자신의 격정에 휘말려 무례한 행동을 취하였다면, 앞으로는 가벼운 마음으로 만날 수도 없을 터이니. 그리되어 은밀히 드나들며 밀회를 거듭하는 것도 힘겨운 일이지. 또 그렇게 되면 작은아씨와 니오노미야 사이에서 얼마나 마음고생이 심하랴.'

이렇게 냉정하게 사리분별하나 그리움은 억누를 수가 없으니, 지금 막 헤어지고 왔는데도 다시 보고 싶고 그리워 어찌 만나지 않고 견딜 수 있으랴 싶은 심정입니다. 허나 지금 와서는 어떻게도 할 수 없는 일, 거듭거듭 난감한 일입니다.

옛날보다 다소 야위고 품위 있고 사랑스러운 작은아씨가 지금도 떨어져 있지 않고 자기 몸에 기대어 있는 것 같으니, 다른 생각은 전혀 할 수가 없습니다.

'무슨 수를 써서든 우지에 가고 싶어하는 듯한데, 차라리 원하는 바대로 우지로 거처를 옮기는 것은 어떨까.

허나 니오노미야가 그런 일을 허락할 리가 없지. 그렇다 하여 은밀히 일을 벌이는 것도 옳지 않으니. 대체 어찌하면 사람들 눈에도 자연스럽게 비치고 뜻하는 바대로 일을 추진할 수 있을까.'

가오루는 마음이 뒤숭숭하여 누운 채 멍하니 생각에 잠겨 있습니다.

아직 날이 환하게 밝지 않아 어두운데, 가오루가 작은아씨에게 보낸 편지가 왔습니다. 항상 그러하듯 표면적으로는 진지하고 반듯한 격식을 갖춘 서신입니다.

아무 보람없었던 만남 후
허망하게 돌아오는 길
잡풀에 맺힌 이슬에 젖으면서
저 그리운 우지에서의 하룻밤을 생각하니
가을 하늘이여

"그대의 냉담한 태도에 상처 입은 어두운 마음은 이유를 알 수 없는 괴로움으로 가득하니, 뭐라 말할 길도 없습니다."

답장을 쓰지 않으면 시녀들이 전에 없는 일이라 하여 이상히 여길 것이 걱정스러우니 이렇게 답장을 썼습니다.

"편지 잘 보았습니다. 몸이 몹시 불편하여 말조차 할 수가 없습니다."

답장을 받은 가오루는 딱 한 줄짜리 짧은 글을 보내다니, 너무하고 아쉬운 생각에 어젯밤 아름다웠던 작은아씨의 모습을 그리워합니다.

작은아씨도 남녀의 정애를 조금은 알게 된 탓인가, 어젯밤의 그 무례한 가오루의 처신에 그토록 당황하고 난감해하면서도 무턱대고 성가시다는 식으로 뿌리치지는 않았으니, 이쪽이 부끄러워질 정도로 총명하게 기품 있고 부드럽고 능숙하게 위기를 모면하고, 아무 일도 없었던 것처럼 배웅한 그 멋들어진 솜씨를 생각하면 가오루는 더욱 분하고 슬퍼 온갖 일들이 마음에 걸리고 그저 안타까울 뿐이었습니다. 모든 점에서 그 옛날보다 한결 성숙해졌다고 생각합니다.

'왜 그리 조심하는 것일까. 니오노미야가 더 이상 돌아보지 않으면 어차피 나밖에 의지할 사람이 없을 터인데. 일이 그렇게 되어도 마음놓고 만날 수는 없을 것이나 사람들의 눈을 피해가

며 은밀히 만난다 하여도 이 이상 깊은 애정을 느낄 여자는 달리 없을 것이야. 내 사랑의 마지막 여인으로 삼아야겠다.'

가오루는 작은아씨가 머리에서 떠나지 않아 늘 생각하고 있습니다. 참으로 야릇한 마음이 아닐는지요.

그렇게 현명하고 사려 깊게 처신하는 가오루가 이러하니, 남자란 얼마나 한심하고 천박한 존재인지 모르겠습니다.

죽은 큰아씨를 그리워하는 슬픔은 새삼 말해봐야 소용없는 일이니, 지금은 그리 괴로워하지도 않는 대신 이번에는 온갖 궁리를 하며 번뇌하고 있습니다.

"오늘은 니오노미야가 이조원으로 납시었습니다."

사람이 이렇게 말하는 것을 들으면 후견인의 심정은 어디론가 사라져버리고 가슴이 연모의 고통으로 찢어지는 듯하니, 그저 니오노미야가 부러워 견딜 수가 없었습니다.

니오노미야는 오래도록 이조원에 발길을 하지 않은 자신의 처사가 스스로 생각하여도 한심하니 서둘러 건너온 것입니다.

'원망할 일이 무에 있으랴. 니오노미야에게 서먹한 태도는 절대 보이지 않을 것이니. 우지에 돌아가자고 결심을 하였건만 그 일을 믿고 부탁한 사람도, 그렇듯 꺼림칙한 마음을 품고 있었으니.'

작은아씨는 이렇게 깨우친 후로는 이 세상이 너무 좁아 자신이 있을 곳이 없는 듯한 심정이었습니다.

'역시 나는 운이 따르지 않는 불행한 처지라고 체념하고 그저 살아 있는 동안은 되는 대로 순순히 온건하게 지내면서 편지 풍파를 일으키지 않도록 하자.'

이렇게 결심하고 사랑스러운 몸짓과 천진하고 순수한 태도를 취하고 있습니다. 니오노미야는 그런 작은아씨가 고맙고 사랑스럽다 여기니, 있는 말을 다하여 지금까지 찾아오지 못한 것을 사과합니다.

작은아씨의 배가 조금씩 불러와 부끄러워하였던 복띠가 배에 감겨 있는 것을 보니 애정이 한결 샘솟는 듯합니다. 니오노미야는 임신한 여인을 가까이에서 본 일이 없는 터라 신기하기까지 하였습니다.

답답한 육조원의 부인 곁을 떠나 이곳에 오니, 만사 마음이 편하고 친근하게 느껴집니다. 니오노미야가 늘 그렇게 하듯 있는 말 없는 말을 다 동원하여 변함없는 깊은 사랑을 약속하니, 작은아씨는 어젯밤 억지로 발을 밀치고 들어온 가오루가 생각납니다.

'남자들은 어쩌면 이리도 모두 말솜씨가 능란한 것일까. 오랜 세월 동안 성품이 친절하고 자상한 분이라 여겨왔는데, 그런 불미한 연심이 얽혀 있었으니, 그분의 친절도 용서될 수 없는 수상쩍은 것이었어. 그렇다면 니오노미야가 내세에서도 변치 않겠노라 맹세했던 그 사랑의 말 또한, 믿을 수 있을는지.'

속으로는 이렇게 생각하면서도 작은아씨는 니오노미야의 달

콤한 말에 조금은 마음이 끌렸습니다.

'그건 그렇고 어젯밤 가오루는 나를 그토록 안심하게 해놓고 발 안까지 용케 들어왔구나. 죽은 언니와는 끝까지 정신적인 관계로 끝났다 들었기에 그 순수한 마음을 드문 일이라고 여겼는데, 역시 마음을 놓아서는 안 될 것이야.'

이렇게 더 긴장하게 되니, 니오노미야가 오래도록 와주지 않는다면 더욱 두렵고 끔찍할 듯하여, 그렇다 말은 하지 않아도 곁에 더 오래 있게 하기 위하여 조금은 매달리듯 어리광을 피우니, 니오노미야는 그 모습이 또 한없이 사랑스러웠습니다.

그런데 문득 코를 스치는 가오루의 방향이 작은아씨에게 제법 짙게 배어 있는 것이었습니다. 흔하디흔한 향과는 전혀 달라 가오루의 향이 틀림없다고 확신할 수 있습니다. 니오노미야는 향도에 관하여는 일가견이 있는 사람이라 수상하다고 생각하면서, 대체 어찌 된 일인가 하고 사정을 살피며 묻고 나무랍니다.

작은아씨는 전혀 근거가 없는 일도 아니라서 난감하여 뭐라 변명도 못하고 괴로워 어쩔 줄을 모릅니다.

'역시 그랬군. 그래, 그런 일이 있었던 거야. 설마 그 가오루가, 작은아씨의 매력에 마음을 빼앗기지 않을 리 없다고 전부터 생각은 하였으나.'

니오노미야는 마음이 뒤숭숭하였습니다.

사실 작은아씨는 만일에 대비하여 속옷까지 다 갈아입었으나, 뜻밖에도 가오루의 향이 몸에도 배어 있었던 것입니다.

"이렇게 몸에 향이 배어 있는 것을 보면, 모든 것을 다 허락한 게지요."

듣기가 거북한 이런저런 노골적인 것까지 따져 물으니, 작은 아씨는 자신의 처지가 딱하여 어쩔 줄을 모릅니다.

"나는 그대를 각별히 소중하게 여기고 있거늘, 버림을 받느니 차라리 내 쪽에서 먼저 버리겠다는 식으로 이런 배신을 하는 것은 신분이 미천한 여인들이 하는 짓입니다. 더구나 내가 그렇 듯 앙심을 품을 정도로 그대를 오래 내버려두었던가요. 참으로 한심한 마음을 품고 있는 사람이었군요. 뜻밖입니다."

이렇듯 온전히 전할 수 없을 만큼 심한 소리를 하여 작은아씨가 가여울 정도인데, 작은아씨가 뭐라 아무 대답도 하지 않으니 더더욱 질투심이 불타오릅니다.

다른 남자의 품에 안겼던
증거인 그대 소맷자락의 향기를
내 몸에도 배이게 하니
두고두고 원망할 것이오

니오노미야가 이런 노래까지 읊으면서 너무도 몰인정한 소리를 해대니, 변명의 여지가 없다고 생각은 하나 그렇다 하여 입을 꾹 다물고 있으면 안 될 듯합니다.

지금까지 정분을 나눈

　　부부 사이라 믿고

　　의지해왔건만

　　이런 일 정도로

　　헤어져야 하는 것인지요

　눈물을 흘리며 무너지듯 엎드리니 그 모습이 더없이 귀여운
데, 이러하니 남자의 마음을 끄는 것이라고 애가 타고 시샘이
나기도 하여 니오노미야까지 눈물을 뚝뚝 흘리니, 이 얼마나 다
감한 심사인지요. 실제로 큰 잘못을 저질렀다 하여도 그것이 미
워 단호하게 헤어질 수도 없을 것 같은데다, 괴로워 고통스러워
하는 작은아씨의 모습을 보면 안쓰러워 언제까지 원망만 할 수
도 없으니, 책망하는 한편으로 다정하게 위로를 합니다.

　두 분이 나란히 잠이 들어 늦은 아침에 일어나니, 세수도 아
침 식사도 이쪽에서 합니다.

　지금까지 고려와 중국의 호화스러운 능직 비단으로 휘황찬란
하게 꾸민 방에 익숙해진 눈에 이 방에는 새로운 것이 없어 평
범하고 시녀들의 차림새도 오래 입어 풀기가 빠진 옷을 입고 있
는 자마저 있었습니다. 그런데 그것이 오히려 차분한 느낌을 주
기에 니오노미야는 친밀한 느낌으로 사방을 돌아봅니다.

　작은아씨는 부드러운 엷은 보라색 소례복에 패랭이꽃 평상복

을 겹쳐 입은 꾸밈없는 느긋한 모습입니다. 지금 한창 아름다운 우대신 댁 딸의 모든 것이 반듯하고 단정하고 엄숙하기까지 한 의상에 미치지 못한다는 생각은 들지 않고 오히려 온화하고 아름답게 보이는 것은 니오노미야의 애정이 예사롭지 않은 덕분이니, 그 부인에게 뒤지지 않아 부러워하는 것도 없는 게지요.

복스럽게 살이 올라 귀여웠던 작은아씨가 지금은 다소 홀쭉하게 야윈데다 피부는 점점 하얘지니, 기품과 아름다움이 넘실거립니다. 가오루의 향기처럼 확실한 증거를 알기 전에도 애교가 있고 귀여운 점에서는 역시 다른 누구도 따라올 수 없다는 생각이었습니다.

'이 매력이 가득한 여자에게 형제도 아닌 남자가 종종 찾아와 친근하게 대화를 나누다 절로 그 목소리와 기척에 익숙해지고 낯이 익어지면, 어찌 평정을 유지할 수 있으리. 연심을 품는 것은 당연한 일이지.'

니오노미야는 여자에게는 빈틈이 없는 성품이라 남자의 마음 역시 잘 아니, 늘 주의를 기울이면서 연문이 분명한 편지는 없을까 하여 작은아씨가 즐겨 사용하는 문갑과 당궤 같은 것을 슬며시 뒤져보았습니다. 허나 그런 편지류는 찾을 수 없었습니다. 그저 평범하고 단순한 내용의 짧은 가오루의 편지가 다른 편지에 아무렇게나 섞여 있는 것을 보고는 의심을 합니다.

'수상하구나, 설마 이것만은 아닐 터이지.'

오늘은 마음이 침착하지 못하고 불안하니, 그도 그럴 만하지요.

'정취를 아는 여자라면 가오루의 풍채에 마음이 끌리지 않을 리 없으니, 작은아씨라 하여 친근하게 다가오는 사람을 어찌 무턱대고 냉정하게 뿌리칠 수 있으랴. 더구나 잘 어울리는 두 사람이니, 서로 사랑하고 있는 것이야.'

이렇게 상상하니 견딜 수가 없고 화가 치밀고 질투심이 끓어올랐습니다. 아무래도 마음이 진정되지 않으니 그날도 바깥출입을 하지 않았습니다.

육조원 부인에게는 두세 번 편지를 보냈습니다.

"그 짧은 동안에 무슨 그리 할 말이 많이 쌓였다고."

이렇게 투덜거리는 늙은 시녀도 있습니다.

가오루는 니오노미야가 이렇게 이조원에 연일 묵고 있다는 소식을 들으니, 속이 편치 않고 애가 타서 견딜 수가 없습니다.

'어쩔 도리가 없구나. 이것도 내가 어리석고 나쁜 마음을 품었기 때문이니. 애당초 안심하라고 이르며 보살펴온 작은아씨를 이렇게 연모하여도 괜찮은 것일까.'

이렇게 억지로 마음을 돌리는 한편, 니오노미야가 역시 작은아씨를 버리지 못하는구나 싶으니 다행스럽기도 하였습니다.

'이조원의 시녀들은 후들거릴 정도로 오래 입은 옷에 풀기마저 없는 듯한 차림새였으니.'

이런 생각에 가오루는 어머니 온나산노미야를 찾아갔습니다.

"이 계절에 맞는 여유 옷이 없을까요. 좀 필요한 일이 생겨서."

"내달에 있는 법회를 위해 준비한 하얀 옷이 몇 벌 있을 것입니다. 물을 들인 것은 지금 당장은 준비된 것이 없으니, 서둘러 만들어오라 하지요."

"아니오, 그럴 것까지는 없습니다. 특별한 곳에 쓸 것은 아니니, 지금 있는 것으로도 충분합니다."

갑전에 물어, 여자 옷을 몇 벌 준비하고, 있는 평상복과 함께 하얀 비단과 능직물 등을 곁들여 선물하였습니다.

작은아씨의 옷감으로는 가오루 자신의 옷감으로 마련하여놓았던 다듬이 방망이 자국이 선명한 붉은 천에 하얀 능직물을 곁들였습니다. 여자 바지류는 없는데, 어찌 된 일인지 바지의 허리끈이 섞여 있어, 그 끈에 편지를 묶어 보냈습니다.

다른 남자와 이미
인연 맺은 그대인데
내 어찌 지금 와서
원망할 수 있겠는지요

이렇게 써서 전부터 친근하게 지내온 대보란 나이 많은 시녀 앞으로 보냈습니다.

"일단은 보내드리니, 보기 흉한 곳은 적당히 고쳐 입으세요."

이렇게 전하라 이르고, 작은아씨에게 드릴 옷은 눈에 띄지 않도록 신경을 썼으나, 옷함에 담아 다른 것과는 다른 훌륭한 보자기로 쌌습니다.

니오노미야가 있는 때인지라 작은아씨에게 보일 수는 없으나, 시녀들은 지금까지 가오루가 이런 물건을 보내는 것에 익숙한 탓에 새삼 돌려보내 풍파를 일으키는 일은 없습니다. 대보는 별다른 생각 없이 시녀들에게 각기 나누어주었습니다.

시녀들은 그 천을 바느질하여 옷을 만들기 시작합니다.

작은아씨 곁에서 시중을 드는 젊은 시녀들은 특별히 아름답게 꾸미게 하고 싶었던 것이겠지요. 너덜너덜한 옷을 입고 있던 허드렛일을 하는 시녀가 하얀 겹옷을 지어 입고 소박한 차림새를 하고 있으니, 오히려 상큼하게 보입니다.

정말 가오루가 아니면 과연 누가 이처럼 빈틈없이 뒤를 돌봐주며 후견인 노릇을 할는지요.

니오노미야는 작은아씨를 깊이 사랑하고 있어 무슨 일이든 불편이 없도록 배려하나, 아무래도 세세한 집안일까지는 미처 알지 못합니다.

수많은 사람들이 소중하게 떠받들고 있는 터라 사람의 생활상에 관해서는 전혀 알지 못하니, 궁핍한 살림 때문에 쪼들리는 것이 얼마나 서러운 일인지 모르는 것은 당연한 일입니다.

니오노미야는 풍류를 좋아하고 꽃에 맺힌 이슬을 보고도 감동한 나머지 가슴 설레는 성품인지라, 세상이란 그저 우아하게 놀며 지내는 것이라고 생각하고 있습니다. 그런 셈치고는 사랑하는 작은아씨을 위해서는 생활 면에서도 기회가 있을 때마다 직접 보살펴주기도 합니다. 니오노미야로서는 그런 예가 흔치 않으니, 비난하듯 말씀을 올리는 유모들도 있습니다.

"그렇게까지 하지 않으셔도 되는 것을."

시녀들 가운데 옷차림이 깔끔하지 못한 여동이 간혹 섞여 있는 것을 보면 작은아씨는 몹시 부끄러워하며 이렇게 생각합니다.

'오히려 신경 쓸 것이 많은 곳이로구나.'

마음속으로 남몰래 고민하는 일이 없는 것도 아닙니다. 하물며 요즘은 온 세상에 평판이 자자한 육조원의 화려한 생활상에 비하여, 이조원의 사람들은 뭐라 생각하고 있을까 하고 그 사람들 보기에도 체면이 서지 않고 부끄러우니, 더욱 근심거리가 많아져 한탄하고 있습니다.

가오루는 그런 작은아씨의 심중을 족히 헤아리고 있습니다.

'평소 친근하지 않은 사이라면 있는 물건을 잡다하게 모아 선물하는 마음씀씀이는 흉물스러울 터이나, 상대를 허투루 여기는 마음에서 그러는 것이 아니고, 그렇다 하여 특별히 거창하게 조달하는 것처럼 보이는 것도 오히려 사람들의 의심을 살 수 있으니.'

이번에도 또 전처럼 시녀들을 위한 갖가지 아름다운 의상을 짓게 하고, 작은아씨를 위해서는 소례복 감을 짜게 하는 등, 능직천까지 곁들여 선물하였습니다.

가오루는 원래 니오노미야 못지않게 각별하고 소중하게 자랐고, 지나치다 싶을 만큼 자존심도 세고 속세의 일에 대해서는 관심이 없는 의연한 성품입니다. 고귀한 인품은 더할 나위 없으나, 우지 산장에서 돌아가신 하치노미야의 생활상을 본 뒤로는 세상으로부터 버림받은 서러운 생활이 얼마나 힘겹고 고통스러운 것인지 안쓰럽게 여기게 되면서, 세세한 일까지 갖가지로 배려하게 되었고 넉넉한 자비심을 갖게 된 것입니다. 사람들은 그 애처로운 하치노미야에게 감화를 받았다 하여 말들이 많습니다.

이렇게 가오루는 어떻게든 작은아씨가 안심할 수 있는 분별력 있는 보호자로 지내자고 생각하는데, 마음이 말을 듣지 않아 작은아씨 생각으로 가득하니, 괴로운 나머지 편지를 쓸 때도 전보다 자신의 마음을 알알이 털어놓거나, 자칫 넘쳐흐르는 연모의 정을 전하기도 합니다. 상황이 그러하니 작은아씨는 견디기 힘든 고뇌에 시달리는 자신의 처지를 두고두고 서글퍼합니다.

'전혀 모르는 상대라면 이 얼마나 몰상식한 사람인가 하고 매정하게 내치기도 쉬울 터이나, 옛날부터 듬직한 사람이라 믿으면서 묘한 교제를 계속하여왔는데, 지금 와서 절교를 한다면 도리어 사람들이 이상하게 여길 터이지. 그렇다 하여 가오루 님과 마음이 통하도록 대처하는 것은 더욱 꺼려지는 일, 대체 나는 어찌하면 좋다는 말인가.'

작은아씨는 이런저런 생각을 하며 속을 끓이고 있습니다.

곁에서 시중을 드는 시녀들 가운데 조금이나마 얘기 상대가 될 만한 젊은 사람들은 아직 모두 새내기들이고, 속을 터놓을 수 있는 시녀들이란 우지 산장 시절부터 함께 있는 늙은 사람들 뿐입니다. 마음의 번뇌를 공감하여주고 자기 일처럼 의논에 응하여줄 사람도 없으니, 늘 죽은 언니를 떠올리지 않을 수 없습니다.

'만약 지금도 언니가 살아 있었더라면, 가오루 님도 그렇듯 불순한 연모의 정은 품지 않았으련만.'

작은아씨는 니오노미야가 자신을 쌀쌀맞게 대할지도 모른다는 걱정보다 가오루의 일이 한층 괴로웠습니다.

가오루는 도저히 연모의 정을 억제할 수 없어, 저녁나절에 지난번처럼 은밀하게 찾아갔습니다. 작은아씨는 마루 끝에 있는 자리에 방석을 내다놓고 이렇게 전하라 하였습니다.

"몸이 불편하여 말조차 하지 못합니다. 때가 좋지 않으니."

전하여 들은 가오루는 참으로 매몰찬 처사라고 괴로워 눈물이 쏟아질 듯한데, 시녀가 보는 앞이라 억지로 참습니다.

"병석에 있을 때에는 알지도 못하는 기도승 따위도 발 안으로 들여놓았으니, 나를 의사라 여기고 그들에게 하듯 발 안으로 들여줄 수는 없는지요. 이렇게 사람을 통하여 인사를 하자니 찾아 뵌 보람이 없는 듯하군요."

가오루가 몹시 언짢아하는 표정이라, 지난밤 둘의 친밀한 분위기를 보았던 시녀들은 이렇게 대면하면 오히려 보기가 흉측스럽다면서 작은아씨가 있는 안채의 발을 내리고 차양의 방의 밤을 지키는 스님의 자리로 가오루를 안내하였습니다.

작은아씨는 몸이 불편하여 정말 고통스러웠으나, 시녀가 이렇게 말하는데 딱 잘라 거절하는 것은 어떨까 싶어 주저되니, 싫으면서도 안에서 조금 나와 대면하였습니다.

작은아씨가 간혹 희미한 목소리로 말하는 모습에 그 옛날 큰아씨가 병석에 누웠을 때의 일이 먼저 떠오르니, 가오루는 불길하고 슬퍼서 눈앞이 캄캄해지는 듯하여 당장은 뭐라 말을 하지 못하고 마음을 진정시킨 후에 말을 건넸습니다. 작은아씨가 너무 깊은 안쪽에 떨어져 있는 것이 야속한 가오루는 발밑으로 손을 집어넣어 휘장을 약간 밀치고 그전처럼 친근하게 다가갑니다. 작은아씨는 그런 가오루가 싫어 견딜 수가 없으니, 소장이라는 시녀를 부릅니다.

"가슴이 아파서 견딜 수가 없구나. 잠시 눌러다오."

가오루는 그 소리를 듣고 한숨을 쉬면서 자세를 반듯하게 고쳤으나, 속마음은 편치 않습니다.

"가슴이 아픈 것은 누르면 더욱 고통스러워집니다."

"어찌하여 늘 그렇게 몸이 불편한 것인지요. 사람들의 말에 따르면 입덧을 할 때는 한동안 속이 안 좋다가도 시간이 지나면 좋아진다 하더이다. 어린애처럼 지나치게 걱정을 하는 것은 아닌지요."

작은아씨는 그 말을 듣고 부끄러워합니다.

"저는 언제부터인가 이렇게 가슴이 아픕니다. 죽은 언니도 그랬지요. 오래 살지 못하는 사람들이 곧잘 이런 병에 걸린다고 들었습니다."

'아무도 천년솔처럼 오래 살 수 있는 세상은 아니라 생각하자' 몹시 마음이 아프고 가여워, 아까 불러들인 소장이라는 시녀가 듣고 있는 것도 개의치 않고 오래전부터 얼마나 연모하고 있는지를 듣기 좋도록 말하였습니다. 물론 지장이 있을 만한 얘기는 애써 조심하고, 작은아씨만 알아듣고 다른 사람들은 의심하지 않을 표현을 사용하였습니다. 소장은 정말 이 세상에 둘도 없이 마음씀씀이가 훌륭한 분이라고 생각합니다.

매사에 가오루는 죽은 큰아씨를 끝없이 생각하고 있습니다.

"나는 어렸을 때부터 속세는 돌아보지 않고 출가만 염두에 두고 있었는데, 그런 인연이 있었던 것일까요. 깊이깊이 연모하였으나 큰아씨는 마음을 열어주지 않았으니, 그 연심 때문에 염원하였던 출가를 이행하지 못하였던 것이지요. 큰아씨가 세상을 뜬 후에는 그 아프고 상심한 마음을 달래기 위해 이런저런 사람들과 관계를 하였고, 그런 사람들과 교제를 하다 보면 슬픔이 잊혀지지는 않을까 하고 생각도 해보았으나, 아무리 하여도 다른 여인은 마음이 끌리지 않았습니다. 그렇게 늘 이리저리 번민을 거듭하고도 끝내 마음이 끌리는 사람도 없었는데, 호색적인 사람인 듯이 여길까 하여 염려됩니다. 허락되지 않는 연심이나마 조금이라도 있다면 놀랍고 어처구니없는 일일 터이나, 다만 이렇게 가끔 만나 서로의 생각을 이야기하면서 친근하게 지내는 것을 누가 뭐라 하겠습니까. 세상에 다른 남자들과 성격이 다른 나를 비난할 사람은 없으니, 아무쪼록 안심하세요."

가오루는 이렇게 눈물을 흘리고 원망도 하면서 얘기합니다.

"불안하다면 이렇듯 사람들이 이상히 여길 만큼 가까이에서 만나겠습니까. 오랜 세월을 지내오면서 그대의 인품을 잘 알기에, 드물게 신뢰할 수 있는 분이라 여기기에 의논을 하는 것이 아니겠습니까."

"그런 일이 언제 있었는지 나는 기억이 없는데, 마치 늘 그래왔던 것처럼 생각하고 얘기하는군요. 이제 겨우 우지행의 준비에 나를 의지하여주셨군요. 허나 나를 믿기에 그런 어려운 말을 꺼낸 것이라고 진심으로 기쁘게 생각합니다."

그러면서도 얼굴에는 불만과 원망이 어려 있으나, 시녀 소장이 곁에 있는데 어찌 마음속에 있는 많은 얘기를 계속할 수 있겠는지요.

공허한 눈길로 바깥을 내다보자 어둠이 깔리면서 벌레소리만 선명하게 들려오고, 정원의 동산 언저리도 어두컴컴하여 사물의 분간이 어려운데, 가오루는 여전히 상념에 골몰한 표정으로 몸을 기대앉아 있습니다. 발 안쪽에 있는 작은아씨는 성가신 일이라고 생각합니다.

그리움에 한도가 있어
언젠가는 사라질
이 세상이라면

　가오루가 상념이 끊이지 않는 자신의 한탄을 옛 노래에 담아 조용히 읊조립니다.

　"아무리 생각하여도 끝이 없으니 그저 난감할 따름입니다. 소리내어 울어도 울음소리가 들리지 않는다는 '소리 없는 산골'이라도 찾아가고 싶은 심정인데, 우지 산골에 굳이 절을 짓지 않더라도, 옛사람의 모습을 새긴 인형을 만들거나 그림을 그려 내세를 추모하고 싶은 생각이 듭니다."

　"고맙고 감동적인 발원이나, 인형이라 하면 '죄를 씻기 위해 신사의 냇물에 떠내려 보내는' 그 인형이 연상되니 언니가 가엾습니다. 그림 역시 황금 뇌물을 받고 좋게도 나쁘게도 그릴 수 있는 화가가 나서면 어쩌랴 싶으니 오히려 꺼려집니다."

　"옳은 말씀입니다. 조각가든 화가든 제 마음에 드는 것을 만들어낼 리가 있겠습니까. 근자에 마치 하늘에서 꽃을 뿌린 것처럼 존귀한 불상을 만든 명인이 있다고 하는데, 그런 뛰어난 솜씨로 기적이라도 부리지 않은 후에야."

　이렇듯 만사에 죽은 사람을 잊을 길 없어 한스러워합니다. 그런 생각이 너무도 간절하여 보이니 참으로 안되었습니다. 작은 아씨는 조금 더 앞으로 나아갔습니다.

"인형 얘기가 나와 지금까지 생각지도 못한 참으로 묘한 생각이 떠올랐습니다."

이렇게 말하는 모습이 조금은 마음을 열어 보이는 듯하여 가오루는 반갑고 애틋한 심정으로 휘장 밑으로 작은아씨의 손을 잡으며 말합니다.

"이게 대체 무슨 짓인지요."

작은아씨는 가오루의 행동이 부담스러워 어떻게든 이 연심을 체념케 하여 온건하게 만나고 싶다고 생각합니다. 공연히 소동을 피워 가까이에 있는 소장이 이상히 여기게 되면 처지가 거북해지니, 아무 일도 아닌 척 가장하고 있습니다.

"지금까지 긴 세월을 살아 있는지도 몰랐던 사람이, 올여름 먼 지방에서 도읍으로 올라와, 제게 편지를 보내왔습니다. 그 사람을 남처럼 대할 마음은 없으나, 그렇다 하여 갑작스레 친근하게 굴 수도 없는 노릇, 그런데 얼마 전에 저를 찾아왔더군요. 그 사람이 놀랍게도 죽은 언니를 너무도 닮아 마치 언니처럼 다정하게 느껴졌습니다. 그대는 저를 언니의 유품이라 여기기도 하고 말씀도 그렇게 하시곤 하는데, 저는 오히려 한 군데도 닮은 곳이 없다고 시녀들이 말합니다. 그런데 닮아야 할 이유가 없는 사람이 어쩌면 그리도 닮았는지 모르겠습니다."

가오루는 마치 꿈 얘기를 듣는 기분입니다.

"그럴 만한 이유가 있어 그대를 의지하고 찾아온 것이 아닐는지요. 왜 지금까지 그런 말을 하여주지 않았는지요."

"저는 그 이유도, 어떤 사연으로 그렇게 되었는지도 전혀 모릅니다. 아버님은 뒤에 남을 우리 자매가 영락하여 가엾은 몰골로 세상을 헤매는 것은 아닐까 하여 그것만 걱정하셨는데, 지금은 저 홀로 남아 있는 고생을 이 한 몸으로 다 감수하고 있으니 괴로울 따름이지요. 그런데 지금 또 예기치 않은 일이 더해져 사람들의 입방아에 오를 듯하니, 돌아가신 아버님께 해가 되지는 않을까 두렵습니다."

이렇게 말하는 것으로 보아, 돌아가신 하치노미야가 남들 모르게 정분을 나누었던 사람이 아이를 낳은 것이 아닐까 하고 헤아려집니다.

특히 그 피붙이가 큰아씨를 쏙 빼닮았다고 하는 말에 귀가 솔깃합니다.

"이왕 거기까지 말씀을 하였으니, 모든 것을 다 얘기하여주면 좋겠습니다."

더 자세히 듣고 싶은 듯 가오루는 이렇게 청하나, 작은아씨는 어색하고 거북하여 더 이상 세세한 사정 얘기는 하지 않습니다.

"찾아가보고 싶다 하시면 어느 부근에 살고 있다는 것을 가르쳐드릴 수 있으나, 자세한 것은 저도 잘 모릅니다. 더구나 더 이상 얘기하면 실망할 수도 있으니."

"죽은 큰아씨의 혼을 찾아가는 것이라면 나는 이 세상은 물론 저 바다 끝까지 찾아가겠으나, 지금 얘기한 그 사람에게 그리 마음을 둘 것이야 없겠지요. 허나 큰아씨의 인형을 만들겠다는 발원까지 한 지경이니, 인형 대신 그 사람을 산사의 본존에 소중히 모시고 싶은 마음입니다. 아무쪼록 더 자세한 얘기를."

가오루는 조급하게 재촉합니다.

"글쎄요, 돌아가신 아버님이 인정하지 않은 사람을 그렇게까지 털어놓고 얘기한다는 것은 입이 가벼운 처신이나, 기적의 조각가까지 찾아내려 하는 그 가상함에 그만 이런 말까지 하고 말았습니다.

오래도록 저 먼 시골에 사는 딸을, 그 사람의 어머니가 시골에서 키우는 것을 못내 아쉬워하여 억지로 도읍으로 데리고 올라왔다 합니다. 연줄을 대어 제게 그 소식이 들어왔는데, 뭐라 시원한 답변을 못하고 있던 중에 그 어머니가 딸을 데리고 찾아왔어요. 얼핏 보았을 뿐이나, 생각하였던 것보다는 용모도 웬만하였습니다. 어미는 딸의 거취를 걱정하여 속을 끓이고 있는 듯한데, 그대가 본존처럼 소중하게 여기신다면 더없이 고마운 일이지요. 허나 그렇게까지 대우하는 것이 과연 현명한 일일지."

작은아씨가 이렇게 설명하는데, 가오루는 그 속셈을 짐작하면서 원망스러워합니다.

'나의 연심이 성가시니 이런 일을 빌미로 나를 잘 구슬려 마음을 돌려놓으려 하는 것이야.'

허나 그 사람에게 마음이 끌리는 것은 어쩔 수 없었습니다. 작은아씨가 가오루의 연심을 있을 수 없는 일이라 여기기는 하나, 무안을 주는 노골적인 행동을 취할 수 없는 것도 모두 자신의 진심을 알기 때문이라고 생각하니, 가오루는 가슴이 두근거렸습니다. 그러던 차에 밤이 깊어갔습니다.

발 안에 있는 작은아씨는 시녀가 보는 앞이라 몹시 거북하여 가오루가 한눈을 파는 사이에 안으로 들어가버렸습니다.

가오루는 지당한 처신이라 생각하면서도 혼자 남겨진 것이 유감스럽고 한스러우니, 낙담한 마음을 달랠 길이 없었습니다. 흐르는 눈물을 보이는 것도 꼴불견이라 이런저런 생각에 마음이 어지러우나 그렇다 하여 함부로 무분별하게 행동하는 것도 천박한 일이고 자신이 원하는 바는 아니라고 마음을 바꿉니다. 가오루는 평소보다 더 많은 한숨을 내쉬며 그 자리를 물러나왔습니다.

'이렇게 작은아씨만을 생각하며 괴로워하고 있는데, 앞으로 어찌하면 좋을까. 어떻게 하면 세상의 비난을 모면하면서 이 연심을 성취할 수 있을까.'

가오루는 이런 사랑의 길에 스스로 빠져든 경험이 없는 탓인지, 자신은 물론 작은아씨에게도 마음고생의 씨가 될 일만 궁리하고 있으나, 결국은 어쩔 도리가 없으니 한숨도 눈을 붙이지 못하고 밤을 밝혔습니다.

큰아씨를 닮았다는 그 여인이 정말 그리 닮았는지 무슨 수를 써서 확인하면 좋을까, 그 정도의 신분이라면 말을 건네기는 어렵지 않겠으나, 상대가 내 성에 차지 않으면 오히려 실망이 클 터인데. 이런 생각을 하자 역시 그 사람에게는 마음이 동하지 않았습니다.

가오루는 우지 산장을 오래도록 찾아가지 않으면 큰아씨에게서 멀어지는 듯한 심정에 이유도 없이 마음이 불안해지니, 구월 이십일이 지나 우지로 떠났습니다.

바람이 휭휭 몰아치면서 나뭇잎을 떨어뜨리니 견딜 수 없이 쓸쓸하고, 콸콸 흐르는 우지 강의 강물 소리만이 빈 산장을 지키고 있는 듯한 풍정입니다. 사람은 그림자도 보이지 않습니다.

그 황폐해진 광경을 본 가오루의 마음이 잔뜩 어두워지고 그 슬픔은 이루 말할 수 없었습니다. 출가한 변을 부르자, 푸른빛이 도는 먹색 휘장을 밀어내고 장지문을 지나 나왔습니다.

"황송하기 그지없는 일이나 날로 나이를 먹어 그 추함이 끔찍하니 모습을 보이기가 두렵습니다."

변은 얼굴조차 제대로 보이려 하지 않습니다.

"그 얼마나 외롭고 시름에 차 있을까 헤아리려나, 그대밖에 옛이야기를 나눌 수 있는 사람이 없구려. 참으로 덧없이 세월만 흐르고 있습니다."

가오루의 눈에서 넘쳐흐르는 눈물을 보니 늙은 변 역시 솟구치는 눈물을 참지 못합니다.

"작은아씨 일로 큰아씨가 안 하여도 좋을 하잘것없는 걱정을 한 것이 지금 이 계절입니다. 슬픔은 늘 한이 없으나, 당시의 일이 원망스럽고 몸이 저미도록 슬프니 서늘한 가을바람마저 무정하게 여겨지는가 봅니다. 큰아씨가 염려했던 대로 작은아씨의 처지가 불우하다는 소식을 간간이 들리니, 두 분 아씨 모두에게 참으로 슬픈 일입니다."

"무슨 일이 있어도 살아만 있다면 모든 것이 원래대로 잘 수습될 수도 있을 터인데, 큰아씨가 니오노미야의 일을 염려하고 한탄하는 마음을 풀지 못하고 저세상으로 떠난 후에는 모든 것이 내 잘못인 듯하여 지금도 슬픔을 가눌 길이 없습니다. 허나 요즘 작은아씨는 그리 염려할 만한 상태는 아닙니다. 그런 일은 세상에 흔히 있으니까요. 다만 연기가 되어 하늘로 사라진 큰아씨를 도저히 단념할 수 없군요. 사람의 운명이란 누구도 피할 수 없는 것이나, 앞서고 뒤서는 사별의 아픔만은 몇 번을 거듭 말해 봐야 헛일이지요."

가오루는 이렇게 말하고 또 눈물을 흘립니다.

가오루는 아사리를 불러들여 큰아씨의 기일 법회에 필요한 경권과 불상 등을 의논합니다.

"이곳을 찾을 때마다 큰아씨의 죽음은 이미 돌이킬 수 없는 것인데 아직도 단념하지 못하고 그리워하는 것은 무익한 일이라 여겨지니, 이 산장을 철거하는 대신 아사리의 산사 근처에 불당을 짓고자 합니다. 이왕이면 하루빨리 공사에 들어가고 싶은데."

가오루는 불당을 몇 동이나 지을 것인지, 건널복도와 승방 등 필요한 것을 도면에 그리며 설명합니다.

"참으로 기특한 일입니다."

아사리는 그 공덕에 관하여 말합니다.

"그 옛날에, 하치노미야 님께서 유서 있는 자신의 거처로 지은 건물을 철거하는 것은 서운한 일이나, 하치노미야 님의 살아생전의 뜻 역시 공덕을 쌓기 위하여 스스로 절로 삼으려 하시지 않았을까 싶습니다. 뒤에 남은 아씨들을 염려하여 그렇게 하시지 못하였던 것이겠지요. 지금은 니오노미야의 부인이 된 작은아씨의 소유이니, 니오노미야의 소유라고도 할 수 있습니다. 그러니 이곳을 절로 삼는 것은 제 뜻만 가지고는 여의치 않습니다. 이곳은 강가에 가까워 사람들의 눈도 많으니, 역시 산장을 철거하여 다른 곳으로 옮겨 짓는 것이 어떨까 합니다."

"하나에서 열까지 참으로 기특하고 숭고한 마음입니다. 옛날에 죽은 자식이 가여워 그 시신을 주머니에 넣어 오랜 세월 목에 걸고 있었다는 사람도, 부처님의 공덕으로 결국은 그 시신 주머니를 버리고 불도가 되었다 합니다. 이 산장을 보면서 애착의 마음을 끊지 못하는 것은 장차 좋지 않은 일일 것입니다. 사찰을 짓는 것은 후세의 안락을 위해서는 바람직한 일이니 당장 공사에 착수하도록 하겠습니다. 역박사에게 길일을 점쳐달라 하여, 절의 건축에 소상한 장인 두셋을 들이고, 상세한 것은 불전의 가르침을 따라 공사를 진행하도록 하겠습니다."

가오루는 이런저런 지시를 하고 결정합니다. 그리고 자신의 장원 사람들을 불러 이번 공사에 임하여 아사리의 지시를 잘 따르라고 명합니다.

어느 틈에 해가 저물어, 그날은 산장에 머물렀습니다.

이 산장도 이제 마지막인가 싶어 이쪽저쪽을 돌아보니, 불상을 모두 아사리의 산사로 옮겨놓은 탓에 출가한 변의 근행에 필요한 불구만 남아 있습니다. 변이 너무도 조촐하고 소박하게 살고 있는 것을 가여워하며 앞으로는 어떻게 살아갈 것인지를 걱정합니다.

"이 산장은 사정이 있어 다시 짓기로 하였습니다. 공사가 마무리 될 때까지 저쪽에서 지내세요. 작은아씨에게 보낼 물건이 있으면 내 장원의 사람을 불러 그대의 뜻을 전하세요."

이렇게 사무적인 일까지 세세하게 지시를 합니다. 다른 곳이라면 변 같은 늙은이에게는 눈길조차 돌리지 않을 터이나, 밤에도 가까이에 자리를 펴게 하고 옛 추억담을 두런두런 나눕니다.

변은 달리 듣는 사람이 없어 안심이니, 돌아가신 권대납언 가시와기의 생전에 대해서도 자세한 얘기를 들려줍니다.

"임종이 다가와, 갓 태어난 그대의 귀여운 모습을 한번이라고 보고 싶어하셨는데, 세월이 흘러 뜻하지 않게 이 늙은이가 이렇듯 그대를 뵙게 되었으니, 가시와기 님의 생전에 극진하게 시중을 들었던 공덕이 이제야 나타난 것은 아닐까 생각되어 기쁘기도 하고 슬프기도 합니다. 이렇게 한심하도록 오래 산 탓에 많은 일을 보고 또 경험하여왔으나, 이 가슴이 사무치도록 깨우친 것은 부끄럽고 한심한 일뿐입니다. 작은아씨도 가끔은 도읍으로 올라와 모습을 보이라고, 소식조차 주지 않고 틀어박혀 있는 것은 나를 다 잊은 것이 아니냐고 말씀하나, 불길하기 짝이 없는 출가한 몸으로 아미타불 외에 그 누구를 만나고 싶겠습니까."

죽은 큰아씨에 대해서도 그 얘기가 끝이 없으니, 생전의 일들을 생각하며 그때는 이러했고, 벚꽃과 단풍의 색을 보고는 이런 노래를 두서없이 흥얼거렸다면서 당시의 분위기를 살려 노인다운 떨리는 목소리로 말합니다.

'그리고 보니 큰아씨는 말수는 적었으나, 우아하고 운치가 있는 분이었구나.'

가오루는 그런 일들을 떠올리고 큰아씨를 더욱 그리워하면서 얘기를 듣고 있습니다.

'작은아씨는 다소 현대풍이고 화려한데, 마음을 놓을 수 없는 상대에게는 매몰찬 태도로 냉담하게 대하니, 나를 상냥하고 애정이 깊은 듯 대하기는 하여도, 이대로 깨끗한 관계를 유지하고 싶어하는 듯하구나.'

가오루는 마음속으로 두 아씨를 비교하고 있습니다.

가오루는 말이 나온 김에 하치노미야의 피붙이라는 사람 얘기를 슬쩍 내비쳤습니다.

"그분이 지금 도읍에 있다니 저는 전혀 몰랐습니다. 사람들에게 전해 들은 그분인 게지요. 돌아가신 하치노미야 님께서 이런 산골에 은거하기 전이라고 합니다. 하치노미야 님은 부인이 돌아가신 지 오래지 않아 시중을 드는 상급 시녀 가운데 중장이라 하여 성격도 그리 나쁘지 않은 이에게 그야말로 은밀히 정을 주셨습니다. 아무도 그 사실을 몰랐는데, 그 사람이 여자 아이를 낳은 탓에 하치노미야 님은 자신의 아이라는 것을 확실히 알면서도 일이 성가시게 되었다 하여 그 후로는 두 번 다시 정을 통하지 않았습니다. 그 뜻하지 않은 일에 넌더리가 나 그 후로는 정말 성승처럼 사신 것이지요. 중장은 시녀로 지낼 수도 없는데다 어디 의지할 곳도 없으니 그만 집을 떠나고 말았습니다. 그 후 미치노쿠의 수의 아내가 되었는데, 그 얼마 후에 도읍으로 올라와, 그때 낳은 딸이 무사히 성장하였다는 것을 넌지시 알려왔습니다. 하치노미야 님께서 이런 편지는 절대 보내서는 안 된다고 내던져버리자, 곱게 키운 보람도 없다면서 낙담하고 슬퍼하였습니다. 그 후 남편이 히타치의 수가 된 탓에 다시 임지로 내려가, 지난 몇 년 동안 소식을 듣지 못하였는데, 올봄에 도읍으로 올라와 이조원의 작은아씨를 찾아갔다는 얘기를 얼핏 전해 들었습니다. 그 아씨는 벌써 나이가 스무 살 정도 되었을 것입니다. 무척이나 귀엽게 성장하였는데, 안쓰럽다며 한때는 구구절절한 편지를 보내기도 하였지요."

가오루는 자세한 얘기를 듣고는 그렇다면 사실일 터이니 만나보고 싶은 기분이 들었습니다.

"죽은 큰아씨의 생전의 모습을 조금이라도 닮은 사람이 있다면, 낯선 타향이라도 찾아가고 싶은 심정입니다. 하치노미야 님께서는 자신의 자식이라는 것을 인정하지 않으셨으나, 피붙이임에는 틀림이 없으니. 혹여 이쪽으로 편지가 오면 내가 그리 말하였다고 전하여주세요."

가오루는 이렇게 말해두었습니다.

"그 어머니인 중장은 돌아가신 하치노미야 님의 부인의 조카입니다. 저하고도 역시 혈연관계에 있으나, 당시에는 서로 다른 곳에 산 까닭에 친분이 거의 없었습니다. 얼마 전 작은아씨의 시녀 대보가 편지를 보내어, 그 아씨가 하치노미야 님의 산소를 꼭 찾아보고 싶다 하니 그렇게 알고 있으라 하였는데, 이쪽에는 아직 아무런 소식이 없었습니다. 앞으로 무슨 소식이라도 있으면, 가오루 님께 전하도록 하겠습니다."

날이 밝아 가오루는 도읍으로 돌아가려 하였습니다. 어젯밤 가오루에 뒤이어 당도한 비단과 솜을 아사리에게 선물하고, 변에게도 주었습니다. 또한 법사와 변의 시중을 드는 사람에게도 천을 고루 나누어 주었습니다.

허전하고 소박한 산골에 살면서도 이렇듯 가오루가 세심하게 배려를 하여주니, 변은 자신의 신분보다는 깔끔하고 아담한 살림을 꾸리면서 근행에 임하고 있습니다.

바람이 세차게 몰아쳐 나뭇가지는 헐벗고, '뜰에는 수북하게 낙엽이 떨어져 있는데, 그것을 밟고 오는 사람의 흔적조차 없는 광경'을 쓸쓸히 바라보면서, 곧장 길을 떠나지 못합니다. 풍정이 있는 깊은 산골의 나무에 휘감긴 담쟁이넝쿨은 아직도 선명

한 빨간색으로 남아 있습니다. 이 넝쿨잎을 작은아씨에게 선물
할 생각인지 몇 잎 뜯어오라 하여 돌아갔습니다.

그 옛날 이곳에 묵은
추억이 없었더라면
깊은 산 넝쿨잎 아래서 잠드는
나그네의 하룻밤이
얼마나 쓸쓸하였을 것인지

이렇게 혼자 중얼거리자 변이 화답합니다.

썩어 문드러진 나무처럼
볼품없는 이 늙은이의
외로운 누옥에 묵은
그 추억을 지금도 잊지 않으시니
슬프기만 합니다

한없이 고풍스러운 노래이나, 어딘가 모르게 옛날을 되살리
게 하는 풍정이 묻어나니, 조금은 마음의 위로가 되었습니다.

작은아씨에게 붉든 넝쿨잎을 보냈는데, 때마침 니오노미야가
작은아씨의 처소에 들어 있었습니다.

"삼조궁에서."

시녀가 아무 생각도 없이 들고 와 전하니, 작은아씨는 편지에 난처한 내용이 적혀 있으면 어쩌나 하고 속이 타는데, 당장은 어떻게 숨길 수도 없습니다.

"넝쿨잎이 아주 곱게 물들었군."

니오노미야는 일부러 이렇게 말하고는 편지를 받아 보았습니다.

'요즘은 어떻게 지내는지요. 우지의 산장에 다녀왔습니다. 산봉우리에 깊은 안개까지 끼어 수심이 걷히지 않는 심정이었으나, 그 얘기는 찾아 뵙고 드리지요. 산장의 침전을 불당으로 만드는 일은 아사리에게 자세하게 말하여놓았습니다. 허가를 받은 후에 이전 공사에 착수하려고 합니다. 변에게도 그렇게 지시하여주세요.'

"음, 내가 여기 있다는 것을 아는 모양이로군. 이렇게 별 내용 없이 쓴 것을 보면."

니오노미야의 말이 사실과 전혀 다르지는 않지요. 작은아씨는 그야말로 별 내용이 없어 안도하고 있는데, 니오노미야가 이렇듯 억측을 하면서 꼬투리를 잡으려 하자 너무하다는 생각에 원망스러운 표정을 짓고 있으니, 그 모습이 그 어떤 죄도 용서해주고 싶을 만큼 사랑스럽고 아름답습니다.

"답장을 쓰세요. 나는 보지 않을 것이니."

니오노미야는 이렇게 말하고 일부러 고개를 돌리고 모르는 척하였습니다. 토라져 답장을 쓰지 않으면 오히려 상황이 거북해집니다.

'우지에 다녀오셨다니 부럽습니다. 침전은 말씀대로 불당으로 삼는 것이 가장 좋으리라 생각합니다. 출가에 앞서 산 속 깊은 바위틈에서 있을 곳을 찾기는 것보다 그 산장을 방치하지 않고 불당으로 개축하여 사용하고 싶은 생각도 있으니, 적당한 조치를 취하여주신다면 더없이 고맙겠습니다.'

작은아씨는 이렇게 답장을 썼습니다. 니오노미야는 이렇게 아무 일 없는 평범한 사이일 것이라고 생각하는 한편, 자신의 바람기 많은 성품에 비추어 역시 보통 사이가 아닐 것이라 짐작하기도 하니 마음이 편치 않고 애가 탑니다.

풀이 마르고 시들어 볼품없는 앞뜰에 다른 풀들과 달리 억새만 이삭을 달고 높이 뻗은 손을 흔드니, 무척이나 풍취 있게 보입니다. 갓 맺힌 이삭이며 조롱조롱 이슬을 달고 허망하게 흔들리는 모습 등, 늘 보는 가을의 정경이기는 하나 저녁 바람까지 서늘하게 불어 몸을 저미는 듯한 계절입니다.

얼굴에는 나타나지 않으나
참억새의 가슴에 품은 연심
사뭇 애틋하게 이슬에 젖은
옷자락으로 손짓하는 억새처럼
유혹하는 편지 부지런하니

이렇게 흥얼거리며 니오노미야는 부드럽게 몸에 감기는 익숙한 옷에 평상복만 걸친 모습으로 비파를 퉁기고 있습니다. 황종조의 가락을 마음을 절절하게 파고들도록 연주하니, 작은아씨는 원래부터 좋아하는 곡이라 언제까지고 토라져 있을 수만은 없어 휘장 끝에 놓여 있는 조그만 사방침에 기대어 있습니다. 얼핏 보이는 그 얼굴이 아무리 보아도 싫증이 나지 않을 만큼 귀엽습니다.

가을도 지난 들판의 모습은
희미한 바람에 흔들리는
억새의 움직임으로 알 수 있듯이
내게 싫증난 당신의 마음은
몸짓으로 알 수 있지요

"내 몸 하나의 슬픔도 힘겨운데."

작은아씨가 이렇게 중얼거리고 눈물을 흘리자, 니오노미야는 거북하여 부채로 얼굴을 가리고 있는 그 마음속까지 귀엽게 여깁니다. 이러하니 가오루 역시 단념하지 못하는 것이라고 의심하는 마음이 불거져 한스러워합니다.

손질을 꼼꼼하게 하여 오히려 단풍이 늦게 드는 이 정원에, 국화는 아직 색이 완전히 변하지 않았는데 한 송이만 아름답고 보기 좋게 물든 것이 있으니, 니오노미야는 그 꽃송이를 꺾어오라 하고는 한시를 읊조립니다.

　꽃 가운데 오직 국화만을 사랑하는 것은 아니나

　"옛날에 아무개라는 이름의 황자가 이 국화의 아름다움을 음미하며 상찬하였던 이런 저녁 시간에, 하늘에서 날개를 펄럭이며 천인이 내려와 비파의 주법을 가르쳐주었다고 하는군요. 모든 것이 천박해진 이 말세에 그윽함까지 없어졌으니 안타깝습니다."

　이렇게 말하며 비파를 내려놓으니, 작은아씨는 매우 아쉬워합니다.

　"요즘 사람의 마음은 천박해졌을지 모르나, 그 옛날의 명수에게서 이어받은 기량까지 녹이 슬었을 리야."

　작은아씨는 아직 채 외우지 못한 곡을 듣고 싶어하는 눈치입니다.

　"정히 그렇다면 혼자 연주하기는 싫으니, 합주를 하세요."

　니오노미야는 시녀를 불러 쟁을 가져오라 합니다.

　작은아씨에게 함께 연주하자고 하나 아씨는 부끄러워하며 손도 대지 않습니다.

　"옛날에 아버님께 가르침을 받기는 하였으나, 연주를 할 수 있을 정도로 배우지는 못하였습니다."

　"이런 일까지 남 대하듯 하니 서럽구려. 요즘 내가 만나는 사람은 아직 그리 마음을 열어놓은 사이가 아닌데도 갓 배워 미숙한 솜씨나마 숨기지 않고 보여줍니다. 여자란 모름지기 부드럽고 마음이 순진한 것이 좋다고, 그대가 좋아하는 가오루도 말하였을 터인데요. 그 사람에게는 이렇게 남을 대하듯 하지 않겠지요. 더없이 친근한 사이인 듯하니."

니오노미야는 정말 이렇게 푸념을 합니다. 작은아씨는 한숨을 쉬면서 살짝 현을 퉁겨봅니다. 현이 늘어져 있어 반섭조로 조율을 합니다. 그 가락과 손톱 소리가 무척이나 아름답게 들립니다.

사이바라의 「이세 바다」를 노래하는 니오노미야의 목소리가 기품 있고 아름다우니, 시녀들도 휘장 뒤에 가까이 다가와 흐뭇하게 듣고 있습니다.

"니오노미야 님에게 두 마음이 있는 것은 괴로운 일이나 신분이 그러하니 당연한 일이지요. 그러니 역시 우리 아씨는 행복한 분이라 하여야겠지요. 그런데 이처럼 훌륭한 분의 부인으로 평생을 함께 산다는 것은 도저히 생각할 수 없었던 저 외로운 산골 생활로 돌아가고 싶다 하시니, 안타까운 일입니다."

이렇게 거리낌없이 말하는 시녀가 있으니, 젊은 시녀가 조용히 하라고 제지하였습니다.

니오노미야는 근신하여야 할 날이라는 구실로 이조원에 사나흘을 머물면서 작은아씨에게 쟁을 가르치고 있습니다. 육조원의 유기리 우대신은 그런 처사를 원망스럽게 생각하여 퇴궁하는 길에 바로 이조원으로 향하였습니다.

"근엄한 차림으로 뭣하러 나타나셨을까."

니오노미야는 심기가 불편하였으나 저쪽 침전에서 대면하였습니다.

"특별한 일도 없어 이조원에 발길이 뜸하였는데, 오랜만에 와보니 감개가 무량합니다."

우대신은 옛날 이야기를 잠시 하고는 그대로 니오노미야를 데리고 돌아갔습니다.

우대신의 자식들과 상달부, 전상인 등을 대거 거느리고 있는데 그 행렬이 끊임이 없고 눈부실 정도로 위세가 당당하니, 이쪽에서는 감히 대적할 수 없어 낙담하고 있습니다.

시녀들이 그 모습을 엿보고 있습니다.

"정말 아름다우신 분입니다. 지금 한창 젊고 아름답고 기량이 뒤지지 않는 아들 가운데에서도 비할 자가 없군요. 참으로 훌륭한 분이에요."

이렇게 말하는 시녀도 있습니다.

"저렇듯 신분이 높고 위세가 당당한 분이 몸소 니오노미야를 데리러 오시다니, 얄미운 일이 아닙니까. 두 분 사이를 안심할 수 없겠어요."

이렇게 걱정하는 자도 있습니다.

작은아씨 자신은 옛날 일을 떠올리면서, 화려한 두 집안 사이에 섞여들 수 없는 볼품없는 처지임을 자각하니 점점 더 불안해집니다. 역시 우지에 묻혀 사는 것이 가장 마음 편하고 무난할 것이라는 생각이 간절합니다.

이렇게 별다른 일 없이 그해도 저물었습니다.

정월 말, 작은아씨가 출산을 앞두고 예사롭지 않은 고통을 호소하니, 니오노미야는 역시 경험이 없는 일이라 어쩔 줄 모르고 걱정을 하며, 방방곡곡의 절에 순산을 기원하는 기도를 더욱 심혈을 기울여 올리라 명하고 그밖에도 새로운 기도를 올리라 합니다.

몹시 힘겨워하는 터라, 중궁전에서도 문안 사절이 왔습니다. 니오노미야와 함께 보낸 세월이 3년인데 그 총애함이 예사롭지 않은 터라, 전에는 작은아씨를 그리 중히 여기지 않던 세상 사람들도 요즘 들어 출산 소식을 듣고는 놀라 줄줄이 문안 인사를 드리러 찾아옵니다.

가오루 역시 심통한 나머지 어쩔 줄을 모르고 허둥대는 니오노미야 못지않게 걱정하면서 애틋한 심정으로 불안해하나, 형식적인 문안은 하여도 그리 자주 드나들 수는 없으니 남몰래 기도를 올리도록 합니다.

한편으로는 둘째 황녀의 성인식이 눈앞에 다가와 있는 터라 세상에서는 그 소문이 무성하게 나돌고 있습니다. 준비에도 떠들썩합니다. 모든 준비는 아버지인 폐하께서 친히 도맡고 있으니 달리 어설픈 후견이 없는 것이 오히려 다행스럽게 보입니다.

돌아가신 어머니 여어가 생전에 준비하여놓은 것은 말할 것도 없고, 작물소와 각 지방의 수가 지어 헌상하는 물건들이 그 수를 헤아릴 수 없을 정도입니다.

성인식이 끝나면 이어서 가오루를 사위로 맞는 혼례가 있을 예정인지라, 가오루 쪽에서도 여러 가지 준비에 신경을 써야 할 때인데, 성품이 그러하니 혼례에는 전혀 관심을 보이지 않고 오직 작은아씨만을 생각하며 안절부절 못하고 있습니다.

가오루는 이월 초순에 임시 인사회를 통하여 중납언에서 권대납언으로 승진하고 우대장을 겸하게 되었습니다. 유기리 우대신이 좌대장을 겸임하고 있었는데 사임을 한 터라 우대장이 좌대장이 되면서 그 후임이 된 것입니다.

승진의 답례로 각처를 돌아다니며 인사를 하고 이조원에도 찾아갔습니다. 작은아씨가 몹시 힘들어하여 니오노미야가 이조원에서 묵은 탓에, 가오루도 곧바로 찾아간 것입니다.

"스님들이 기도를 올리고 있는 터라 몹시 어수선한데."

니오노미야는 가오루의 방문에 놀라면서도 새로 지은 평상복에 속겹옷을 받쳐 입고 위엄을 갖춘 후에, 남쪽 계단으로 내려가 앞 정원에서 가오루의 배례를 받고 답배의 춤을 추었습니다. 그 두 분의 모습이 각기 더할 나위없이 훌륭하였습니다.

"오늘 저녁에 우근위부의 사람들에게 피로연을 베풀 터인데 아무쪼록 참석하여주게나."

니오노미야는 가오루의 초대에, 상태가 좋지 않은 작은아씨를 두고 가기가 꺼림칙하여 참석을 주저하는 듯합니다.

유기리 우대신이 그리 한 것처럼 향연은 육조원에서 베풀어졌습니다. 신임 대신의 향연 당시 못지않게 친왕과 상달부들이 대거 참석하니 시끌벅적할 정도입니다.

니오노미야는 일단 참석은 하였으나 좌불안석이라 향연이 채 끝나기도 전에 서둘러 돌아갔습니다. 우대신이 이렇게 투덜거립니다.

"너무 심한 태도가 아닌가. 영 탐탁지가 않구나."

작은아씨도 친왕의 딸이니 이 댁의 여섯째 딸에게 못 미치는 신분은 아니나, 현재 권력을 잡고 있는 우대신 집안의 위세를 내세워 일부러 거들먹거리는 것이겠지요.

그 새벽녘에 작은아씨가 드디어 남자 아이를 낳았습니다. 니오노미야는 걱정한 보람이 있었다면서 매우 흡족해하고 기뻐합니다. 가오루 역시 자신의 승진과 더불어 매우 기뻐합니다.

가오루는 어젯밤, 니오노미야가 피로연에 참석하여준 답례와 함께 출산을 축하하기 위해 이조원을 찾았습니다. 출산 후의 부정을 피하기 위해 정원에 선 채로 형식적인 인사를 나누었습니다. 니오노미야가 이조원에 계속 있는지라 모두들 이곳을 찾으니, 축하 행렬이 끊이지 않았습니다.

출산 축하연도 사흘째에는 황가 사람들끼리 치르고, 닷새째에는 가오루 대장이 주먹밥 50개, 바둑과 쌍륙의 판돈, 사발에 담긴 밥 등을 법도에 따라 준비하고 산부가 먹을 음식을 담는 소반 30개, 갓난아기의 오겹옷 등을 선물하였습니다. 배냇옷 등은 소박하고 단순하게 눈에 띄지 않게 하였으나, 그래도 잘 보면 그 마음씀씀이를 충분히 헤아릴 수 있는 것이었습니다.

니오노미야 앞에도 천향으로 만든 쟁반과 굽 달린 잔 등을 늘어놓고, 후주쿠란 이름의 과자를 선물하였습니다. 시녀들에게도 소반은 물론 노송나무 바구니 30개에 갖가지 정성들인 음식을 베풀었습니다.

허나 그런 것들도 사람들의 눈을 의식하여 거창하게 비치도록 하지는 않았습니다.

이레 밤에는 중궁이 베푸는 출산 축하연이 있는 터라, 축하 인사차 오는 사람들이 많았습니다. 중궁의 대부를 비롯하여 전상인과 상달부의 수가 이루 헤아릴 수 없었습니다.

폐하께서도 소식을 듣고 갓난아기에게 호신용 칼을 하사하였습니다.

"니오노미야가 처음 아비가 되었는데, 어찌 축하하지 않을 수 있겠느냐."

아흐레째에는 유기리 우대신이 축하하였습니다. 우대신은 유쾌하지는 않으나 니오노미야의 기분을 상하게 해서는 안 되므로, 아들들을 사자로 보내어 만사에 아무 껄끄러움이 없는 것처럼 바람직하게 축하하였습니다.

작은아씨 자신도 지난 몇 달 동안 근심거리가 많았고 몸 상태도 좋지 않아 앞날을 불안하게 여겼는데, 이렇듯 경사스럽고 기쁜 일이 이어지니 조금은 마음의 위로를 얻어 근심에서 헤어났을까요.

가오루는 작은아씨가 아이까지 낳아 어엿한 어른이 되었으니 이전보다 더욱 자신을 서먹하게 대할 것인 데 반해, 니오노미야에 대한 애정은 더욱 깊어질 것이니 안타까운 마음 금할 수 없습니다. 허나 두 사람의 인연을 맺어주고 자신은 작은아씨의 후견인으로 물러선 처음의 마음가짐을 생각하면 이번 일을 참으로 잘된 일이라고 생각합니다.

이리하여 그달 이십일이 지난 즈음에는 후지쓰보 여어가 낳은 둘째 황녀의 성인식이 있었습니다. 그 다음날 가오루 대장이 사위의 신분으로 댁을 찾아갔습니다. 그 밤의 의식은 사람들의 눈에 띄지 않게 내밀하게 치러졌습니다.

"천하를 울릴 만큼 평판이 자자하도록 소중하게 자란 폐하의 황녀가 신하를 남편으로 맞다니, 아무리 그래도 미흡하여 황녀가 가엾게 느껴집니다."

"애당초 폐하의 윤허가 있었다고는 하나, 이렇듯 서둘러 혼사를 치를 것까지야 없었는데."

비난하듯 자신의 생각을 말하는 사람도 있으나, 폐하께서는 마음먹은 일은 단호하게 실행에 옮기는 성품이기에 이왕 치르는 혼례를 과거에 그 전례가 없을 정도로 훌륭하게 치르자는 생각이었습니다.

천황의 사위가 된 분은 예나 지금이나 많은데, 이렇듯 천황의 재위 중에 마치 신하들 사이의 결혼처럼 사위의 선택을 서두른 예는 그리 많지 않을 듯합니다.

유기리 우대신도 이렇게 부인인 온나니노미야에게 옛날이야기를 하는데, 부인은 정말 그랬나 싶은 생각에 주눅이 들어 대꾸조차 하지 못합니다.

"폐하의 신임이 뭐라 말할 수 없이 두텁군요. 가오루는 실로 운이 좋은 사람입니다. 빛나는 님이라 불렸던 돌아가신 아버님조차 스자쿠 선황의 만년, 이제 막 출가를 하려던 때에 가오루의 어머니를 얻었습니다. 내 경우는 더욱 심하여, 아무도 허락하지 않은 그대를 주워온 것이나 다름없으니."

혼례를 치른 지 사흘째 밤, 백부인 대장경을 비롯하여 황녀의 시녀와 가사 등에게 칙명을 내리고, 사위의 수행원, 마부, 하인들에게까지 축하의 녹을 하사하였습니다.

모든 것이 신하의 혼례에 준하는 것이었습니다.

그 후로 가오루는 사람들의 눈에 띄지 않게 조심하면서 둘째 황녀의 처소를 드나들었습니다. 마음속은 아직도 잊을 수 없는 죽은 큰아씨로 가득하니, 낮에는 삼조궁에서 시름에 잠겨 종일을 지내다가 해가 기울면 내키지 않아도 서둘러 궁중을 드나들어야 하니, 지금까지 경험이 없는 일이라 귀찮고 번거롭다 하여 황녀를 자신의 삼조궁으로 맞이하려고 생각합니다.

어머니 온나산노미야는 그 계획을 매우 기뻐하며, 자신이 거처하고 있는 침전을 황녀에게 물려주겠노라고 합니다.

"그것은 황공하여 아니 될 일이지요."

염송당과 침전 사이를 복도로 이어 새 침전을 지었습니다. 온나산노미야는 서쪽으로 거처를 옮기게 되겠지요.

동쪽 별채 역시 소실된 후에 훌륭하게 다시 지은 터라 이상적인 위용을 갖추고 있는데, 더욱 갈고닦아 채비를 하고 방의 가재도구도 정성을 들여 꼼꼼하게 준비하였습니다.

이런 가오루의 마음씀씀이가 폐하의 귀에 들어가니, 혼례를 치른 지 며칠 되지도 않았는데 마음 놓고 남편의 집으로 들어가는 것은 경솔한 처신이 아닐까 하고 우려합니다. 폐하라 하여도 '자식을 생각하는 아비 마음의 어둠'은 다 마찬가지인 것이지요.

폐하의 칙사가 편지를 지니고 온나산노미야의 처소에 당도하였습니다. 편지에는 오직 황녀를 부탁한다는 말이 씌어 있었습니다.

돌아가신 스자쿠 선황이 유언에서 온나산노미야의 앞날을 특별히 염려하였는지라, 온나산노미야는 출가를 한 후에도 그 위세를 유지하면서 전과 다름없는 생활을 하고 있습니다. 폐하 또한 온나산노미야의 말이라면 무엇이든 들어주니 그 마음씀씀이가 각별합니다. 이렇듯 존귀한 분들로부터 더없이 귀한 대접을 받고 있으니 기뻐할 일인데, 어찌 된 일인지 당사자인 가오루는 딱히 기뻐하지도 않고 간혹 우울해하면서 우지에 새로 건설하는 절의 공사를 서둘렀습니다.

가오루는 니오노미야의 어린 아들이 태어난 지 오십 일이 되는 날을 손꼽아 기다리며 축하의 떡을 준비하는 데 열심입니다. 상자와 노송바구니까지 하나하나 점검합니다. 그저 평범한 것으로는 만족하지 못하니, 침, 자단, 은, 금 등 그 분야의 장인들을 다수 불러들여 만들도록 합니다. 장인들은 내 재주가 최고라는 듯 온갖 기술을 다부려 다양한 물건을 만들어냅니다.

가오루는 니오노미야가 없는 틈을 타서 이조원을 찾아갔습니다. 그렇게 보아서인지, 작은아씨가 전보다 한결 차분하고 관록이 붙은 고귀한 분다운 분위기를 띠고 있는 듯합니다. 작은아씨는 가오루가 이미 결혼까지 하였으니, 자신에 대한 그 골치 아픈 연심도 다 사라졌을 것이라고 안심하고 편하게 대하였습니다.

그런데 가오루는 이전과 다름없는 태도로 금방 눈물을 머금고는 솔직하게 자신의 마음을 토로합니다.

"마음에도 없는 결혼을 하여, 정말 세상이란 뜻대로 되지 않는 시름에 겨운 것임을 알았습니다. 전보다 더욱 이 세상이 싫어졌습니다."

"무슨 말씀이십니까. 혹여 누가 어디에서 들을까 무섭습니다.

하지만 이렇듯 부족함이 없는 결혼을 하시고도 언니를 잊지 못하시다니, 참으로 애정이 깊으신 분입니다."

이렇게 타이르고 안쓰럽게 여기면서 그 애정의 깊이를 새삼 깨닫는 듯 한 한편, 언니가 만약 살아 있었다면 하고 아쉬워합니다.

'그렇다 하여도 결국은 지금 나의 경우나 마찬가지로, 자매가 서로를 부러워하는 일 없이 자신의 불운을 한탄하였을 터이지. 사람 축에도 끼지 못하는 영락한 처지로는 남들 같은 행복을 꿈꿀 수 없으니.'

절대 가오루의 품에 안기려 하지 않았던 큰아씨의 굳은 결심이야말로 신중하고 사려 깊은 태도였다고 진심으로 생각합니다.

가오루가 갓난아기를 몹시 보고 싶어하자, 작은아씨는 난처하여 어쩔 줄을 모릅니다.

'이제 그리 남처럼 대할 것도 없겠지. 이분의 연심에는 응할 수가 없으니 원망을 한다 해도 어쩔 수 없으나, 그밖의 일로는 이분의 마음을 상하게 하고 싶지 않구나.'

허나 한편 이렇게 생각하니 직접 대답하지 않고 유모에게 갓난아기를 안겨 발 밖으로 내보냈습니다.

아름다운 두 분 사이에서 태어난 아이이니 당연히 귀엽지 않을 리가 없지요. 두려울 정도로 하얗고 귀여우니, 높은 소리로 뭐라고 옹알거리기도 하고 방글방글 웃기도 하는 얼굴을 보면서, 이 아이가 내 아이라면 얼마나 좋을까 하고 부러워하는 것은 이 세상에 미련이 생겼기 때문이겠지요.

허망하게 죽어간 큰아씨가 보란 듯이 자신과 결혼하여 이런 아이라도 남겨주었다면 하고 생각할 뿐, 얼마 전 영예롭게 맞아들인 황녀가 하루빨리 아이를 생산하여주었으면 하는 생각은 하지 못하니, 가오루의 심사가 너무도 어처구니가 없습니다.

허나 가오루를 이렇듯 여자 같고 비틀린 성격의 소유자로 전하는 것은 안될 일이지요. 폐하께서 남들보다 못하고 부족한 사람을 친히 가까이 불러들여 친밀하게 지낼 리는 없으니, 정치면에서는 상당한 수완가였을 것이라고 짐작됩니다.

가오루는 작은아씨가 어린 도련님을 보여준 것이 사무치도록 고맙고 기뻐, 여느 때보다 많은 얘기를 나누다 보니 해도 기울고 말았습니다. 늦은 시각까지 마음 편히 있을 수 없는 것마저 안타깝고 괴로운데, 어쩔 수 없이 한숨을 쉬며 그 자리에서 물러나왔습니다.

"어머나, 정말 훌륭한 향기로군요. '매화 가지 꺾으니 소매에 향내가 배었네'란 노래도 있듯이, 이 향기에 꾀꼬리라도 날아올 듯하군요."

이렇게 염려하는 시녀도 있습니다.

여름이 되면 궁중에서 삼조궁 방향이 막히게 된다는 음양박사의 점괘에 따라, 가오루는 사월 초순 입하가 되기 전에 황녀를 궁중에서 자신의 삼조궁으로 데리고 오기로 결정하였습니다.

그 전날, 천황은 황녀의 비향사에 납시어 등꽃 잔치를 열어주었습니다.

남쪽 차양의 방의 발을 걷어 올리고 옥좌인 의자를 놓습니다. 이 잔치는 천황이 주최하는 공식적인 것이지 비향사의 주인인 황녀가 주최하는 것이 아닙니다. 상달부와 전상인의 음식도 궁중의 내장료에서 준비합니다.

유기리 우대신, 안찰사 대납언, 도 중납언, 좌병위독 외에 친왕 중에는 니오노미야와 히타치 친왕이 참석하였습니다. 남쪽 정원의 등꽃 아래 전상인의 자리가 마련되었습니다.

후량전 동쪽에 악소의 악인들이 모여 앉아, 해가 기울자 봄의 선율인 쌍조로 피리를 연주합니다. 이 전상의 연주에서는 황녀가 금과 젓대 등을 내놓아, 우대신을 비롯하여 손님들이 그 악기를 폐하께 전달하였습니다. 죽은 겐지가 제 손으로 직접 써서 온나산노미야에게 준 금의 악보 두 권이 전나무 가지에 묶여 있는 것을, 역시 유기리 우대신이 폐하께 그 유래를 설명하였습니다. 이어 쟁, 비파, 육현금 등이 전달되었는데 그 모두가 스자쿠 선황의 유품이었습니다.

젓대는 죽은 가시와기 위문독이 꾼 꿈의 계시로 가오루에게 전해진 유품인데, 더없이 영롱한 음색을 폐하께서 칭찬한 것입니다. 오늘 밤의 이 화려하고 성대한 잔치가 아니고 또 어떤 날에 이런 좋은 기회가 있을까 하여 가오루가 내놓은 것입니다.

폐하께서는 우대신에게는 육현금, 니오노미야에게는 비파를 하사하였습니다.

가오루의 피리는 오늘을 기다렸다는 듯이 이 세상에 둘도 없을 아름다운 음색을 뽐내고 있습니다. 전상인 가운데에서 창가에 재주가 있는 이를 불러내어 노래를 부르게 하니, 흥겨운 잔치입니다.

황녀는 후주쿠라는 과자를 올렸습니다. 침목 소반이 네 개, 자단으로 만든 굽 달린 잔, 보랏빛으로 물들인 받침대에는 등나무 가지 모양으로 수가 놓인 깔개가 덮여 있습니다. 은식기, 유리잔, 병은 푸른 유리입니다.

좌병위독이 식사를 시중들고 있습니다.

유기리 우대신은 폐하로부터 잔을 받았는데, 번번이 자신이 받는 것도 머쓱한데 아들 가운데에는 어울리는 자도 없는지라, 가오루 대장에게 양보하였으나 본인이 사양하였습니다. 그런데도 잔을 받으라는 폐하의 명이 있었던 게지요. 결국 잔을 받아들고 "오시"라고 외치는 목소리하며 그 태도까지, 이런 잔치에서 취하는 예법에 따른 것이기는 하나 다른 사람과 달리 유독 훌륭하게 보이니, 지금은 천황의 사위란 점이 더해진 탓일까요. 천배를 받아 그 술을 토기에 옮겨 마시고는 정원으로 내려가 배례의 춤을 추는 모습이 더할 나위 없이 훌륭합니다.

상석에 있는 친왕, 대신 등은 천배를 받는 것조차 영광인데, 오늘 가오루는 사위로서 폐하의 극진한 대우를 받고 있으니 그 신임의 도가 예를 볼 수 없을 정도로 두텁습니다. 허나 앉는 순

서에는 신분의 상하 규정이 있는 터라, 말석으로 돌아가 앉는 모습을 보니 안쓰럽다 여겨집니다.

안찰사 대납언은 자신이야말로 이런 영광을 입고 싶었다면서 질투심을 느끼고 앉아 있습니다. 그 옛날, 후지쓰보 여어를 사랑하여 그분이 입궁한 후에도 단념하지 못하고 수시로 편지를 보내 연심을 호소하다 못하여, 그 딸인 황녀라도 얻고 싶은 마음에 여어에게 후견이 되고 싶다는 뜻을 넌지시 비쳤으나, 폐하의 귀에도 들어가지 못한 채 끝나고 말았습니다. 그래서 내심이번 일이 마땅치 않으니, 험담을 늘어놓습니다.

"가오루는 전생의 운이 각별하여 인품이 훌륭한 듯하기는 하나, 어찌하여 당대의 천황께서 사위로 맞아들여 이렇듯 요란스럽게 떠받드는 것인지 모르겠군. 이런 예는 달리 없을 것이야. 신하의 몸으로 궁중 깊은 곳, 폐하께서 계시는 청량전에 가까운 비향사를 수시로 드나들더니 지금은 연회다 뭐다 하고 대접을 받고 있으니."

이렇게 불평을 늘어놓고는 있는데, 그래도 역시 잔치를 보고 싶은 마음에 참석하여놓고는 내심 화를 내는 것입니다.

지촉을 밝히고 손님들은 각기 노래를 헌상하였습니다. 정원에 놓여 있는 소반에 다가가 노래를 적은 종이를 놓는 모습이 하나같이 자신있어 보이나, 이런 때 지은 노래는 늘 완성도가 높지 않은 고리타분한 노래일 것이라 짐작되니, 굳이 적어서 남기고 싶은 마음은 없습니다.

상류 계급에 지위가 높다 하여 모두 노래 솜씨가 좋다 할 수는 없으니, 그저 징표 삼아 한두 노래를 들어보았습니다. 이것은 가오루가 정원에 내려가 등꽃송이를 따서 폐하께 헌상하며 지은 노래입니다.

폐하의 머리에 꽃을
장식으로 헌상하려
손이 닿지 않는
높은 봉우리의 아름다운 등꽃가지로
소맷자락 들어올렸습니다

우쭐해져 있는 저 모습이 얄밉지 않은가요.

만세 영원토록
향기를 풍기며 피는 등꽃인지라
오늘도 이렇듯
질리지 않는 아름다운 색으로
활짝 피어 있구나

폐하께서 지은 노래입니다.

폐하의 머리 꽃 장식으로

꺾은 이 등꽃
　보랏빛 향기 풍기는 그 아름다움은
　극락의 자운에도
　뒤지지 않을 경하로움이니

누군가의 노래입니다.

　높은 구름 속의 궁중 깊은 곳에
　옮겨 심어진
　행운의 등꽃은
　과연 여느 꽃과는 달라
　색향이 아름답구나

이것은 화를 내었던 저 안찰사 대납언의 노래인 듯합니다.

　어느 노래나 조금씩은 잘못 듣고 옮겨 적었는지도 모르겠습니다. 뭐 이런 식으로 별 재미없는 노래뿐이었던 게지요.
　밤이 깊어지면서 음악놀이에 흥이 올랐습니다. 가오루가 사이바라의 「존귀하도다」를 노래하는 목소리가 한없이 아름다웠습니다. 안찰사 대납언 역시 옛날부터 미성의 소유자였는지라 지금도 낭랑한 목소리로 합창을 합니다.
　궁중 생활을 배우고 잇는 유기리 우대신의 일곱째 아들은 생황을 불었습니다. 그 모습이 너무도 귀여우니 폐하로부터 옷을 하사받았습니다. 그 답례로 아버지 우대신이 정원으로 내려가 배례의 춤을 추었습니다.

날이 밝을 무렵이 되어 폐하께서는 청량전으로 돌아갔습니다. 폐하께서는 상달부와 친왕에게 둘째 황녀는 전상인과 악인들에게 신분에 걸맞게 답례품을 내렸습니다.

가오루는 그날 밤이 되어 궁중에서 나온 둘째 황녀를 삼조궁에서 맞았습니다.

그날의 의식은 눈이 휘둥그레질 만큼 특별한 것이었습니다. 폐하의 시중을 드는 궁녀들 모두에게 황녀와 동행하여 배웅하라 하였습니다. 황녀는 사방에 차양이 달린 수레에 오르고, 이어 동행하는 궁녀들은 차양은 없으나 술로 장식한 수레 세 대, 황금 장식이 있는 수레 여섯 대, 보통 빈랑잎 수레 스무 대, 삿자리 수레 스무 대에 나누어 타고 여동과 아랫것이 여덟 명씩 동행하였습니다. 또 가오루 쪽에서는 마중하는 수레 열두 대에 삼조궁의 시녀들을 태우고 마중을 나갔습니다.

배웅하는 상달부와 전상인, 6위들은 말로는 다 표현할 수 없을 정도로 화려하고 아름답게 꾸미고 있습니다.

이렇게 맞이하여 편안하고 차분한 마음으로 가까이 보니, 황녀는 참으로 아름다운 분이었습니다. 가냘프면서도 기품이 있고 은근하여 이렇다 할 결점이 전혀 없으니, 가오루는 나는 어쩌면 이런 행운을 타고났을까 하고 득의양양한 기분입니다. 허나 역시 죽은 큰아씨를 잊지는 못하니, 지금도 여전히 슬픔이 가시지 않고 그리워 견딜 수 없는 심정으로 이렇게 생각하면서 우지의 불당 건설에 전력을 기울입니다.

'내 살아 있는 한 어찌 이 슬픔을 잊을 수 있으리. 죽어 혼이 된 후에야 비로소 괴로운 일만 많았던 사랑의 인연이 무슨 업보로 인한 것이었는지 알 수 있을 터이니, 그때나 되어야 단념할 수 있겠지.'

가모 축제 등으로 세상이 시끌시끌했던 시기가 지난 사월 이십일경에 가오루는 다시 우지를 찾아갔습니다. 공사 중인 불당을 둘러보면서, 이런저런 지시를 내립니다. 변을 만나지 않고 돌아가자니 측은한 마음에 산장 쪽으로 가보니, 그리 눈에 띄지 않는 여자용 수레 한 대가 허리에 전동을 찬 우락부락한 아즈마 지방 출신의 수행원과 하인을 다수 거느리고 사뭇 부자다운 모습으로 다리를 건너오는 모습이 보였습니다.

가오루는 시골 냄새가 풍기는 이들이라고 생각하면서 먼저 산장으로 들어갔습니다. 앞을 물리는 사람들이 아직 밖에서 서성거리고 있는데, 이 수레 역시 산장을 향하여 오고 있는 듯합니다.

가오루를 호위하는 자들이 시끌시끌하여, 조용히 하라 이르고 물어보았습니다.

"저 사람은 누구인가."

"전 히타치의 수의 딸이 하쓰세에 참배를 하러 왔다가 돌아가는 길입니다. 오는 길에도 산장에 머물렀습니다."

사투리가 심한 자가 이렇게 대답하였습니다.

"오, 그렇구나. 어째 한번 들은 적이 있는 사람인 듯하구나."

이렇게 기억이 살아나니, 수행원들에게 다른 곳으로 몸을 숨기라 이르고 아랫것에게는 이렇게 전하라 명합니다.

"어서 수레를 들이시오. 이곳에 다른 손님도 묵고 있으나, 그분은 북쪽 방을 사용하고 있으니."

가오루의 수행원들은 모두 평상복 차림을 하고 있어 요란스러운 행렬은 아니나, 역시 고귀한 분을 모시고 있는 일행이라는 것은 충분히 알 수 있겠지요. 상대는 일이 성가시게 되었다고 생각한 듯 말을 먼 곳으로 끌고 가 삼가 대기하고 있습니다.

수레를 산장 안으로 들이고 복도의 서쪽 끝에 대었습니다. 이 침전은 얼마 전에 완공된 터라 발도 없으니 밖에서 안이 고스란히 다 보입니다. 가오루는 격자문을 내리고 꼭 닫은 두 칸 사이를 가르고 있는 장지문 구멍으로 들여다봅니다. 옷자락이 스치는 소리가 나는데, 속옷은 벗고 평상복과 바지만 입고 있는 차림입니다.

상대편 일행은 수레에서 곧바로 내리지 않고 변에게 심부름꾼을 보내어 묻고 있는 듯합니다.

"신분이 높은 분이 와 계시는 듯한데 누구시온지요."

가오루는 그 사람의 수레라는 것을 알자마자 입막음을 해놓

앉습니다.

"절대 내가 왔다는 것을 그 사람에게 알리지 말도록."

모두들 그 지시를 지켜 이렇게 말합니다.

"어서 내리십시오. 손님이 있기는 하나 저쪽 방에 있으니."

함께 타고 온 젊은 시녀가 먼저 내려 수레의 발을 올리고 있습니다. 앞을 물리는 사람들이 촌스러운 것에 비하여 이 젊은 시녀는 몸놀림도 날랜 것이 무난하게 보입니다. 또 나이 많은 시녀가 한 명 내립니다.

"어서."

"고스란히 다 보이는 듯하여."

희미하나 기품 있는 이런 목소리가 들립니다.

"또 지난번 같은 말씀을. 전에도 격자문이 다 닫혀 있지 않았습니까. 그런데 어디가 고스란히 보인다 하는지요."

늙은 시녀가 태평스럽게 그렇게 말합니다.

부끄러워하며 간신히 내린 여인을 보니, 머리 형태나 몸집이 호리호리하고 기품 있는 것이 과연 죽은 큰아씨와 꼭 닮았습니다. 펼친 부채로 가리고 있어서 얼굴은 보이지 않으니, 가오루는 안타까워하면서 두근거리는 가슴으로 보고 있습니다.

수레는 높고 내리는 곳은 낮아 먼저 내린 시녀들은 얼른얼른 쉬이 내렸는데, 이 여인은 뭐가 그리 망설여지는지 한참을 뜸을 들이다가 간신히 내려 방 안으로 들어갔습니다. 짙은 빨간색 소례복에 보랏빛 겹옷인 듯한 평상복, 그리고 파란색 옷을 겹쳐 입고 있습니다.

가오루가 엿보고 있는 장지문 너머에 4척짜리 병풍이 세워져 있기는 하나, 구멍이 병풍 위쪽에 있어서 빠짐없이 다 볼 수 있습니다. 저쪽에서는 이쪽에 신경을 쓰고 있는 듯 등을 보이고 물건에 기대어 누워 있습니다.

"많이 피곤한 듯하군요. 기즈 강을 건너는 배도 오늘은 정말 겁이 났습니다. 지난 이월에는 물이 적어 좋았는데요."

"그러나 아즈마 지방을 여행할 때를 생각하면 무서울 것도 없지요."

시녀 둘이 피곤한 기색도 없이 얘기를 나누고 있는데, 주인은 아무 말 없이 엎드려 있습니다. 소맷자락 밖으로 나와 있는 팔이, 히타치의 수의 딸이라 여겨지지 않을 만큼 오동통하고 아름다우니 실로 기품이 있는 여자입니다.

점차 허리가 아파올 때까지 가오루는 서서 엿보고 있는데, 자신이 있다는 기척을 알아차리지 못하게 하기 위해 그 자리를 떠나지도 못하고 마냥 서 있습니다.

"어머나, 좋은 향기. 정말 훌륭한 향기가 나는군요. 여승이 피우고 있는 것일까요."

젊은 시녀가 놀라며 이렇게 말합니다.

"정말 향기가 좋군요. 과연 도읍 사람들은 대단합니다. 풍류를 알고 화려하고. 우리 마님은 자신이 조합한 향이 천하일품인 줄 알고 있는데, 아즈마에서는 이렇듯 고급한 향을 만들 수가 없지요. 이 산장의 여승은 소박하고 차분하게 살고 있는데, 입고 있는 옷은 나무랄 데가 없으니 먹빛 옷이 늘 세련되고 깔끔합니다."

늙은 시녀는 이렇게 칭찬합니다. 저쪽 삿자리에서 여동이 소반에 담은 음식물을 가져다 올렸습니다.

"아씨에게 따스한 물이라도 드시라 하세요."

시녀는 과일이 담긴 소반을 당겨와 아씨를 깨웁니다.

"아씨, 이것이라도 좀 드세요."

아씨가 일어나지 않자, 시녀 둘은 밤인지 뭔지 나무 열매를 오독오독 씹어 먹고 있습니다. 가오루는 그런 소리를 들어본 적이 없기에 그 자리에 있기가 민망하여 일단 뒤로 물러났으나, 그래도 좀더 보고 싶은 마음을 억누를 수 없으니, 다시 장지문으로 다가가 엿보고 있습니다.

중궁전을 비롯하여 이 사람들보다 신분이 높을 사람들을 여기저기서 늘 대하고 있는 터라, 용모가 뛰어난 여자도 성품이 훌륭한 여자도 지겨울 정도로 보아 익숙하니 어지간하지 않으면 눈도 마음도 끌리지 않습니다. 그 때문에 고리타분하다고 사람들에게 비난을 받고 있을 정도입니다. 그런데 오늘, 그런 사람들보다 그리 아름답지도 않은데 이렇듯 자리를 떠나지 못하면서 호기심을 이기지 못하는 것이 실로 이상한 기분이었습니다.

변은 가오루에게 인사를 올리려 하였으나, 수행원들이 재치 있게 대처하였습니다.

"몹시 피곤한데다 몸도 안 좋다 하시며 잠시 쉬고 계십니다."

'아씨를 만나고 싶다 하셨으니, 이런 기회에 무슨 말인가 하시고 싶어 해가 저물기를 기다리시는 것이겠지.'

변은 이렇게 가오루의 속내를 헤아릴 뿐, 설마 가오루가 아씨를 엿보고 있는 줄은 꿈에도 모르고 있습니다.

여느 때처럼 장원의 관리인이 바구니에 담아 헌상할 음식들을 변에게도 나누어 주자, 변은 아즈마의 일행도 나누어 먹게끔 하라고 지시를 한 후 매무시를 단정히 하고 손님의 방을 찾아갔습니다. 아까 늙은 시녀가 칭찬한 변의 옷은 실로 깔끔하고, 얼굴도 어딘가 모르게 사연이 있는 듯 아직은 기품이 있고 아름답습니다.

"어제 도착할 줄 알고 기다렸는데, 오늘도 몹시 늦게 도착하였군요."

"아씨가 어째서인지 몹시 힘들어하여, 어제는 기즈 강 근처에서 묵었습니다. 오늘 아침에도 상태가 썩 좋지를 않아."

시녀가 이렇게 말하고 아씨를 깨우니 그때에야 간신히 몸을 일으킵니다.

아씨가 변을 마주 보지 못하고 부끄러워하며 고개를 돌리니, 엿보고 있는 가오루 쪽에서는 얼굴이 오히려 더 잘 보입니다. 죽은 큰아씨의 모습을 그리 자세하게 본 것은 아니나, 뭐라 말할 수 없이 기품 있는 눈매와 이마의 느낌이 한눈에 큰아씨와 마치 쌍둥이 같았습니다. 가오루는 그리움에 눈물을 흘렸습니다.

변에게 대답을 하는 목소리와 기척은 작은아씨를 닮은 듯합니다.

'아, 참으로 사랑스러운 사람이로구나. 저렇게 큰아씨를 닮았는데 지금까지 찾아낼 생각도 하지 못하고 지내왔다니. 이 사람보다 훨씬 신분이 낮은 여자라도 죽은 큰아씨와 연고가 있으면서 이만큼 닮은 사람을 내 사람으로 할 수만 있다면, 적당히 대접하지는 않았을 터인데. 하물며 이 사람은 돌아가신 하치노미야 님께서 인정하지 않으셨을 뿐, 하치노미야 님의 여식이 아닌가.'

그렇게 생각하니 한없이 기쁘고 사랑스러워, 지금 당장이라도 곁으로 다가가 위로하여주고 싶은 심정입니다. 이렇게 말이죠.

"살아 있기를 잘하였습니다."

'봉래산까지 도사를 보내었는데, 양귀비의 유품인 비녀만 얻을 수 있었던 당의 현종은 그 미진함에 얼마나 슬퍼했을까. 이 사람은 큰아씨와는 전혀 다른 사람이나 나의 허망한 마음을 달래줄 수 있는 모습이야, 틀림없어.'

절로 이런 느낌이 드는 것은 역시 전생에 약속한 것이 있어서일까요.

여승 변은 잠시 얘기를 나누고는 곧바로 안으로 들어가버렸습니다. 아까 시녀들이 수상히 여긴 그 훌륭한 향기를 맡고는, 가오루가 바로 근처에서 엿보고 있다는 것을 눈치채고 세세한 얘기는 하지 않고 그대로 물러난 것이겠지요.

날이 점차 기울자 가오루는 살며시 그 자리를 떠나 아까 벗어 둔 옷을 다시 차려입고는 늘 대면하는 자리인 장지문 앞으로 변을 불러 일행의 모습을 물었습니다.

"마침 운 좋게 함께 와 있는데, 어떻게 되었습니까. 전에 얘기한 일은."

"그 말씀을 들은 후로, 기회가 있으면 하고 기다렸는데 작년에는 아무 소식도 없이 지나갔고, 올 이월이 되어 하쓰세 참배 길에서 만났습니다.

그때 가오루 님의 마음을 어머니에게 넌지시 암시하였더니, 황송해하면서 분에 넘치는 일이라고 하였습니다. 그때는 가오루 님도 혼례일로 분주한 때라 여유가 없으신 듯하였기에, 시기가 좋지 않아 아무런 보고도 하지 않았던 것입니다. 그리고 이번 사월에 다시 참배를 하러 다녀왔다가 지금 돌아가는 길인 듯합니다. 늘 오가는 길에 잊지 않고 이곳에 들러주니, 죽은 큰아씨의 흔적을 그리워하기 때문이라고 생각합니다. 이번에 어머니는 사정이 허락지 않아 아씨 혼자만 왔는데, 오늘 가오루 님이 이곳에 있다는 것을 굳이 상대방에게 알릴 필요는 없을 듯하여."

"시골 사람들에게 이렇게 초췌한 모습을 보이고 싶지 않아 입막음을 하였는데, 과연 어떨지 모르겠습니다. 동행한 아랫것들이 끝까지 숨기지는 못하겠지요. 글쎄, 혼자 왔다고 하니 오히려 부담이 없을 듯합니다. 이렇게 마주친 것도 전생에 무슨 굳은 약속이 있어서겠지요. 그렇게 전하여주세요."

"갑자기, 아니 언제 그런 약속이 있었다고 하시는 것인지요."

이렇게 말하고 웃으면서도 그럼 그렇게 전하겠노라며 다시 안으로 들어갔습니다.

아리따운 꾀꼬리의 울음소리가

그 옛날 들은 적 있는

죽은 사람의 목소리와 비슷한가 하여

무성한 수풀 헤치고

오늘 이렇게 찾아왔으니

변은 아씨의 방으로 가서, 그때 가오루가 넌지시 이렇게 읊조렸다는 말도 아씨에게 전하였습니다.

정자

넝쿨풀이 무성하게
문을 뒤덮기라도 했다는 말인가
정자의 처마에서 떨어지는 물에
젖은 몸을 이렇듯
오래 기다리게 함은

◆ 가오루

❀ 제50첩 정자(東屋)

우키후네의 은신처인 삼조의 허술한 집을 찾은 가오루가 툇마루에 앉아 기다리며
읊은 노래에서 이 제목이 붙었다.

가오루는 쓰쿠바 산에서 자란 히타치의 수의 의붓딸을 험악한 산길을 헤치고라도 찾아가 만나고 싶은 마음이 있었으나, 그린 뒷동산의 잡풀 같은 신분의 여자에게 함부로 관심을 보이면 세상도 가벼이 여길 터이고, 신분에도 어울리지 않는 일이라 자제하고 편지조차 보내지 않습니다.

　변이 아씨의 어머니에게 보낸 편지에서 가오루가 아씨에게 애착을 보이고 있다고 넌지시 암시하기는 하였으나, 설마 가오루가 진심으로 그런 마음을 갖고 있는 것이라고는 생각지 않으니, 다만 딸에 대해 그렇듯 캐물어 알고 있는 것을 고맙게 여길 따름입니다. 가오루는 현재 더없이 고귀한 신분에 인품도 훌륭한 분이니, 이쪽이 다소나마 어울리는 신분이라면 하고 이런저런 생각을 합니다.

　히타치의 수에게는 앞서 죽은 부인의 자식도 많은데다, 지금의 부인에게도 애지중지 키우는 딸에 그 밑으로 어린아이들이 대여섯 태어났습니다. 그 아이들 모두를 부족함이 없이 키우면서도 후처가 데리고 온 아씨만은 남이라고 생각하고 차별을 하니, 어머니는 남편의 처사를 혹독하다 원망하면서 어떻게든 이 아씨를 다른 딸에 뒤지지 않는 결혼을 시켜 행복하게 하여주고 싶은 심정에 밤낮으로 마음을 기울입니다.

아씨의 모습이나 자태가 평범하여 다른 딸과 함께 있어도 눈에 띄지 않을 정도라면 이렇듯 애틋한 정성을 기울이지 않겠지요. 그렇다면 세상이 다른 딸들과 마찬가지로 여겨도 상관없으나, 비교가 되지 않을 정도로 정감에 넘치고 눈에 띄게 아름다운데다 기품 있게 성장하였으니 어머니는 아깝고 가여워 어쩔 줄을 모르는 것입니다.

히타치의 수에게 딸이 많다 하여 그럭저럭 괜찮은 집안의 공달들이 연문을 보내는 일도 상당히 많았습니다. 전처가 남긴 딸 두셋은 이미 결혼하여 가정을 꾸렸습니다. 어머니는 지금이야말로 자신의 딸을 어엿하게 결혼시키고 싶으니, 밤낮으로 신경을 쓰며 더 없이 귀여워하고 애지중지합니다.

히타치의 수도 근본이 천박한 사람은 아닙니다. 상달부의 핏줄로 집안도 웬만하고 재산도 막대하기에 나름대로 자존심도 강하고 자택도 번쩍번쩍 화려하게 꾸미고 손질을 하며 살고 있습니다.

허나 풍류를 아는 척하는 것에 비하면 거칠고 촌스러운 면이 있습니다.

젊은 시절부터 아즈마 지방 같은 외딴 곳에 묻혀 세월을 보낸

탓일까요, 목소리도 탁하고 사투리가 섞여 있어 알아듣기가 거북합니다.

도읍의 권문세도가에 대해서는 기를 펴지 못하고 공손하게 굴면서도 경원하나, 만사에 빈틈이 없는 성품입니다.

금이나 피리 같은 악기류에는 재주가 없어도, 활솜씨는 대단하였습니다. 가문이 평범하다는 것은 개의치 않고, 재력을 동원하여 젊고 아름다운 시녀들을 끌어 모아 화려한 옷을 입히고 치장하게 하여 서투른 솜씨로 노래 모임을 갖고 이야기 모임을 열고 경신일 밤의 놀이에 흥을 올리는 등, 흉측스러울 정도로 화려하게 풍류를 즐기려 합니다.

그런 수를 보면서 딸에게 구혼하는 남자들은 이렇게 부심합니다.

"재기에 넘치는 딸들이겠지. 용모도 뛰어난 미인들일 것이야."

이렇게 좋은 쪽으로만 평판이 나 있는 가운데, 좌근위 소장이라고 하여 나이는 스물 두셋 정도 된 사내가 있었습니다. 성품도 온순하고 학예 면에서는 세상도 인정하는 사람이었습니다. 현대풍으로 화려하게 처신할 수 없는 경제적인 사정이라도 있는지 지금까지 사귀던 여자와는 인연이 끊겨, 히타치의 아씨에게 열심히 편지를 보내고 있습니다.

어머니는 많은 구혼자들 가운데 이 사람을 점찍은 듯합니다.

'이 소장은 성격도 좋은 듯하고, 다부진데다 남녀의 정애도 알고 있는 듯하구나. 인품도 웬만하고. 이 이상 신분이 높으면

아무리 그래도 우리 가문의 딸에게 구혼을 하지는 않을 터이지.'

이렇게 생각하고 소장의 연문을 아씨에게 전하면서 가끔은 적당히 좋은 인상을 주는 답장을 쓰게 합니다.

'설령 수가 내 딸에게 정성을 쏟지 않는다 하여도 나는 목숨을 걸고 소중하게 키울 것이야. 누구든 이 자태와 아름다운 용모를 보면 허술히 여기지는 않을 터이니.'

이렇게 생각하며 결혼날짜를 팔월 정도로 약속하고 가재도구를 새로 만들어 준비하고, 장난감도 만듭니다. 진귀하고 아름답게 마무리를 하니, 마키에나 나전으로 정교하게 세공한 훌륭한 물건은 이 아씨에게 주기 위해 일부러 숨겨놓습니다.

"이쪽이 더 좋아요."

보다 못한 것을 히타치의 수에게 보이면, 물건의 좋고 나쁨을 판단하지 못하는 수는 그리 값어치가 없는 것이라도 세간이라면 무조건 모아 들여 자신의 딸의 방을 발 디딜 틈도 없이 꾸며놓으니, 딸들은 그런 것들에 파묻혀 겨우 눈만 내보이고 있는 꼴입니다.

금이나 비파 같은 악기도 궁중에서 여악을 가르치는 내교방에서 사범을 모셔다 배우도록 합니다. 딸이 한 곡을 배우면 수는 사범 앞에 엎드려 고맙다 인사를 하고는 사범이 움직이지도 못할 만큼 선물을 주면서 요란을 떱니다. 풍정 있는 저녁나절에 선율이 빠른 화려한 곡을 배우며 사범과 딸이 합주를 할 때면, 수는 감격의 눈물을 흘리면서 바보스러울 정도로 감동하고 칭찬을 아끼지 않습니다.

어머니 쪽은 그 방면에 다소 소양이 있는지라 이런 남편의 꼴을 보고는 몹시 언짢아하면서 상대도 하지 않습니다.

"내 딸을 깔보는 것이로군."

수는 이렇게 말하며 늘 아내를 원망합니다.

그러저러하다 보니, 예의 소장은 약속한 팔월까지 기다릴 수가 없어 달달 볶듯이 재촉을 해댑니다.

"이왕이면 하루빨리."

어머니는 자기 혼자 생각으로 일을 진행하면서 결혼을 서두르는 것이 어째 불안하고 상대방의 마음을 어디까지 신뢰할 수 있을지도 알 수 없으니, 처음부터 혼담을 중재하였던 중매쟁이가 찾아온 차에 가까이 불러 의논하였습니다.

"만사에 조심스러운 것이 많은 입장인데, 상대가 벌써 몇 달 전부터 열심히 구혼을 하고 있습니다. 상대는 예사 신분의 사람도 아니니 미안하기도 하고 안됐기도 하여 이 혼담을 성사시키기로 작정을 하였는데, 친아버지와 사별한 딸이라 나 혼자 몸으로 보살피고 있는 형편이니 혹시 부족한 점이 있지는 않을까 하여 걱정하고 있습니다. 이 집에는 젊은 딸들이 많으나, 뒤를 보살펴주는 아버지가 있는 딸들은 그냥 내버려두어도 절로 좋은 인연을 만날 것이니 모든 것을 남편에게 맡기고 있습니다. 하지만 이 딸만은 세상이 무상하니 몹시 마음에 걸립니다. 소장은 정리를 아는 분이라 들었던 터라, 나는 사양하지 않고 그대의 권유를 따른 것인데 만의 하나 상대가 마음이 변하는 일이라도 있다면 세상 사람들에게 얼마나 큰 웃음거리가 될지, 그것을 생각하면 슬프지 않을 수 없겠지요."

중매쟁이는 어머니의 말을 소장에게 이러저러하다고 소상히 전하였습니다. 소장의 얼굴이 점점 일그러졌습니다.

"처음부터 히타치의 수의 친딸이 아니라는 말은 한마디도 듣지 못하였다. 누구의 딸이든 마찬가지지만, 의붓딸이라고 하면 남들 보기에도 다소 떨어지는 듯하고, 사위로 드나들기에도 불편할 것이야. 제대로 조사도 해보지 않고 공연한 소리를 하였구나."

"저도 자세한 것은 잘 모릅니다. 저희 집 시녀들의 연줄로 그 아씨를 알게 되었는데, 처음 소장님의 뜻을 전하자 아무튼 소중하게 키우는 아씨라는 말만 들었기에 수의 딸인 줄로만 알았습니다.

남의 딸을 키우고 있느냐고는 물을 수 없지요. 용모며 성품이 출중하여 어머니가 애지중지하면서 세상에 체면을 세울 수 있는 훌륭한 분과 결혼시키고 싶어하는 터라 더없이 소중하게 보살피고 있다 들었습니다. 마침 그런 때에 소장님이 수의 댁내 사정을 알 수 있는 자는 없겠나 하여 제가 나선 것입니다. 그러하니 공연한 소리를 하였다고 꾸지람을 들을 이유는 없지요."

중매쟁이는 화도 잘 내고 말수도 많은 남자라 이렇게 늘어놓습니다.

"그런 곳에 사위로 드나들면 세상에서도 좋은 소리는 하지
않을 터이나, 요즘은 흔히 있는 일이니 뭐라뭐라 말을 들을 일
도 아니지. 상대가 사위를 극진히 대접해주고 빈틈없이 뒤도 잘
돌보아준다면야 체면도 벌충할 수 있을 터이나, 가족들은 의붓
자식이나 친자식이나 다 마찬가지라고 하여도, 의붓딸에게 드
나들다 보면 내가 수에게 아첨이라도 떠는 것처럼 말들이 많을
것이야. 친딸의 사위가 된 겐 소납언이나 사누키의 수 등은 당
당하게 얼굴을 쳐들고 다닐 터인데, 의붓딸과 결혼하면 나는 수
에게도 사위 대접을 못 받는 처지에서 가족이 되어야 하니, 거
북해서 어찌 견디겠나."

소장은 매우 품위 없는 태도로 이렇게 말합니다.

이 중매쟁이는 아첨을 잘하는데다 성격도 좋지 않은 남자라,
이 혼담이 깨지는 것이 소장과의 관계로 보나 수와의 관계로 보
나 무척 유감스럽습니다.

"정말 친딸을 원한다면 아직 어리기는 하나, 친딸 쪽으로 말
을 넣어보지요. 수의 지금 부인이 낳은 둘째딸 역시 아씨라 부
르며 매우 귀여워한다 들었습니다."

"글쎄 과연. 애당초 구혼한 사람을 제쳐놓고 다른 사람에게
구혼을 한다는 것도 어째 좀 그렇구나. 하지만 나는 사실, 그 히
타치의 수가 풍채도 당당하고 관록도 있기에, 나를 잘 돌보아줄
것이라 믿고 이 혼담에 응한 것이다. 용모가 아리따운 여자만을

원하는 것이 아니야. 집안이 좋고 우아한 여자는 얼마든지 손에
넣을 수 있지. 허나 가난하여 만사에 쪼들리는 생활을 하면서
여전히 풍류를 좇은 나머지 볼품없이 영락하여 세상 사람들의
손가락질을 받는 사람도 있네. 그런 것을 보면 다소 비난을 받
더라도 생활에 불편 없이 세상을 살고 싶으니. 수에게 내가 이
렇게 말하더라고 전하고 그래도 좋다면, 뭐, 무슨 상관이 있겠
느냐. 상대를 바꾸자."

소장은 이렇게 말합니다.

이 중매쟁이의 여동생이 서쪽 별채에 있는 의붓딸의 시중을
들고 있는 터라 소장의 연문을 전달해주기도 하였으나, 수는 잘
모르는 사람이었습니다. 그런데 갑자기 수의 앞에 나타나 불쑥
이렇게 말을 전해달라 하였습니다.

"은밀히 드릴 말씀이 있습니다."

"이 집에 간혹 드나드는 사람이란 것은 알고 있으나 본 적은
없는데, 대체 무슨 일로 왔을까."

수는 무뚝뚝한 표정으로 이렇게 말합니다.

"좌근위 소장님의 말을 전하려고 찾아 뵈었습니다."

말을 전하는 시녀가 이렇게 전하니, 히타치의 수는 아무튼 만
나 보았습니다. 사내는 말하기 곤란한 표정으로 수의 곁으로 다
가갔습니다.

"지난 몇 달 동안, 좌근위 소장이 따님의 일로 부인에게 몇

번이나 편지를 올렸습니다. 근자에 허락이 있어 이달 안에 혼례를 치르기로 하였는데, '그 아씨는 부인이 낳은 딸이기는 하나 수의 딸은 아니다. 신분이 높은 사람이 사위로 드나들면 세상 사람들은 재산을 목적으로 한 결혼이라고 말들이 많을 것이다. 수령의 사위가 되는 그런 신분의 젊은이는 상대가 마치 주군처럼 떠받들고 손안에 있는 보물처럼 소중하게 신경을 쓰고 뒤를 돌보아주니, 그럴 목적으로 인연을 맺는 이도 많다고 들었다. 허나 상대가 수의 친딸이 아니면 그런 바람도 소용이 없으니, 장인도 푸대접을 할 것이고 다른 사위에 미치지 못하는 대우를 받으면서 드나들게 될 터이니, 손해가 아닌가.'

하고 험담을 하는 자들이 많아, 소장은 지금 주저하고 고민하고 있습니다. 소장이 이렇게 말하였습니다.

'처음부터 수의 위세가 실로 당당하고 화려하여 후견을 청하기에 듬직하다는 평판을 믿고 편지를 올린 것이다. 친딸이 아니라는 것은 전혀 몰랐다. 허나 그밖에도 어린 딸이 많다 들었다. 처음 바랐던 대로 그 가운데 한 명과 결혼을 허락하여준다면 얼마나 기쁘겠는가. 수에게 이렇게 전해달라.'"

"그런 편지를 받았다니, 나는 자세한 얘기는 전혀 듣지 못했소이다. 그 딸은 내 친딸이나 다름없이 생각하여도 무방하나, 그밖에도 쓸모없는 친자식이 많아 아무런 힘도 없는 나이지만 이런저런 걱정을 하며 자식들의 뒤를 보살피고 있는데, 어미는 내가 그 딸이 친자식이 아니라 하여 차별하고 매정하게 대하는 것처럼 오해하고 토라져 험담을 하고, 그 딸에 대해서는 아무 말도 못하게 하고 있느니. 그런 탓에 그런 얘기가 오가고 있다는 것을 어렴풋하게는 들어 알고는 있었으나, 소장이 나를 신뢰하여 그리 한 줄을 몰랐소이다. 소장의 뜻이 그렇다면 실로 고마운 일이지요. 내가 특별히 귀여워하는 딸이 하나 있으니. 많은 자식 가운데에서, 그 딸아이만은 내 목숨과 바꿔도 아깝지 않을 만큼 사랑하고 있어요. 구혼하는 젊은이들도 많으나, 요즘 젊은 사람들은 바람기가 많다 하니, 너무 빨리 혼인을 하여 도리어 슬픈 처지에 놓이는 것은 아닐까 하여 걱정스러운 나머지 아직 사윗감을 정하지 않았던 것이오. 어떻게든 안심할 수 있는 결혼을 시키고 싶으니, 자나깨나 그 생각으로 애를 태우고 있지요.

소장에 대해서는 돌아가신 부친을 내가 젊은 시절부터 찾아 뵙고 시중을 들었던 대장님이라 잘 알고 있소이다. 그 시절, 부하의 입장에서 보아도 상당히 우수하고 훌륭한 분이었으니, 이런 분을 주군으로 모시고 싶다고 바랐었지요. 그 후 먼 지방을 떠돌아다니며 긴 세월을 지내다 보니, 새삼스럽게 소식을 전하기도 거북하여 문안 인사조차 드리지 못하였는데, 그런 청을 하여주니 오히려 황공할 따름이오이다. 소장의 말대로 딸을 주는 것은 어려운 일이 아니나, 어미가 자신이 벌여놓은 일을 내가 방해하였다 여길 수도 있으니, 그것이 마음에 걸리는구려."

수는 이렇게 자세하게 말합니다. 중매쟁이는 일이 잘 풀릴 것 같다고 기뻐합니다.

"그 점은 염려할 것 없습니다. 소장은 오직 수 나리의 허락을 받고자 하는 것이니. '아씨가 아직 어리다 하여도 친부모가 소중하게 키운 분과 결혼하는 것이 내 소원이다. 수가 모르는 주위 사람들의 혼담에는 응해서는 안 된다'고 말하였습니다. 소장은 인품이 고상하고 세상의 인망도 두터운 사람입니다. 젊다고는 하나 호색적이고 화려한 면은 없으니, 세상물정도 잘 알고 있습니다. 지금 당장 재산이 없을 뿐, 영지도 많이 갖고 있는데다 절로 갖추고 있는 풍격이 보통 사람이 졸부가 되어 거들먹거리는 것보다는 낫습니다. 내년에는 4위로 승진도 하겠지요. 또 장인두로 승진하는 것도 의심의 여지가 없으니 이는 폐하께서 친히 하신 말씀입니다. '모든 것을 갖추어 부족함이 없는 그대가 아직 아내가 없다고 들었다. 어서 적당한 사람을 물색하여 결혼을 하고 후견인을 두는 것이 좋겠다. 내가 있으니, 오늘내일이라도 3위 이상의 공경으로 승진시킬 것이니.' 이렇게 말씀하셨다 합니다. 이 소장이 폐하의 곁을 지키면서 잡다한 일을 도맡아 하고 있다 합니다. 게다가 총명한데다 성품도 묵직하고 다부지다고 합니다. 놓치기에 아까운 사람이니 이왕 얘기가 나왔을 때, 마음을 정하시는 것이 좋을 듯합니다. 그 소장을 너도 나도 사위로 맞으려 야단이니, 이쪽에서 주저하는 눈치를 보이면 소장은 다른 분에게 마음을 줄 것입니다. 저는 오직 수를 위하여 이런 말씀을 올리는 것입니다."

이렇게 넉살 좋게 늘어놓으니, 한심하도록 세상 물정 모르는 촌사람인 수는 그저 흐뭇하여 만면에 미소를 띠고 듣고 있습니다.

"소장이 현재 수입이 적다는 것은 걱정하지 않아도 됩니다. 내가 살아 있는 한은 소장을 머리에 이고라도 극진히 모실 것이니. 미흡하고 불만스러운 일은 절대 없을 것입니다. 설령 내가 오래 살지 못하고 일찍 죽어 뒤를 돌볼 수 없다 하여도 그 많은 유산과 재물, 각지의 장원은 모두 이 딸에게 물릴 것이니. 자식이 많으나 이 딸은 처음부터 내 귀여움을 독차지하고 있었소이다. 소장이 진심으로 사랑하기만 하여준다면, 대신의 지위를 바라고 그 자금으로 어마어마한 재물을 소요한다 해도 내가 모든 것을 다 준비하겠소이다. 당대의 폐하께서 그처럼 신뢰하고 계시다니 후견을 내게 맡기고 안심하시오. 이 혼인이 소장을 위해서나 내 딸을 위해서나 행복을 불러줄 것이니 아무 걱정할 것이 없소이다."

수가 이렇듯 만족스럽게 얘기하니, 중매쟁이는 우쭐하여 여동생에게도 일이 이렇게 되었다는 얘기는 한마디도 하지 않음은 물론 여동생이 시중을 들고 있는 서쪽 별채에는 기별도 하지 않은 채 돌아갔습니다. 그리고 소장에게 최고의 혼담이라며 수의 말을 전하였습니다.

소장은 다소는 촌사람다운 말이라고 생각하였으나, 기분이 나쁘지는 않으니 미소를 지으며 듣고 있습니다.

대신이 되기 위한 자금까지 출자를 하겠다고 했다는 얘기가 너무도 허풍스러워 귀에 오래 남아 있습니다.

"그런데 부인에게는 일이 이렇게 되었다 전하였는가. 그쪽에서는 처음부터 대단한 열성을 보이는 듯하였는데, 이렇게 혼인을 파기하게 되면 원치 않는 비난을 받는데다 터무니없는 말을 하는 자도 있을 터이니. 과연 어찌하면 좋을까."

소장이 이렇게 주저하자, 중매쟁이는 걱정할 것 없다고 장담하였습니다.

"그런 걱정은 할 필요가 없습니다. 부인도 이 둘째딸을 무척 귀여워하고 소중하게 키웠다고 합니다. 다만 큰딸은 자식들 중에 가장 나이가 많은지라 혼기를 놓치면 가엾을 것이라 걱정하여 그 아씨의 혼담을 우선적으로 서두른 것입니다."

지금까지는 이 어머니가 데리고 온 딸을 둘도 없이 극진하게 키웠다고 하더니, 갑자기 태도를 바꾸어 이렇게 말하는 것이 과연 옳을까 싶습니다. 그러나 소장은 매정한 남자라고 세상 사람들에게 다소 비난을 받는 한이 있어도 장래의 안정된 생활을 보장하는 것이 중요하다고 생각합니다. 그야말로 빈틈이 없는 합리적인 사람이라 그 자리에서 결심을 굳힙니다. 혼례 날짜도 바꾸지 않으니, 약속한 그날 저녁부터 사위로 나이 어린 아씨의 처소를 드나들었습니다.

부인은 아무에게도 알리지 않고 혼자서 이 혼례 준비를 서둘렀습니다. 시녀들에게는 새 옷을 짓게 하고, 신방도 우아하게 꾸몄습니다. 딸의 머리를 감겨주고 몸단장을 시킨 후에 바라보니, 소장이란 신분의 남자와 결혼시키는 것이 애석하고 아까우리만큼 아름답습니다.

'아아, 가엾구나. 하치노미야 님이 자신의 딸이라는 것을 인정하여 그곳에서 자랐다면 하치노미야 님은 돌아가셨어도 가오루 대장이 청혼을 한 듯하니, 설사 신분이 어울리지 않는다 하여도 그 청을 받아들일 수 있을 터인데. 허나 나 혼자 내심 그렇게 생각한다 하여도, 세상은 수의 자식과 구별하지 않고, 또 진실을 아는 사람은 아비 없는 자식이라 경멸할 것이니, 참으로 슬픈 세상이로구나.

어찌하면 좋을까. 지금이 한창때인데 이대로 나이를 먹으면 그것도 견디지 못할 일. 신분도 그리 낮지 않고 무난한 사람이 저리 열심히 구혼을 하니.'

이렇게 어머니 혼자 생각으로 결정하였으니, 사려 깊지 못한 여자가 중매쟁이의 감언이설에 속아 넘어간 것이지요.

혼례날을 이삼 일 앞두고, 어머니는 마음이 급하여 제정신이 아니니, 서쪽 별채에서 차분히 있지 못하고 허둥지둥 이쪽저쪽을 오갑니다.

그때 밖에서 돌아온 수가 가타부타 긴 말 없이 이렇게 호령을 합니다.

"나를 무시하고 멀리하더니, 내 귀여운 딸의 구혼자를 빼돌리려 했다는 말이지, 말도 안 되는 얕은 수작을 부리다니. 그렇게 대단한 그대의 딸을 아내로 맞으려는 젊은이가 어디 있겠는 가. 미천하고 볼품은 없으나 그래도 비천한 나름대로 내 딸을 찾아내어 원할 것이니. 그대는 영리한 척하면서 빈틈없이 계획을 세웠을 터이나, 소장은 애당초 전혀 그럴 마음이 없었다는 군. 다른 집안의 사위로 가겠다고 마음이 변한 것을 이왕이면 우리 집안에서 맞겠다고 하였더니, 뜻이 그러하면 그렇게 하라고 하여 맞기로 하였소."

사람을 배려하는 마음 따위는 없는 사람이라 천박하게 그저 말을 뱉을 뿐입니다.

부인은 너무도 어처구니가 없어 할 말을 잃었습니다. 잠시 생각하면서 이 세상의 괴로움과 서러움이 물밀듯 치밀어, 금방이라도 눈물이 떨어질 듯하니 그 자리를 얼른 떠났습니다.

아씨의 방에 와보니, 아씨는 정말 아름답고 귀여운 모습으로 앉아 있습니다. 이런 딸이 어떤 일을 당하든, 남에게 뒤지지는 않을 것이라고 스스로 마음으로 위로하였습니다.

"사람의 마음이란 참 몹쓸 것이로구나. 나는 어느 딸이든 차별없이 보살피고 있고, 이 딸과 결혼하여주는 사람을 위해서라면 목숨이라도 버릴 수 있다고 생각했다. 그런데 아비 없는 자식이라는 것을 알고는 업신여기며, 이 딸을 제쳐놓고 아직 여자라고도 할 수 없는 어린 딸을 결혼상대로 말을 바꾸니, 이런 일이 있을 수 있는가. 이런 한심하고 괘씸한 일을 곁에서 보고 싶지 않은데 수는 영광으로 여기고 승낙하고는 좋아 어쩔 줄을 모르는

구나. 똑같은 사람들끼리 하는 짓이니 나는 일절 이 혼담에는 관여하지 않겠다. 잠시라도 이 집이 아닌 곳에 가 있고 싶구나."

유모 둘과 함께 울면서 이렇게 얘기합니다. 유모도 화를 내며, 내가 키운 아씨를 이렇듯 업신여기고 깔보는가 하여 이렇게 말합니다.

"상관하지 마세요. 아씨가 운이 좋아 약혼이 파기된 것인지도 모릅니다. 그렇듯 몰인정한 사내가 우리 아씨의 값어치를 어찌 알겠습니까. 소중하고 소중한 우리 아씨인걸요. 성품이 넉넉하고 세상의 도리를 잘 아는 분과 결혼을 해야지요. 가오루 대장님의 풍채와 용모를 슬쩍 보았을 뿐이나, 마치 목숨이 길어지는 듯한 느낌이었습니다. 게다가 대장님은 아씨를 끔찍하게 여기고 있다 합니다. 아씨의 운을 믿고, 가오루 대장으로 마음을 굳히세요."

"아, 정말 끔찍하구나. 들리는 소문에 따르면 그분은 예사 여자와는 결혼을 하지 않는다 하여 유기리 우대신과 안찰사 대납언, 식부경 등이 사위로 삼고 싶어 안달복달하면서 그 뜻을 넌지시 비쳤는데도 흘려버리고, 폐하께서 총애하는 황녀를 아내로 맞은 분 아니더냐. 그런 분이 어떤 여자를 진심으로 상대하겠느냐. 어머니 온나산노미야 댁에서 시녀로 부리면서 때로 정을 나누리라는 정도로 생각하시는 것은 아닐지. 그렇다 하여도 실로 좋은 혼처이기는 하나, 역시 마음고생을 자초하는 것은 아닐까 모르겠구나.

세상 사람들은 니오노미야가 맞아들인 작은아씨를 운이 좋은 사람이라고 하는 듯한데, 시름에 잠겨 있는 듯한 모습을 보면 그저 아내 한 사람만을 지켜주는 남자야말로 남 보기도 좋고 듬직한 것이지. 나 자신의 경험을 통해서도 잘 알고 있다. 돌아가신 하치노미야 님은 인품도 훌륭하고 정이 깊은 나무랄 데가 없는 분이셨으나, 나를 가벼이 여기고 남들처럼 여겨주지 않으셨기에 얼마나 슬프고 괴로웠는지 모른다. 지금의 남편은 말할 것도 없이 애정도 없고 볼품없는 사람이나, 그래도 오로지 나 하나를 사랑하고 다른 여자에게는 눈길 한 번 주지 않으니 안심하고 오랜 세월을 부부로 지내온 것이다. 이번 일처럼 얄밉고 소갈머리 없는 처사를 하는 것은 짜증스러우나 여자 때문에 속을 앓고 원망한 일은 없으니, 말다툼을 하여도 서로가 납득할 수 없는 점은 그 자리에서 분명하게 정리하고 넘어갔다. 상달부와 친왕처럼 우아하고 훌륭한 분들 사이에 있으면서 인간 취급도 받지 못하고 주눅이 들어 있다면 무슨 살맛이 있겠느냐. 모든 일이 나의 부족함에서 생겨난 일이라 생각하여 이 딸을 극진히 보살펴왔는데. 어떻게든 세상의 웃음거리가 되지 않도록 하고 싶구나."

수는 혼례 준비에 허둥지둥 쫓아다니며, 서쪽 별채에 와서는 이렇게 말합니다.

"이쪽에는 예쁜 시녀들이 많은 듯하니, 당분간 둘째딸에게 좀 빌려주었으면 좋겠군. 서둘러 혼담이 결정되었으니, 새로 준비한 침소도 저쪽으로 굳이 옮기지 말고 이 방을 그대로 신방으로 꾸미고, 새로이 만들지 맙시다."

수는 앉았다 일어섰다 방을 꾸미느라 정신이 없습니다.

부인이 곳곳을 아기자기하고 아담하게 꾸며놓은 방에 수가 잘난 척하면서 불필요한 병풍을 몇 개나 들고 와 답답할 정도로 세워놓습니다. 문갑과 이층 선반도 볼품이 없을 정도로 잔뜩 늘어놓는 등 제멋대로 준비를 하니, 부인은 유모에게도 그렇게 말하였지만 남편의 하는 꼴을 못마땅하게 여기면서도 한마디도 하지 않고 그저 보고만 있을 뿐입니다.

이쪽의 아씨는 어머니 방에 있습니다.

"그 사람의 속마음을 이제야 알겠군. 똑같이 자기 배로 낳은 딸이니 설마 이렇게 매정하게 돌아보지 않을 줄은 몰랐는데. 아무튼, 세상에는 어미 없는 자식이 없는 것도 아니니."

대낮부터 유모와 둘이 둘째딸을 정성스럽게 화장을 시키고 꾸며놓으니, 그리 보기가 흉하지는 않습니다. 나이는 열대여섯에 몸집은 자그마하지만 오동통하고, 귀여운 머리칼은 소례복의 길이 정도입니다. 머리카락 끝이 제법 숱이 많고 풍성합니다.

수는 딸의 이런 모습을 무척이나 아름답다 여기고 더욱 꼼꼼하게 몸단장을 시킵니다.

"하필이면 아내가 다른 딸의 사위로 삼으려 하였던 사람을 취할 것까지야 없겠지만, 소장은 인품이 남에게 주기 아까울 정도

로 좋고, 용모도 출중하고 훌륭한 분이라 서로가 사위로 삼고
싶어한다니, 남에게 주기는 또 아깝고."

중매쟁이에게 속은 줄도 모르고 이렇게 말하니, 참으로 어리
석은 일입니다.

요즘 소장은 자신을 대하는 수의 태도가 생각했던 대로 호화
로우니, 이 정도면 무슨 불편이 있을까 하고 언니와 혼인하려던
그 밤, 날짜도 바꾸지 않고 둘째딸의 처소에 들었습니다.

어머니와 아씨의 유모는 정말 꼴불견이라며 기가 막혀 합니
다. 수가 심사가 뒤틀려 이쪽을 불쾌하게 여기는 듯하고 이런저
런 사위의 시중을 드는 것도 언짢아, 어머니는 작은아씨에게 편
지를 보냈습니다.

"이렇다 할 일도 없이 편지를 보내면서 친근하게 구는 것도
실례가 아닐까 여겨져, 마음은 있으면서도 소식 한번 보내지 못
하고 세월이 흘렀습니다. 실은 이번에 딸에게 불미한 일이 생겨
잠시 거처를 옮기려 하는데 그 댁에 사람들의 눈에 전혀 띄지
않는 숨을 만한 곳이 있다면 참으로 고마운 일이겠습니다. 부족
한 저 혼자의 힘으로는 미처 감싸줄 수 없는 가여운 일만 계속
되고 있습니다. 시름에 겨운 세상이나 믿고 의지할 분이라 하여
생각나는 것은 오직 그대뿐이니."

울면서 쓴 편지에 작은아씨는 어찌 대처하면 좋을까 하고 궁
리합니다.

'돌아가신 아버님이 그토록 강경하게 딸로 인정하지 않은 사

람과 홀로 살아남은 내가 친근하게 교류를 하자니 몹시 꺼려지는구나. 그렇다 하여 그 사람들이 형편없이 영락하는 것을 전혀 무관하다는 듯이 간과하는 것도 고통스러울 것이야. 좋은 세상도 보지 못하고 서로가 뿔뿔이 흩어지는 것 또한 돌아가신 아버님의 명예를 위해서는 좋지 않은 일이니.'

작은아씨의 시녀 대보에게도 어머니가 딸의 일로 갖가지 마음 아프고 괴로운 일이 많다고 전하였으니, 대보는 이렇게 말합니다.

"무슨 사정이 있는 것이겠지요. 너무 매몰차게 뿌리치지는 마세요. 자매 가운데 어미의 신분이 미천한 사람이 세상에는 흔히 있으니까요."

작은아씨는 대보를 통하여 수의 부인에게 이렇게 전하였습니다.

"작은아씨의 방에서 서쪽으로 눈에 띄지 않는 은신처를 준비하겠습니다. 초라하고 허술한 곳이나 그런 곳이라도 상관없다면, 잠시 그곳에서."

어머니는 매우 기뻐하며 남몰래 출발하였습니다.

아씨도 작은아씨와 친근하게 지내고 싶은 마음이 있는지라, 오히려 이런 일이 있어 만나게 되었다고 기뻐합니다.

수는 새로이 맞은 사위 소장을 어떻게든 번듯하고 성대하게 대접하고 싶으나, 어떻게 하면 눈이 부시도록 화려하게 꾸밀 수 있는지 그 방법을 모르는 사람이라 그저 아즈마 지방산의 거친 비단을 둘둘 말려 있는 그대로 아무렇게나 던져놓습니다. 먹을 음식도 다 들여놓을 수 없을 만큼 많이 내오니 무슨 소동이라도 난 듯합니다. 하인들은 맛있는 음식이 그저 고마울 따름이고, 소장도 그것을 보고 바라는 바대로라고 여기며 현명한 선택이었다고 생각합니다.

부인은 이 소동을 모르는 척하고 집을 나가 돌아보지도 않는다면 심술궂게 토라져 있다고 여겨질 듯하니, 꾹 참고 견디면서 남편이 하는 것을 옆에서 지켜보고만 있습니다.

사위를 맞이하는 객실과 소장의 수행원들이 대기할 방을 준비하느라 분주합니다. 넓은 집이지만 동쪽 별채에는 전처의 딸의 사위 겐 소납언이 살고 있고, 수의 아들도 많은지라 남는 방이 없습니다.

지금까지 아씨가 거처하였던 방을 사위가 사용하게 되자, 복도방 같은 구석진 곳으로 아씨의 거처를 옮기는 것이 가여워, 부인은 어떻게 하면 좋을까 궁리하다가 작은아씨에게 무리한 부탁을 한 것입니다.

친척 가운데 누구 하나 이 아씨를 혈육이라 인정하지 않고 사람 취급을 해주는 이도 없는 탓에 업신여김을 받는 것이라 생각하였고, 지금까지 하치노미야의 딸이라는 것을 인정해주지 않았던 댁이었지만 그래도 억지로 찾아가보도록 하였습니다.

어머니는 아씨의 유모와 젊은 시녀 두셋만 데리고 길을 떠났습니다. 이조원에서는 서쪽에서 북쪽으로 치우쳐 있어 사람들의 발길이 뜸한 방을 준비하였습니다.

어머니가 찾아갔을 때 작은아씨는 지금까지 오랜 세월 교류는 없었으나 자신과는 혈연관계에 있으니 부끄러워 가리개를 사이에 놓고 대면할 사람은 아니라 여기고 직접 만났습니다.

기품 있는 모습으로 어린 도련님을 어르는 모습이 자신의 딸의 불행에 비하면 부럽기 짝이 없으니 부인은 가슴이 메이는 듯하였습니다.

'나 역시 돌아가신 하치노미야 님의 정부인의 조카였으니 그리 먼 친척도 아닌 것을. 다만 시녀로 시중을 들었기에 하치노미야 님에게서 사람 취급을 받지 못하여 이렇듯 한심한 처지가 되었고, 사람들의 멸시를 받는 것이지.'

이런 생각을 하면 이렇듯 뻔뻔스럽게 찾아와 친분을 부탁하는 것도 씁쓸한 기분이 듭니다.

이 댁에는 부정을 피하는 근신을 위해 찾아왔노라 말하여놓았기에 아무도 근접하지 않습니다. 이삼 일은 부인도 곁에 함께 있었습니다. 이번에는 댁의 모습이며 작은아씨의 사는 모습을 느긋한 마음으로 보고 있습니다.

어느 날, 니오노미야가 이조원에 왔습니다. 부인이 보고 싶은 호기심에 문 틈새로 엿보니, 니오노미야는 너무도 아름답고 꺾은 벚나무 가지처럼 화사한 모습입니다. 자신이 의지하고 있고, 때로는 분하고 원망스러워도 남편인 탓에 그 뜻을 거역하지 않으려고 애쓰는 히타치의 수보다 풍채나 용모에서 비교도 할 수 없는 5위와 4위 사람들이 니오노미야 앞에 무릎을 꿇고 대기하고 있고, 가사들은 자신이 담당하고 있는 이런저런 사무를 보고합니다.

아직 젊은 5위 등, 부인은 얼굴도 모르는 자들이 많이 있습니다.

남편의 전처 소생으로 식부승에 장인을 겸하고 있는 자가 폐하의 사자로 이 댁을 찾아왔습니다. 의붓자식은 니오노미야의 근처에도 다가갈 수 없습니다. 부인은 그렇듯 더할 나위 없이 훌륭한 니오노미야의 모습을 보고 이렇게 생각합니다.

'아아, 저분은 대체 어떤 분일까. 그리고 저렇듯 훌륭한 분 옆에서 사랑받고 있는 작은아씨는 이 얼마나 운이 좋은 사람인가. 보지 못하고 상상만 할 때는 아무리 훌륭한 분이라고 해도 남편이 아내에게 근심을 안겨준다면 한스러운 일이라고 불길한 생각만 하였는데, 당치 않은 착각이었어. 니오노미야의 용모와 그 모습을 보면 일 년에 한 번밖에 만날 수 없는 직녀라도 좋으니, 이렇게 뵐 수 있고 한번이나마 다녀가는 것을 행복하다 여길 터이지.'

니오노미야는 어린 도련님을 안아 어르고 있습니다. 작은아씨와는 낮은 휘장을 사이에 두고 있는데, 니오노미야가 휘장을 밀면서 뭐라고 말을 걸고 있습니다. 두 분의 얼굴과 모습이 더없이 아름답고 잘 어울립니다.

하치노미야가 우지의 산장에서 외롭게 살았던 당시의 모습과 비교해보면 같은 황자라도 전혀 격이 다른 듯이 보입니다.

니오노미야와 작은아씨가 침소 안으로 들어가자 어린 도련님은 젊은 시녀와 유모가 얼러주고 있습니다.

많은 사람들이 니오노미야에게 문안을 드리기 위해 찾아왔으나, 니오노미야는 몸이 불편하다면서 해가 지도록 침소에서 나올 줄을 모릅니다.

식사는 작은아씨의 처소에서 먹습니다.

이렇게 하나에서 열까지 고귀하고 각별하게 보입니다.

'평범한 인간들이 누리는 것은 결국 그 한계가 뻔하구나. 아아, 한심하다.'

부인은 지금까지 자신이 살고 있는 집이 최대한의 사치를 부리고 있는 것이라 착각하고 있었으나 지금은 절실하게 이렇게 느낍니다.

'내 딸 역시 작은아씨처럼 황자와 나란히 있어도 잘 어울릴 터인데. 히타치의 수가 엄청난 재력을 동원해서 폐하의 후궁으로라도 바치려고 하는 딸들은 자신의 배를 앓아 낳은 똑같은 자식이라고 해도 그 인품이 이 딸과는 비교도 되지 않을 만큼 천박하게 여겨지니. 역시 앞으로 이 딸에 대해서는 이상을 높이 가져야겠구나.'

부인은 그날 밤이 새도록 앞날을 이리저리 생각하였습니다.

니오노미야는 해가 높이 올라서야 일어나, 예복을 갖추어 입었습니다.

"중궁께서 지병이 도지신 듯하니, 문안을 드려야겠습니다."

부인은 또 호기심이 일어 엿보니, 단정하게 정장을 한 니오노미야의 모습이 또한 그 예가 없을 만큼 품위 있고 애교가 넘치고 아름다운데, 어린 도련님의 손을 놓고 떠나기가 아쉬워 아직도 놀아주고 있습니다.

그 후 니오노미야는 찐 밥을 드신 후 그대로 이쪽에서 입궁하기로 하였습니다.

아침부터 찾아와 대기소에서 쉬고 있던 사람들이 이때다 하고 니오노미야 앞에 몰려들어 뭐라뭐라 말씀을 올립니다. 그런 사람들 가운데, 다소 깔끔하게 보일 뿐 이렇다 하게 봐줄 것이 없는 남자가 평상복에 칼을 허리에 차고 아무런 매력도 없는 표정으로 있는 것이 보였습니다.

그는 니오노미야 앞에서는 사람 축에도 끼지 못합니다.

"저기 저 남자가 히타치의 수가 사위로 삼은 소장입니다. 처음에는 그 언니와 혼인을 약속하였는데, 소장은 수의 친딸을 얻으면 수가 극진히 대해줄 것이라면서 아직 크지도 않은 어린것을 맞았다고 합니다."

"저런, 그런 소문은 한번도 듣지 못하였는데."

"나는 그 댁에 연줄이 있어서 간혹 소식을 듣고 있어요."

시녀들이 이렇게 수군덕거립니다. 부인이 듣고 있는 줄도 모르니, 부인은 가슴이 무너지는 듯합니다. 지금까지 이런 소문을 달고 다니는 소장을 적합한 상대라 여겼던 자신의 어리석음이 분하여, 소장을 더욱 경멸하게 되었습니다.

'정말 이렇게 보니, 어디 한 군데 좋은 구석이 없는 사내로군.'

니오노미야가 나서려는데 어린 도련님이 발끝으로 기어 나와 바깥을 엿보니, 그 모습을 보고는 다시 돌아와 어린 도련님 옆으로 다가갑니다.

"중궁의 용태가 괜찮다 싶으면 곧바로 퇴궁하여 돌아올 것입니다. 여전히 좋지 않다 싶으면 오늘 밤은 궁에 머물러야겠지요. 지금은 어린 도련님과 하룻밤이라도 떨어져 지내는 것이 괴로우니."

니오노미야는 이렇게 말하고 잠시 더 어린 도련님을 어르고 달래주고는 나가는데, 그 모습이 몇 번을 보아도 싫증이 나지 않을 듯합니다. 그 반짝반짝 빛이 나도록 아름다운 모습이 사라진 뒤에는 허전한 기분까지 드니, 부인은 그만 수심에 잠기고 말았습니다.

작은아씨 앞에 나와 니오노미야를 침이 마르도록 칭찬하니, 작은아씨는 그런 부인을 촌스럽다 여기면서 웃고 있습니다.

"마님이 돌아가셨을 때, 아씨는 아직 조그만 어린애였습니다. '장차 이 아이가 어떻게 될 것인가' 하고 곁에서 시중을 드는 우리들이나, 돌아가신 하치노미야 님 역시 걱정하며 한탄하셨는데, 더없이 훌륭한 운세를 타고 태어났기에 그 우지의 산골에서도 무사히 성장한 것이겠지요. 큰아씨가 돌아가신 것이 무 엇보다 애석하고 아쉽습니다."

부인이 눈물을 흘리며 말하니 작은아씨도 눈물을 흘립니다.

"세상에 한스럽고 황망한 일도 많으나, 이렇게 살아만 있으 면 조금은 마음의 위로를 받는 일도 있을 터인데, 그 옛날 의지 하였던 아버님이 돌아가셨을 때는 당연한 세상의 섭리라고 체 념하였고, 어머니는 얼굴도 모르는 상태였는지라 별 감회도 없 었으나, 역시 언니의 죽음은 그 슬픔이 지금도 가시지 않으니 괴로워 견딜 수가 없습니다. 가오루 대장님이 지금도 언니를 그 리워하며 다른 것에는 도무지 마음이 쓰이지 않는다 하여 눈물 을 흘리시니, 그 깊은 마음을 보면서도 언니의 죽음이 안타까워 견딜 수가 없습니다."

"가오루 대장님은 폐하의 사위로 세상에 그 예가 없을 정도 로 극진한 대우를 받고 있으니 오만해지신 것이겠지요. 큰아씨 가 만약 살아 계셨다면 역시 황녀와의 결혼으로 두 분 사이가 끊이지 않았을까요?"

"글쎄요, 과연 어떨지요. 허나 황가와의 결혼으로 두 분의 사 이가 뒤틀려 자매가 나란히 같은 운명이라고 사람들의 웃음거 리가 되느니, 차라리 잘 죽었는지도 모르겠군요. 그래서 더욱이 가오루 님이 언니를 잊지 못하고 마음에 품고 있는 것이겠지요. 허나 가오루 님은 이상하리만큼 죽은 언니를 그리워하면서, 아 버님의 내세를 위하여 법회에도 정성을 들이는 등 배려를 아끼지 않으십니다."

작은아씨는 이렇게 솔직하게 말합니다.

"돌아가신 큰아씨를 대신하는 인물로 만나보고 싶다고, 가오루 님이 하잘것없는 내 딸을 일컬어 변에게 그리 말씀하셨다 합니다. 그렇다 하여 당장 어떻게 할 수 있는 일은 아니나, 이 역시 내 딸이 큰아씨와 인연이 있기에 그런가 싶습니다. 황공하나, 몸이 저미도록 고맙고 친절한 말씀이 아닐 수 없습니다."

이렇게 말하고 딸의 거취를 어찌하면 좋을지 몰라 괴로워하고 있다면서 눈물을 흘립니다.

자세하게 말한 것은 아니나, 이곳 사람들도 이미 알고 있을 듯하니 소장이 사람을 업신여기고 혼약을 파기한 경위도 넌지시 내비쳤습니다.

"내 목숨이 붙어 있는 한은 같이 살면서 애기 상대라도 하여 주면 어떻게든 살아가겠지요. 허나 그 딸을 홀로 남겨두고 내가 죽은 후에는, 비참하게 영락하여 각지를 헤맬지도 모른다고 생각하면 가엾어서, 생각다 못하여 차라리 세상을 버리고 중이 되게 하여 산 속 깊은 곳에 살면서 연애니 결혼이니 하는 것들을 단념토록 할까 싶기도 합니다."

"정말 처지가 가엾게 되었으나, 사람들에게 업신여김을 받는 것은 부모를 일찍 여읜 우리 같은 사람들의 공통된 운명입니다. 그렇다 하여도 세상을 버리고 출가하는 것은 말처럼 쉬운 일이 아니니, 아버님께서 평생을 혼자 살라고 한 저 역시 이렇듯 본의 아닌 결혼을 하여 이 세상에 살아남아 있지 않습니까. 하물며 동생을 출가하게 할 수는 없지요. 머리를 자르게 하기에는 아까울 정도로 용모가 빼어난데."

작은아씨가 이렇듯 어른스럽게 말하자 부인은 기쁘기가 한량없습니다. 이 부인은 늙기는 하였으나 역시 품위가 있고 아름다운 구석도 있습니다. 허나 지나치게 살아 쪘으니 역시 히타치의 수의 취향이란 느낌입니다.

"돌아가신 하치노미야 님께서 자식으로 인정하지 않고 매정하고 혹독한 태도로 내치신 터라, 사람 구실을 할 수 없어 더욱 업신여김을 받는 것이라 생각하였는데, 지금 이렇게 아씨를 뵙고 내 신상을 말씀드리고 나니, 그 옛날 하치노미야 님께 푸대접을 받은 한을 푼 듯합니다."

이렇게 히타치에서 오랜 세월을 보낸 얘기를 하고, 남편을 따라 미치노쿠에서 보낸 세월의 괴로움과 서러움까지 얘기합니다.

"'나 혼자만 괴로우니 모든 것을 원망한다'는 노래도 있는데, 그 슬픔을 얘기할 상대도 없는 쓰쿠바 산 언저리에서의 생활까지 모두 말씀드리고 나니, 이곳에 오래 머물며 시중을 들고 싶은 마음이 들기도 하나, 집에서는 어린 자식들이 어쩔 줄 모르고 저를 찾을 것이니, 지금쯤 대소동이 벌어지지 않았을까 싶어 불안하고 걱정스럽습니다. 이렇게 수령의 아내로 전락한 꼴이 한심하다는 것을 이제는 뼈에 사무치도록 알았으니, 이 딸만이라도 아씨에게 맡기겠습니다. 이 딸의 거취를 결정하여주세요.

저는 물러나 있겠습니다."

이렇게 온갖 말로 설득을 하자, 작은아씨도 동생을 불행하고 비참하게 만들고 싶지는 않다는 생각이 들었습니다.

이 아씨는 용모며 성품이며 미워할 수 없는 어여쁜 사람이었습니다. 부끄러워하는 모습도 허풍스럽지 않고 용모도 빼어난데 소녀처럼 얌전하면서도 재기가 없는 듯하지는 않으니, 곁에서 시중을 드는 시녀들에게도 보이지 않게 몸을 숨기고 있습니다.

'무슨 말을 할 때도 신기할 정도로 죽은 언니의 모습을 닮았구나. 언니를 대신할 사람이 필요하다 하여 찾고 있는 가오루 님에게 보여주고 싶구나.'

문득 이런 생각을 하고 있는데, 시녀가 가오루 대장이 왔다고 전하였습니다.

작은아씨는 평소처럼 휘장을 쳐 모습이 보이지 않도록 주의합니다.

"그렇다면 나도 그 모습을 보기로 하지요. 전에 얼핏 본 사람이 훌륭한 분이라는 소리를 하였는데, 설마 니오노미야 님의 모습에는 못 미치겠지요."

그 자리에 함께 있던 부인이 이렇게 말하자 시녀들이 응수하였습니다.

"글쎄, 과연 어떨지요."

"우리들은 어느 분이 보다 훌륭한지 가늠할 수가 없습니다."

"그 누가 니오노미야 님을 능가할 수 있을는지요."

"가오루 님이 수레에서 내리는 듯합니다."

이렇게 수다를 떨고 있는데, 앞을 물리는 사람의 목소리만 요란하게 들릴 뿐 정작 본인은 나타나지 않습니다. 모두들 기다리다 지칠 무렵에야 간신히 댁으로 걸어 들어오는 모습이 보이니, 부인은 그리 훌륭하고 아름답다고는 감탄할 정도는 아니나 우아하고 품위 있고 아름답다고 생각합니다.

부인은 가리개 너머로 보고 있는데, 이쪽이 보일 수도 있다고 생각하니 부끄럽고 주눅이 들어 자신도 모르게 이마에 흘러내린 머리를 가다듬고 싶어집니다. 가오루는 보는 이가 움츠러들 정도로 우아하고 배려가 깊고 더없이 훌륭한 모습입니다.

궁중에서 바로 이리로 왔는지, 앞을 물리는 사람과 수행원들을 대거 거느리고 있습니다.

"어젯밤 중궁께서 편찮으시다 하여 문안차 입궁을 하였는데, 곁을 지키는 황자가 없어 안쓰러운 마음에 니오노미야 대신 지금까지 곁을 지키고 있다 왔습니다. 오늘 아침에도 니오노미야가 게으름을 피우고 늦게야 나타났는데, 무례하나 이는 앞을 가로막은 그대의 과실이 아닐까 합니다."

"참으로 마음씀씀이가 깊으시군요."

작은아씨는 이렇게만 대답하였습니다.

가오루는 니오노미야가 궁중에 머무는 것을 확인하고 이곳으로 왔으니, 무슨 속내가 있는 것이지요. 여느 때처럼 이런저런 얘기를 친밀하게 나누고 있습니다. 여전히 죽은 큰아씨를 못 잊어 부부 사이에 점차 흥미를 잃어갈 뿐이니, 그렇다고 노골적으로 말은 하지 못하고 넌지시 내비치며 한탄합니다.

'허나 아무리 그래도 이렇듯 세월이 많이 흘렀는데 어찌하여 언니만이 마음에서 떠나지 않는 것일까. 역시 그 옛날부터 언니를 끔찍이 연모하였으니 죽었다 하여 금방 잊었다 여겨지고 싶지 않아서일까.'

작은아씨는 이렇게 생각하다가도, 감추지 못하는 가오루의 마음을 오래도록 봐온 터에다 자신도 목석은 아닌지라, 언니를 생각하는 가오루의 깊은 애정이 진실이라는 것을 절실하게 깨우치게 되었습니다.

그런데 지금은 가오루가 작은아씨를 마음에 품고 원망스럽다는 듯이 얘기하는 일이 많으니, 작은아씨는 난감하기 짝이 없어 한숨을 쉬고는 이런 연심을 끊도록 액막이 제라도 해주고 싶은 생각일까요, 큰아씨를 대신할 수 있는 동생에 대하여 슬쩍 말을 꺼냅니다.

"실은, 지금 은밀하게 이곳에 와 있습니다."

가오루는 가슴이 술렁거리고, 그 사람을 간절히 만나보고 싶어하나 당장 그 사람에게로 마음을 돌리고 싶지는 않으니, 이렇게 말합니다.

"글쎄요. 그 본존이 내 소원을 다 들어준다면야 얼마나 고맙겠습니까. 허나 그대에 대한 집착을 끊지 못하고 때로 번뇌하고 괴로워한다면 오히려 도심이 탁해지겠지요."

"참으로 난감한 도심이로군요."

작은아씨가 끝내 이렇게 말하고는 살며시 미소를 지으니, 보이지 않는 곳에서 듣고 있는 부인에게는 흐뭇하게 여겨집니다.

"자 그렇다면 그쪽에 내 마음을 다 전하여주세요. 그대의 그 둘러대는 구실을 들으니, 그 옛날 큰아씨가 그대를 자기 대신이라 여겨달라고 했던 일이 떠올라 어째 불길한 느낌이 듭니다."

가오루는 이렇게 말하며 또 눈물을 머금습니다.

그 사람이 죽은 그분을
대신할 수 있다면
한시도 곁을 떠나지 않고
그분을 그리워하는 내 마음의 슬픔을
씻어낼 인형으로 삼고 싶으니

가오루는 이렇게 늘 하는 농담처럼 얼버무리고 맙니다.

목욕재계하는 강물 여기저기에
흘려 보내는 인형이라면
누가 그대를 믿고
평생을 곁에 있겠는지요

"그대는 '손짓하는 곳이 많아'라는 노래 같군요. 그분이 가엾어집니다."

"손짓하는 손이 많아도 결국 이 몸이 정착할 곳은 어디인지, 말할 필요도 없겠지요. 늘 그대에게 혹독한 대접을 받는 나는 하찮은 물거품에나 비유될 몸인걸요. 강물에 버려질 인형이란 바로 나를 말하는 것입니다. 어찌하면 나의 이 괴로움을 달랠 수 있을는지요."

이렇게 얘기하며 오래 머물러 어느 틈에 사방이 어두워지니, 작은아씨는 성가셔서 달래듯 이렇게 말하고는 가오루를 돌려보냅니다.

"한동안 이곳에 머무는 사람도 이상히 여길 듯하니 꺼림칙합니다. 오늘 밤은 이만 돌아가세요."

"그렇다면 그 손님에게, 오래 세월 내 이 가슴에 품고 있는 것을 충동적이고 천박한 바람기라고 생각하지 않게 전하여 내가 무안하지 않게 해주세요. 사랑의 길에는 초심자인 나는 이런 일에는 어리석을 정도로 재주가 없으니."

가오루는 이렇게 간곡하게 부탁을 하고 돌아갑니다.

손님인 어머니는 마음속으로 가오루를 칭찬하고 있습니다.

'참으로 훌륭한, 이상적인 분이로구나. 유모가 문득 생각을 떠올리고 가오루와의 혼인을 권하였는데, 그때는 말도 안 되는 소리라고 여겼으나, 지금 가오루의 아리따운 모습을 보니 견우와 직녀는 아니지만 은하수를 건너 일 년에 한 번밖에 만나지 못한다 하여도, 딸에게 이런 훌륭한 분을 만나게 해주고 싶구

나. 내 딸은 평범한 남자와 결혼시키기에는 아까운 용모인데, 아즈마 지방의 무뚝뚝한 남자만 본 탓에, 그 소장을 풍정이 있는 사람이라 여겼으니. 한심하구나.'

부인은 새삼 분하고 후회스럽습니다.

가오루가 기대 있었던 노송나무 기둥이며 앉아 있었던 방석에 남아 있는 향기가 그 얼마나 향기롭던지요. 말하면 공연한 허풍이라고 들릴 수도 있겠으나, 황공할 정도로 좋은 향기입니다. 가오루를 이따금 보는 시녀들조차 만날 때마다 칭찬을 아끼지 않습니다.

"경을 읽어보면 공덕이 뛰어난 내용이 여러 가지로 적혀 있는데, 그 가운데에서도 몸에서 그윽한 향이 풍기는 것을 대단히 존귀한 일이라 부처님도 설법을 하셨으니, 지당한 일이지요. 법화경의 약왕품에 그런 내용이 잘 씌어 있습니다. 우두전단은 향의 이름으로는 끔찍하지만, 가오루 님이 가까이에서 움직이면 좋은 향기가 나니, 부처님은 참말을 하셨다는 것을 알 수 있습니다. 이 또한 어렸을 때부터 불도 수행에 정진하였기 때문이지요."

"전생에 어떤 선량한 공덕을 쌓았는지, 그 모습을 보고 싶군요."

이렇게 시녀들이 입을 모아 칭찬하는 것을 부인은 흐뭇한 심정으로 듣고 있습니다.

작은아씨는 가오루가 은밀히 부탁한 것을 부인에게 넌지시 전하였습니다.

"저분은 한번 마음에 품으면 끈질기다 싶을 정도로 집착하면서 경솔한 행동을 하지 않습니다. 그러니, 이미 둘째 황녀와 결혼한 저분의 입장을 생각하면 난감하실 터이나, 출가시킬 생각까지 하고 있다면 차라리 가오루 님과 연을 맺어보는 것이 어떨지요."

"그 아이는 괴로운 처지에 놓이게 하지 말자, 사람들에게 업신여김을 받게 하지 말자는 생각에 새소리조차 들리지 않은 깊은 산 속에 살게 하자는 생각까지 한 것입니다. 지금 가오루 님의 모습과 태도를 보고 나니, 설령 시중을 드는 천한 시녀로라도 저렇듯 훌륭한 분 옆에 있게 할 수 있다면 싶으니, 나 같은 노인조차 사는 보람이 있을 듯합니다. 하물며 젊은 여인이라면 가오루 님을 동경할 터인데, 신분이 천한 몸으로, 오히려 마음에 수심의 씨앗을 잔뜩 뿌리는 것은 아닐는지요. 신분의 상하를 막론하고 여자란 남녀사이의 애정문제로 이 세상에서는 물론이요 저세상에서도 고통을 겪어야 하는 몸입니다. 그렇게 생각하면 딸이 너무도 가여우나, 이제 모든 것을 아씨에게 맡기겠습니다. 아무튼 이 딸아이를 버리지 말고 돌보아주세요."

부인이 이렇게 말하니 작은아씨는 머리가 아프고 귀찮아 한숨을 쉬며 말을 아꼈습니다.

"글쎄요, 지금까지는 성실하고 애정이 깊은 분이라 하여 마음을 놓을 수 있겠으나, 앞날의 일까지야 나는 알 수 없으니."

날이 밝자 부인을 데리러 온 수레가 당도하였습니다. 히타치의 수의 몹시 화가 난 투의 위협적인 글이 담이 편지도 함께 사자가 들고 왔습니다.

"황공하나 아무쪼록 부탁드립니다. 믿고 있겠습니다. 앞으로도 당분간은 그 아이를 숨겨주세요. 출가를 시킬지 어떻게 할지 내가 생각하는 동안, 보잘것없는 신분의 딸이나 아무쪼록 내치지 말고, 어떤 일이든 가르쳐주세요."

부인은 작은아씨에게 이렇게 부탁하고 돌아갔습니다.

뒤에 남은 아씨는 어머니를 떠나 홀로 지내는 것은 처음인 터라 너무도 불안하고 슬프나, 현대풍으로 화려하게 치장한 이조원에서 잠시나마 작은아씨와 함께 지내며 친밀한 시간을 보낼 수 있다고 생각하니 기쁜 마음이 앞섰습니다.

수레를 끌어낼 무렵, 사방이 조금씩 밝아왔습니다.

그때 니오노미야가 궁중에서 돌아왔습니다. 니오노미야는 어서 빨리 어린 도련님을 보고 싶은 마음에 길을 서두른 터라 격식을 갖추지 않은 소박한 수레를 타고 있는데, 부인이 타고 있는 수레가 마주쳤습니다. 부인이 탄 수레가 대기하여 잠시 서 있으니, 니오노미야는 수레를 복도 끝에 대고 내렸습니다.

"무슨 수레인가, 날이 아직 밝지 않았는데 길을 서두르는 것은."

니오노미야는 이렇게 수상쩍다는 듯 말합니다. 은밀히 다니는 곳에서는 이런 식으로 은밀히 빠져나간다고 자신의 경험에 비추어 상상하니, 공연한 노파심입니다.

"히타치의 나리께서 돌아가는 것입니다."

부인의 수행원이 그렇게 말하자, 니오노미야의 젊은 수행원이 조롱하듯 웃습니다.

"나리라니, 거창하게."

이 소리를 들은 부인은 자신의 처지를 서러워합니다.

'조롱을 하여도 어쩔 수 없는 한심한 신분이었어.'

오직 딸을 생각하는 마음에 자신도 남 같은 신분이 되고 싶은데, 하물며 딸이 형편없는 남자와 결혼하여 신분이 더욱 미천해지는 것은 참을 수 없는 일이라고 생각합니다.

니오노미야는 작은아씨의 처소에 들었습니다.

"히타치 님이라는 사람이 그대의 처소를 드나드는 모양이로군요. 이 아름답고 풍류스러운 새벽녘에 서둘러 이곳을 빠져나가는 수레가 있었는데, 수레를 탄 자가 유독 사람의 눈을 피하려는 듯 보였소이다."

역시 니오노미야는 가오루가 아닌가 하고 의심하는 듯합니다. 작은아씨는 그런 말을 듣기조차 괴롭고 한심하니 이렇게 말하고 고개를 돌려버립니다.

"대보가 젊었던 시절에 친구였던 사람이 돌아가는 것입니다. 그 사람은 딱히 화려하지도 눈에 띄는 사람도 아닌데, 당신은 일부러 무슨 사연이라도 있는 것처럼 말하는군요. 남들이 들으면 꼴불견인 말씀만 하시니 정말 싫습니다. '공연한 누명을 씌우지 말고'라는 노래처럼 결백한 사람에게 죄를 덮어씌우지 마세요."

그 모습이 귀엽고 아름답습니다.

날이 환히 밝은 것도 모르고 두 분이 느긋하게 잠을 자고 있는데, 사람들이 대거 찾아오니 니오노미야는 침전으로 납시었습니다.

중궁의 병세가 별다른 이상 없이 회복되었는지라 유기리 우대신의 아들들이 바둑을 두고 노래의 운 맞히기 놀이를 하면서 흥겨워합니다.

저녁나절 니오노미야가 작은아씨의 처소에 들었는데, 아씨는 머리를 감고 있는 중이었습니다. 시녀들은 각자의 방에서 쉬고 있으니 니오노미야 앞에는 아무도 나와 보지 않았습니다. 니오노미야는 어린 여동에게 이렇게 일렀습니다.

"공교롭게 머리를 감고 있다니, 따분하고 민망하외다. 나 혼자 이렇듯 심심하고 외롭게 놔두는 것입니까."

머리 감는 것을 거들고 있던 대보가 나와 이렇게 안쓰러워합니다.

"지당하신 말씀입니다. 보통 니오노미야 님께서 안 계실 때 머리를 감는데, 요즘은 다소 귀찮아하십니다. 오늘을 놓치면 이달에는 세발의 길일이 없는데다 구, 시월은 머리 감기에 좋지 않은 달이라 오늘 감고 있는 것입니다."

어린 도련님도 잠을 자고 있는 터라 시녀들이 모두 그쪽에 가 있으니 니오노미야는 자택 안을 이리저리 오갑니다. 서쪽 별채 쪽에 낯선 여동이 보여, 새로 들어온 자인가 하여 엿봅니다.

서쪽 별채의 안방과 차양의 방 사이에 있는 장지문이 살짝 열려 있어, 그곳으로 들여다보니 장지문에서 1척 정도 떨어진 곳에 병풍이 세워져 있습니다. 그 끝에는 발을 따라 휘장이 쳐져 있습니다. 휘장끈을 위에 걸어놓은 틈새로 개미취색의 화려한 소례복에 짠 것인 듯한 마타리색 겉옷을 겹쳐 입는 소맷자락이 보입니다.

병풍 한쪽이 접혀 있어 뜻하지 않게 보여지고 있는 것이겠지요.

'신참 시녀인 듯한데, 상당한 미인이로구나.'

니오노미야는 이렇게 생각하며 본채에서 북쪽 차양의 방으로 가는 복도의 장지문을 살짝 열고는 발소리를 죽여 다가가는데, 그 여자는 알아차리지 못합니다.

이쪽 복도에 둘러싸인 중정의 화단에 갖가지 색으로 아름답게 꽃이 피어 있고 개울물가에 돌이 높이 쌓여 있는 경치가 매우 정취가 있으니, 여자는 복도에 가까운 끝 쪽에서 물건에 기대어 옆으로 누워서 정원을 바라보고 있었습니다.

니오노미야는 살짝 열려 있는 장지문을 조금 더 열고 병풍 끝에서 들여다보니, 니오노미야인 줄을 모르는 여자는 늘 이곳에 오는 사람으로 알고 일어났습니다. 그 여자의 용모가 실로 아름다우니 예의 색을 좋아하는 니오노미야의 마음이 그것을 놓칠

리가 없지요. 니오노미야는 여자의 옷자락을 잡고 한 손으로 장지문을 닫고는, 장지문과 병풍 사이에 앉았습니다.

여자가 이상히 여기며 부채로 얼굴을 가리고 돌아보는데, 그 모습이 뭐라 말할 수 없이 아름답습니다. 니오노미야는 부채를 쥐고 있는 여자의 손을 잡았습니다.

"뉘신지, 이름을 알고 싶소이다."

아씨는 두려움에 소름이 끼쳤습니다. 니오노미야가 얼굴이 보이지 않도록 고개를 돌리고 있는 탓에 누구인지 알 수 없는 여자는 그 몸에서 풍기는 좋은 향내에 부끄러워 어쩔 줄을 모릅니다.

'요즘 내게 호의를 보이고 있다는 가오루란 대장일까.'

아씨의 유모가 여느 때와는 다른 사람의 기척이 느껴져 수상하다 여기고는 북쪽 병풍을 밀치고 들어왔습니다.

"아니 이런, 대체 무슨 일입니까. 당치도 않으십니다."

니오노미야는 이런 일에는 아무런 조심이 필요 없는 사람입니다. 이렇듯 충동적인 처신에도 원래가 말솜씨가 뛰어나니 이러쿵저러쿵 말을 하는 사이에 날이 저물고 말았습니다.

"이름을 알려주지 않으면 놓지 않으렵니다."

이렇게 말하고는 곁에 누우려는 때에야 아씨는 니오노미야라는 것을 알았습니다. 유모는 어처구니가 없어 뭐라 말도 하지 못합니다.

그때 시녀들이 처마에 걸린 등롱에 불을 밝히고 이렇게 전하였습니다.

"작은아씨께서 이리로 오고 있습니다."

작은아씨의 방이 아닌 곳에서는 격자문을 내리는 소리가 들립니다.

이 방은 본채에서 떨어진 곳이라, 안에는 키가 큰 문갑을 한 쌍 놓아두었을 뿐 주머니에 보관한 병풍이 군데군데 기대어져 있고, 모든 것이 난잡하게 널려 있습니다.

지금은 이렇게 손님의 거처가 되었으니, 요즘은 사람들이 오 갈 수 있도록 지나다니는 복도의 장지문을 한 칸만 열어두고 있습니다.

대보의 딸이며 작은아씨의 시중을 들고 있는 우근이라는 시녀가 격자문을 내리면서 점점 다가옵니다.

"이렇게 어두울 데가. 아직 이쪽은 불을 밝히지 않았네. 힘들게 격자문을 서둘러 내렸는데, 이렇게 어두우니 앞을 못 보겠네."

이렇게 중얼거리면서 다시 격자문을 올리니, 니오노미야는 다소 난처해졌다고 생각하면서 듣고 있습니다.

유모 역시 몹시 난감해하고 있습니다. 만사에 조심스럽지 못하고 흥분을 잘 하나 빈틈은 없는 사람입니다.

"좀 들어보세요. 큰일이 벌어졌습니다. 나는 망을 보느라 꼼짝도 할 수 없습니다."

"무슨 일인지요."

우근이 더듬더듬 다가가 보니, 예복 차림의 남자가 좋은 향내를 풍기며 아씨 곁에 누워 있습니다. 니오노미야의 나쁜 버릇이 도졌다는 것을 금방 알 수 있었습니다.

'이는 아씨가 동의하여 벌어진 사태는 아닌 듯하구나.'

이렇게 짐작한 우근은 이런 말을 남기고 사라졌습니다.

"정말 흉측한 일이로군요. 뭐라고 말씀을 드리면 좋을지. 아무튼 작은아씨에게는 이 일을 살며시 알려야겠습니다."

시녀들은 그런 일을 알리는 것은 당치도 않은 수치스러운 일이라고 생각하나 당사자인 니오노미야는 전혀 개의치 않습니다.

'이거야 참으로 품위 있고 아름다운 사람이로구나. 그런데 대체 누구일까. 우근의 말투로 보아 역시 신참 시녀는 아닌 듯한데.'

알 수 없다는 표정을 지으며 니오노미야는 이런저런 식으로 캐묻고 설득하고 있습니다.

아씨는 노골적으로 불쾌하다는 몸짓은 보이지 않으나, 그저 어쩔 줄을 몰라 죽고 싶을 정도로 괴로워하니 그 모습이 가여워 니오노미야는 상냥하게 달래고 있습니다.

우근은 작은아씨에게 이런 일이 벌어졌다고 보고하였습니다.

"정말 가여운 일입니다. 아씨가 얼마나 괴로워하겠는지요."

"예의 한심한 처사로구나. 그 사람의 어머니가 이 일을 들으면 경박하고 몹쓸 짓을 하는 사람이라 여길 터이지. 이제 안심이라면서 돌아갔는데."

이렇게 아씨를 가엾어하면서 니오노미야의 한심함에 기가 막혀 할 말을 잃습니다.

"대체 뭐라고 둘러대면 좋다는 말이냐. 다소 젊고 예쁜 시녀만 있어도 가만히 놔두지를 못하고 손을 대는 나쁜 버릇이 있는 사람인 것을. 그런데 어떻게 그 사람이 여기 있다는 것을 알았을까."

"오늘은 상달부가 대거 납시어 침전에서 그분들과 여흥을 즐겼는데, 그런 때는 늘 이쪽으로 늦게 돌아오시는지라 모두들 방심하고 잠이 들었지요. 어떻게 하면 좋겠습니까. 기가 드세고 무서운 유모가 아씨 곁에 딱 붙어서 필사적으로 지키고 있습니다. 니오노미야 님을 억지로라도 떼어놓을 기세입니다. 무섭습니다."

우근은 시녀 소장과 둘이 아씨를 안쓰러워합니다. 그때 궁중에서 사자가 나왔습니다.

"중궁께서 오늘 저녁때부터 가슴이 아프다 하셨는데, 지금 상태가 악화되어 몹시 괴로워하십니다."

"공교롭게도 이런 때, 니오노미야 님은 마땅치 않아하시겠군요. 아무튼, 알려드려야지요."

우근이 이렇게 말하고 일어났습니다.

"허나 어차피 벌어진 일. 공연한 소동을 피워서 니오노미야 님을 놀라게 하지는 마세요."

소장이 말합니다.

"실제로는 어땠을까?"

"아니, 아직 거기까지는 못 갔겠지요."

이렇게 둘이 쑥덕거리는 소리를 들으니, 작은아씨는 심경이 복잡합니다.

'어쩌면 이리도 남의 입에 오르내릴 일을 서슴지 않은 것인지. 세상의 도리를 아는 사람은 나까지 뭐라 하겠구나.'

우근은 니오노미야에게, 사자가 전한 말보다 다소 허풍스럽게 중궁의 용태를 알렸습니다. 니오노미야는 움직일 생각이 없는지 이렇게 말합니다.

"누가 사자로 왔느냐."

"중궁직, 다이라노 시게쓰네라 하옵니다."

니오노미야는 그 자리를 떠나기가 아쉬워 견딜 수가 없으니, 사람의 눈길 따위는 아랑곳하지 않습니다. 우근이 일어나 사자를 차양의 방쪽으로 불러들이자, 사자의 말을 전한 이도 같이 따라왔습니다. 상황을 물으니 시게쓰네가 중간 사람을 통하여 이렇게 전합니다.

"중무 친왕께서도 입궁하셨습니다. 중궁 대부도 벌써 도착하였겠지요. 이쪽으로 오는 길에 대부가 수레를 꺼내는 것을 보았으니."

'중궁께서 때로 갑작스럽게 편찮아하시기는 하나.'

니오노미야는 내심 이렇게 생각하며 사자의 말이 사실인 듯하니, 늦게 가면 어떻게 여겨질까 걱정을 합니다.

니오노미야는 몸을 허락하지 않는 아씨를 몹시 원망하며 앞날을 구구절절 약속한 후에 겨우 자리에서 일어서 나갔습니다.

아씨는 끔찍한 꿈이라도 꾼 기분으로 땀에 푹 젖어 엎드려 있습니다.

유모는 부채질을 하면서 눈물을 뚝뚝 흘리며 이렇게 말합니다.

"이렇듯 위험한 집에 계속 있으면 만사에 마음을 놓을 수 없으니 불편할 것입니다. 니오노미야 님이 한번 다녀가셨으니 앞으로는 더한 일도 생기겠지요. 아아, 끔찍한 일입니다. 아무리 신분이 높다 하여도 안심할 수 없는 부도덕한 처신을 하면 장차 반드시 괴로운 일이 생길 것입니다. 이 댁과 전혀 무관한 다른 분이라면 좋든 나쁘든 구혼을 받아도 괜찮겠지요. 허나 상대가 니오노미야 님이라면 남이 들어도 민망하고 좋지 않은 일이라 악마를 물리치는 부동명왕처럼 무서운 얼굴로 노려보았더니, 나를 실로 징그럽고 몰상식한 여자라 여겼는지, 내 손을 꽉 꼬집었습니다. 그런 행동은 마치 아랫것들이 농지거리를 할 때나 하는 것이니 정말 우습지 않습니까. 히타치의 주인댁에서는 오늘도 부인과 수가 심한 말다툼을 하였다 합니다. '딸 하나를 보살피느라 내 딸은 안중에도 없다. 게다가 소중한 사위가 오는 날에 외박을 하다니 뻔뻔하고 형편없는 사람'이라고 화를 버럭버럭 내며 부인을 꾸짖었다고 합니다. 그 험한 말투에 아랫것들까지 부인을 안쓰러워하였다 하는군요. 그 모두가 그 소장 탓이니, 정말 몹쓸 사람입니다. 이런 망측한 혼담이 없었더라면 다소 옥신각신하는 때가 있어도 지금까지 오랜 세월을 그렇게 살아 왔던 것처럼, 온 가족이 무사평온하게 사이좋게 살 수 있었을 터인데 말입니다."

아씨는 예기치 않게 끔찍한 일을 당한 터라 지금은 어머니의 일까지 생각할 여유가 없습니다. 다만 너무도 부끄럽고, 지금까지 경험한 적 없는 일을 당한데다 작은아씨가 뭐라 생각할까 생각만 하여도 괴로우니, 몸을 던져 엎드린 채 울고만 있을 뿐입니다.

"참으로 난감한 일입니다."

유모가 갖가지 말로 아씨를 위로합니다.

"무얼 그리 걱정하세요. 아버지가 있어도 어머니가 없는 사람은 불안하고 슬픈 법입니다. 세상에서는 아비 없는 사람을 멸시하니 분한 일을 당하는 경우도 있으나, 심술궂은 계모에게 짓궂은 일을 당하는 것보다는 그 편이 훨씬 마음이 편합니다. 어머님이 어떻게든 일을 처리할 것입니다. 그러니 너무 걱정하지 마세요. 아씨에게는 하쓰세의 관음이 계시지 않습니까. 여행에 익숙하지 않은 몸으로 몇 번이나 다녀왔으니 관음보살이 가엾게 여기고 보살펴주실 것입니다. 저 역시, 아씨를 경멸하려드는 사람들에게, 아씨가 이렇게 좋은 운을 타고난 사람이었다고 다시 볼 수 있도록 행운을 달라고 빌고 있습니다. 그러니 세상의 웃음거리가 된 채로 평생을 마감하는 일은 없을 거예요."

이렇게 아무런 불안도 없는 것처럼 말합니다.

니오노미야는 서둘러 입궁을 한 모양입니다. 이쪽이 궁중에 가까운지 서쪽 문으로 나간 터라, 니오노미야가 이쪽을 향해 뭐라고 하는 소리가 들렸습니다. 더할 나위 없이 품위 있고 아름다운 목소리로 정취에 가득한 옛사랑의 노래를 읊조리며 지나가니, 아씨는 왠지 성가신 느낌이 듭니다.

니오노미야는 갈아탈 말을 끌어내라 하고 궁중에 머물 수행원 열 명 정도를 거느리고 입궁하였습니다.

작은아씨는 동생이 얼마나 끔찍하고 두려웠을까 하고 가엾게 생각하면서도, 아무것도 모르는 척하면서 이렇게 전갈을 보냈습니다.

"중궁께서 몹시 편찮다 하여 니오노미야 님은 문안차 입궁하여 오늘 밤에는 돌아오시지 않을 것입니다. 나도 머리를 감은 탓인지 몸이 그다지 개운치 않아 잠이 오지 않으니, 이쪽으로 오세요. 그대도 따분할 터이니."

"저 역시 몸이 그다지 좋지 않아 힘들어하고 있습니다. 잠시 후 좋아진 후 찾아 뵙지요."

아씨는 유모에게 이렇게 전하라 하였습니다.

"대체 어떤 상태인가요?"

작은아씨가 다시 물었습니다.

"이렇다 할 병은 아닙니다. 그저 몹시 괴로울 뿐."

아씨가 이런 대답을 보내니, 시녀 소장이 눈짓을 합니다.

"몹시 기분이 언짢은 게지요."

작은아씨는 동생이 가여운 마음을 어쩌지 못합니다.

'참으로 안됐고 아쉬운 일이구나. 가오루 님이 동생에게 마음이 끌리는 듯 말하였는데, 이 사실을 알면 동생을 경박한 여자라 얼마나 경멸할까. 니오노미야처럼 다감하고 여자라면 사족을 못 쓰는 사람은 있지도 않은 일을 의심하여 이러쿵저러쿵 공연한 트집을 잡는가 하면 한편으로는 다소 수상한 일이 있어도 자신의 칠칠치 못함 때문에 슬쩍 간과하여버리는데. 허나 가오루는 마음속으로는 불쾌하게 여겨도 말하지 않는 사려 깊음을 보이니 이쪽이 부끄러울 정도인데. 동생이 본의 아닌 일을 당하여 걱정을 보태고 말았구나. 오랜 세월 만나지도 않았고 그런 사람이 있는 줄도 몰랐으나, 막상 만나고 보니 용모도 성품도 가만히 놔둘 수 없을 정도로 귀여우니, 마음에 걸리는구나. 그건 그렇고 남녀 사이란 참으로 어렵고 성가신 것이로구나. 나역시 이 동생처럼 서러운 처지가 될 수도 있었는데, 부족함이 많은 결혼 생활이라고 생각하고 있으나 흉물스러울 정도로 영락하지는 않았으니, 얼마나 행운인지 모르겠다. 지금은 그저 내게 연심을 품은 가오루가 얌전히 단념하여주기만 하면 아무 걱정할 것이 없으니.'

작은아씨는 이렇게 생각하면서 숱이 풍성하여 좀처럼 마르지 않는 머리칼 때문에 잠자리에 들지도 못하니 괴롭습니다. 하얀 속옷만 입은 모습이 가련하고 아름답게 보입니다.

이쪽 아씨는 정말 몸 상태가 그리 좋지 않습니다.

"찾아 뵈어야겠지요. 작은아씨가 니오노미야 님과 무슨 일이 있었다고 여길 수도 있으니 말입니다. 찾아 뵙고 그저 느긋한 태도로 대하세요. 우근에게는 내가 사실을 있는 그대로 전하지요."

유모는 억지로 권하여 작은아씨를 찾아가게 합니다.

작은아씨의 방 장지문 쪽에서 시녀 우근에게 전할 말이 있다고 합니다.

"해괴한 일이 있어 마음이 몹시 상한 나머지 아씨에게 열이 있습니다. 몹시 고통스러워하니 보고 있기가 안타까워 마님에게 위로라도 받고자 데리고 왔습니다. 무슨 잘못을 저지른 것도 아닌데 사양하겠노라며 마음 아파하고 있습니다. 다소나마 남녀 사이를 아는 분이라면 이렇듯 심하게 번뇌하지 않을 터인데, 그 방면에는 전혀 경험이 없는지라 괴로워하는 것도 당연한 일이지요. 차마 보고 있기가 안쓰럽습니다."

유모는 엎드려 있는 아씨를 일으켜 작은아씨 앞으로 데리고 갑니다.

아씨는 망연자실한 상태입니다. 시녀들이 그 일을 어떻게 생각할까 하고 생각하면 부끄러워 견딜 수 없으나, 원래 성품이 유순하고 지나치게 얌전한 분이라 유모가 작은아씨 앞으로 몸을 밀자 순순히 그곳에 앉아 있습니다.

그래도 눈물에 젖은 옆머리를 보이지 않으려고 등불 반대쪽으로 고개를 돌리고 있는 모습이 작은아씨를 최고의 미인이라 여기는 시녀들의 눈에도 무엇 하나 뒤지는 것이 없는 것처럼 보일 만큼 기품 있고 아름답습니다.

'니오노미야 님이 이 아씨에게 집착을 보이면 당치도 않은 큰일이 벌어지겠지.'

'이 정도 미모가 아니더라도 니오노미야 님은 새롭고 신기한 사람은 그냥 놔두지 않는데.'

우근과 소장은 이렇게 생각하고 있습니다. 작은아씨 앞이라 부끄럽다 숨어 있을 수만은 없으니, 시녀 둘은 이 아씨의 모습을 처음 보는 것입니다.

작은아씨는 다정하게 말을 건넵니다.

"이 집을 살기 힘든 답답한 곳이라고 생각지 마세요. 언니가 죽은 후에도 한시도 잊지 못하고 살아남은 나 자신이 슬프고 원망스러워서 늘 괴로운 마음으로 지냈어요. 그런데 언니를 이렇듯 쏙 빼닮은 그대를 지금 이렇게 만나니, 그 슬픔도 다 사라지는 듯하고 정겹게 느껴집니다. 부모처럼 대해주는 이가 아무도 없는 나를, 그대가 옛날에 언니가 그러하였던 것처럼 친밀하게 대하여준다면 얼마나 기쁘겠어요."

작은아씨가 이렇게 말하는데, 아씨는 그저 부끄럽고 촌티를 아직 벗지 못한 마음으로 오금을 펴지 못하니 대답조차 하지 못합니다.

"오랜 세월을 멀리서만 동경하고 그리워하였는데, 이렇듯 뵈었으니 고생한 보람이 있다 싶습니다."

이렇게만 힘겨운 목소리로 말합니다.

작은아씨는 시녀에게 이야기 그림책을 가져오라 하여 우근에게 그림에 곁들여 있는 문장을 읽으라 하며 보고 있으니, 아씨는 비스듬히 앉아 점차 부끄러움을 잊을 정도로 열심히 들여다봅니다. 불빛에 드러난 그 얼굴에 이렇다 할 결점이 없으니 섬세하고 아름답습니다. 이마와 눈가가 방향을 풍기듯 아름답고 여유롭고 기품이 있는 모습이 큰아씨와 너무도 닮아 죽은 사람이 절로 떠오르니, 작은아씨는 그림은 거의 보지 않고 동생만 바라보고 있습니다.

'참으로 정겨운 모습이로구나. 어쩌면 이렇듯 닮았을까. 돌아가신 아버님도 많이 닮았고. 언니는 아버님을, 그리고 나는 어머님을 닮았다고 나이 든 시녀들이 곧잘 말하였는데. 이토록 언니를 닮았으니 정겨움도 각별하구나.'

큰아씨와 눈앞에 있는 사람을 마음속으로 견주어보니, 그 눈에 눈물이 고입니다.

'언니는 한없이 고귀하면서도 상냥하고 다감하고, 아슬아슬할 정도로 연약하고 너무도 섬세해서 부러질 듯한 느낌이었는데, 이 동생은 언니와는 달리 몸짓이 싱그럽고 만사에 익숙하지 않아 부끄러워하는 탓인가 언니의 우아한 아름다움에는 미치지 못하는구나. 다소 깊이와 묵직함을 가꾼다면 가오루가 연심을 품는다 하여도 어울리지 않는 일은 없을 듯하구나.'

작은아씨는 이렇게 언니 된 마음으로 동생을 염려합니다.

둘이 쌓인 얘기를 나누고 날이 밝을 무렵에야 잠자리에 들었습니다. 작은아씨는 동생을 옆에 누이고, 돌아가신 아버지의 추억과 오랜 세월 우지에 살면서 있었던 일을 두서없이 조금씩 얘기합니다.

아씨는 아버지가 몹시 그리우니, 한번도 만나 보지 못한 것을 아쉬워하고 슬퍼합니다. 어젯밤의 사정을 아는 시녀들이 수군덕거립니다.

"어젯밤에는 일이 어떻게 되었을까요. 저렇게 아리따운 분을 니오노미야 님이 포기하실 리가 없지요. 작은아씨는 이 아씨를 매우 귀여워하는데, 니오노미야 님과 그런 관계를 맺으면 아무런 보람도 없게 될 터이니, 정말 안쓰럽습니다."

"그런 일은 없었을 거예요. 그 유모가 나를 붙잡고 그 사건에 대하여 막연하게 투정을 부리던 모습으로 보아, 실제로 거기까지 가지는 않은 듯했습니다. 니오노미야 님도 '만났으나 만나지 못한 듯'이라고, 서로 마음을 열어놓는 선까지 가지 못한 것을 안타까워하는 마음을 옛 노래에 담아 읊조렸으니까요."

"하지만 과연 그럴까요. 혹시 일부러 그런 노래를 불러서 사람들의 눈을 속이려 한 것은 아닐까요. 잘은 모르겠지만."

"하지만 어젯밤 등불에 비친 아씨의 표정이 담담하였던 것을 보면, 니오노미야 님과 무슨 일이 있었던 것 같지는 않아요."

이렇게 소곤소곤 얘기를 나누면서 아씨의 안위를 걱정합니다.

유모는 히타치의 댁에 수레를 보내달라고 하여 수의 댁으로 돌아갔습니다.

실은 여차여차한 일이 있었노라고 어머니에게 말하니, 어머니는 가슴이 무너지고 기절초풍할 노릇이라 가만히 앉아만 있을 수 없으니, 그날 저녁 서둘러 이조원으로 떠났습니다.

"그렇다면 시녀들도 필시 무슨 일이 있었을 것으로 생각하고 얘기할 것 아니냐. 작은아씨는 어떻게 생각할 것인지. 이렇게 남녀사이에 얽힌 일 때문에 질투심에서 비롯된 증오는 고귀한 분이나 미천한 사람이나 다를 것이 없지."

니오노미야가 출타 중이라 거리낄 것이 없습니다.

"아직 마음이 어린 딸을 이곳에 맡겨놓고 나는 안심한 채 작은아씨만을 믿고 의지하였으나, 족제비처럼 허둥대며 안절부절 못하여 집에서도 가족들에게 원망을 사고 있으니, 한심할 따름입니다."

"그리 말할 만큼 어리지는 않습니다. 몹시 걱정을 하며 무슨 사연이라도 있는 듯한 표정이니 저는 그 점이 오히려 걱정스럽습니다."

이렇게 말하며 웃는 작은아씨의 보고만 있어도 부끄러워질 만큼 온화하고 아름다운 눈매에 부인은 마음속으로 가책을 느끼며 어쩔 줄을 모릅니다. 어젯밤 니오노미야와의 사건을 어찌 생각하고 있을까 싶으니, 뭐라 말을 하지 못합니다.

"이 댁에 이렇듯 신세를 지다 보니 오랜 세월의 염원이 이루어진 듯한 기분이 들고 사람들의 말을 들어 보아도 영광스럽고 체면도 서는 일이라 생각하나, 곰곰이 생각하여보니 피해야 할 일이었던 것 같습니다. 출가를 시켜 깊은 산 속에 살게 하고자 했던 처음의 염원을 바꿔서는 안 되었던 듯합니다."

부인은 이렇게 말하며 흐느껴 웁니다.

"이 집에 있는 것을 어찌 불안하게 여기는지요. 무슨 일이 있다 한들, 제가 아씨를 서먹하고 매정하게 내버려두고 있다면 불만도 있을 것이나. 나쁜 버릇이 있어 몹쓸 짓을 하는 사람이 때로 이곳에 납시어 이상한 행동을 하는 듯한데 그 버릇에 대해서는 시녀들도 알고 있고 저 역시 조심하여 폐가 되는 일은 하지 않으려고 합니다. 부인은 제 마음을 어떻게 헤아리고 있는지요."

"아닙니다. 작은아씨의 친절한 마음을 의심하여서가 아닙니다. 부끄러운 일이나 하치노미야 님께서 딸을 자식이라 인정하여주지 않으신 것에 대해서도 지금 와서 가타부타 뭐라 말하겠습니까. 그 일 때문이 아니라도 저를 버리지 못하는 깊은 혈연도 있습니다. 저는 그것을 믿고 작은아씨에게 딸을 맡긴 것입니다."

부인은 진심으로 이렇게 말합니다.

"내일과 모레는 반드시 장소를 가려야 하는 날이니, 그동안은 방향이 다른 장소에 가 있다가 다시 이곳에 신세를 지도록 하겠습니다."

부인은 이렇게 말하고 아씨를 데리고 갔습니다.

'가엾게도. 본의 아닌 일이었는데.'

작은아씨는 이렇게 생각하나 억지로 막을 수는 없었습니다.

부인은 어젯밤의 그 일을 천박하고 꼴사나운 불상사로 여겨 제정신이 아니니 인사도 제대로 하지 않고 허둥지둥 떠나갔습니다.

방향을 바꿔야 할 때를 대비하여 부인은 조그만 집을 준비해 놓고 있었습니다. 삼조 부근에 있는 그 집은 아담하고 세련된 구조이나 아직 완성이 되지 않아 달리 꾸미지도 않았습니다.

"아아, 가여운 것. 그대의 몸 하나 의탁할 곳이 없어 고생이 끊이질 않는군요. 세상은 이리도 뜻대로 되지 않으니 오래 살아 무얼 하겠습니까. 나 혼자라면 과감하게 성씨를 버리고 미천한 사람들 속에 섞여 남들 같은 인간 대접도 못 받고 살아도 상관 없습니다. 애당초 그 집안은 내게 몰인정하여 원망만 쌓여 있습니다. 그런데 그대를 위하여 의지하여 찾아갔는데 당치도 않은 일이 생겼으니 웃음거리가 되겠지요. 아아, 정말 싫습니다. 이 곳은 조촐한 집이나, 아무에게도 알리지 말고 숨어 지내세요. 어떻게든 조처를 취할 터이니."

이런 말을 남기고 부인은 돌아갔습니다.

"나는 살아 있어도 운신하기가 어려운 몸이로군요."

아씨는 이렇게 말하며 울음을 터뜨리니, 풀이 죽어 움츠러든 모습이 너무도 가엾습니다. 하물며 부인은 이런 딸이 아깝고 애석하여 견딜 수 없으니, 어떻게든 별 탈 없이 자신이 생각하는 대로 결혼을 시키고 싶어합니다.

그런데 그런 수치스러운 일이 생겨 세상 사람들에게 경박하다고 손가락질을 당하게 되었으니 참을 수 없는 것이지요. 이 어머니도 원래는 사려가 깊고 분별이 있는 사람이었는데, 다소는 화를 잘 내고 제멋대로인 구석이 있었습니다. 아씨를 수의 집 어느 구석에 숨길 수도 있었으나, 그곳에 그렇게 숨겨놓는 것이 불쌍하여 견딜 수 없어 이렇게 한 것입니다. 지금까지 오랜 세월 이 모녀는 밤낮으로 함께 지내왔으니, 일이 이렇게 되어 서로가 불안하고 견디기 어려워합니다.

"이곳은 아직 완성되지 않아 불완전하여 안심할 수 없으니 아무쪼록 조심하세요. 그리고 방방에 있는 시녀들을 불러 부리세요. 밤을 지키는 사람에 대해서도 지시를 하였습니다. 걱정스러워 이곳에 묵고 싶으나 집에서는 또 아버지가 화를 내고 나를 원망하고 있으니 성가셔서 이만 돌아가야겠습니다."

부인은 울면서 돌아갔습니다.

히타치의 수는 사위인 소장을 대접하는 것이 무엇보다 중요한 일이라 여기고 준비를 합니다. 그런데 부인이 뻔뻔스럽게도 자신과 마음을 합하여 준비를 하지 않는다고 화를 내는 것입니다.

"애당초 그 남자 때문에 이런 불상사가 생겼는데."

부인은 더없이 소중하게 여기는 딸이 혹독한 처지에 놓인 것이 분하고 괴로워 소장을 보살필 마음조차 없습니다. 니오노미야 앞에서는 소장의 꼴이 사람 같지도 않을 만큼 비참하게 보였으니 경멸하면서 아씨의 비장의 사위로 정성껏 보살피려 하였던 일은 무산되고 말았습니다.

'이 집에서는 소장이 어떻게 보일까. 아직 편히 지내는 모습은 보지 못하였는데.'

소장이 하얗고 부드러워 보이는 능직물 속옷에 짙은 홍매색 광택이 나는 아름다운 평상복을 입고 앞뜰을 바라보려고 마루 끝에 나와 있는 모습이 남들보다 못하지는 않은 듯 보이고 제법 아름다운 용모입니다. 딸은 아직 채 어른이 되지 못한 유치하고 천진한 모습으로 소장에게 기대어 누워 있습니다. 허나 작은아씨와 니오노미야가 나란히 있던 모습을 생각하면 둘 다 뭐라 말할 것도 없이 뒤처지는 느낌입니다.

앞에 대기하고 있는 시녀들에게 소장이 뭐라고 농담을 던지며 장난을 치고 있습니다. 그 친근한 모습이 전에 이조원에서 보았을 때처럼 아무 볼품도 없는 시시껄렁한 남자로는 보이지 않으니 부인은 이렇게 의심합니다.

'이조원에서 본 사람은 다른 소장이었나.'

그때 마침 소장이 시녀에게 이렇게 말합니다.

"니오노미야 댁의 싸리는 풍정이 각별하고 아름답더구나. 그런 씨를 어떻게 구했을까. 같은 가지라도 그렇듯 화사한 것은 흔치 않으니. 며칠 전 그 댁을 찾아뵈었을 때, 마침 니오노미야 님이 출타하는 길이었기에 꺾어 오지 못하였다. 그때 '색이 바래는 것조차 아까운'이라고 가을 싸리에 내린 이슬 노래를 읊조리던 모습을 젊은 시녀들에게도 보여줄 수 있다면."

자신도 노래를 흥얼거리니, 부인은 투덜거리지 않을 수 없습니다.

"그렇게 몹쓸 짓을 한 근본을 생각하면 도저히 사람이라 할 수 없는데. 니오노미야 앞에서는 볼품없게 잔뜩 움츠러들어서는 눈도 마주치지 못한 주제에 뭐가 잘났다고 떠들고 있는 것인지."

소장이 전혀 교양이 없는 것처럼 보이지는 않아, 부인은 어떻게 응수하는지 시험하여봅니다.

　　과거 금줄을 묶어
　　둘러놓았던 싸리의 겉잎은
　　바람에 흔들리지 않는데
　　어떤 이슬이 내려
　　속잎은 색이 변하고 말았는지

부인이 이렇게 노래하자 소장은 안됐다는 심정으로 이렇게 화답하였습니다.

미야기 들판의 싸리라는 것을

알았더라면

이슬이 어찌

다른 싸리 위에 내렸겠는지요

"어떻게든 직접 만나 사과하고 싶습니다."

부인은 미야기 들판의 싸리를 황가의 씨를 비유한 것이라 생각합니다.

'그렇다면 돌아가신 하치노미야의 딸이라는 말을 들은 모양이로구나.'

어머니는 아씨의 태생이 알려졌으니 더더욱 아씨를 남들처럼 버젓하게 결혼을 시켜야겠다고 전전긍긍합니다.

'그때 우연히 본 가오루 님의 얼굴과 모습이 왜 이리 그립게 눈앞에 떠오르는 것일까. 니오노미야 님이나 가오루 님이나 똑같이 훌륭한 분이라 여겼거늘, 니오노미야 님은 우리와는 인연이 없는 분이라 처음부터 관심도 없었는데, 방까지 들어와 내 딸을 바보 취급하며 못할 짓을 하였다니 더욱 분하구나.

가오루 님은 내 딸에게 호의를 품고 만나고 싶어하면서도 갑작스럽게 다가오는 일 없이 모르는 척 유연하고 의젓하게 대처하고 있지 않은가. 나 역시 한번 보고는 무슨 일이 있을 때마다 머릿속에 떠올리는데 젊은 아가씨들은 가오루 님을 생각하며 얼마나 그리워할까. 그런데 그 얄미운 소장 같은 사람을 사위로

삼으려 하였다니, 나의 천박한 실수였어.'

부인은 그저 딸의 일이 마음에 걸려 수심에 잠겨 있습니다. 이렇게 하면 좋을까 저렇게 하면 좋을까, 무슨 일이든 딸에게 좋은 방향으로 생각하려 하나 실현하기 어려울 일들뿐입니다.

'가오루 님은 고귀한 혈통에 풍채도 나무랄 데가 없고, 맞아들인 둘째 황녀는 더욱 고귀한 신분의 특별한 분이니, 과연 어떤 여자에게 마음을 주겠는가. 세상 사람들이 살아가는 모습을 보면 사람의 우열은 신분의 높고 낮음에 따라 그 용모도 성품도 결정되는 것이니. 나와 수 사이에 태어난 자식만 봐도 누구 하나 이 아이보다 나은 아이가 없는 것을. 소장은 이 집안을 둘도 없이 훌륭하다 여기지만 니오노미야 님과 비교한 지금 말할 가치도 없는 사람이라는 것을 알게 되었어. 폐하의 총애를 받는 황녀의 사위가 된 사람의 눈으로 이 아이를 본다고 생각하면 주눅이 들고 부끄러워 견딜 수가 없구나.'

이렇게 생각하면 부인은 이유도 없이 몸도 마음도 망연해집니다.

삼조의 임시 거처에서 사는 생활은 따분하기 짝이 없습니다. 품위 없는 아즈마 지방의 사투리를 쓰는 사람들이 오가고, 정원에는 잡풀만 무성하여 답답하니 마음을 위로할 꽃 한 송이 없습니다. 아직은 황폐하고 어수선한 집이라 기분이 개운하지 않은데다, 하루하루를 살면서 작은아씨의 모습이 저절로 떠오르니 아씨는 그리워 견딜 수가 없습니다. 불미하게 처신한 니오노미야 님의 모습마저 떠올라 그 일은 대체 무엇이었을까 하고 생각하는 한편, 니오노미야 님은 친절하고 상냥하게 온갖 말을 하여 주었으니, 그때의 향내가 자신의 몸에 남아 있는 듯한 기분이 들고 그 끔찍하였던 일이 되살아나곤 하였습니다.

어머니가 어떻게 지내는가 하여 때로 애정이 담긴 절절한 편지를 보내옵니다.

'어머니는 오직 나만을 소중하게 여기고 있는데 그 보람도 없이 나는 걱정만 끼치고 있구나.'

"그곳의 생활이 얼마나 외롭고 적적하고 낯설겠습니까. 허나 당분간이니 꾹 참고 견디세요."

"적적하고 외로운 것은 걱정하지 않으셔도 됩니다. 오히려 마음이 편합니다."

만약 이곳이
시름 많은 이 세상이 아니라
다른 세상이라면
모든 것을 잊고
더욱 기쁠 수 있을 터인데

이렇게 어린 마음으로 노래한 것을 보고 어머니는 또 눈물을 뚝뚝 흘리며 딸을 유랑시키며 이렇듯 난처한 지경에 처하게 한 것을 너무도 슬퍼합니다.

힘겨운 이 세상이 아니더라도
그대가 편히 쉴 수 있는 곳을 찾아
그대가 빛날 날을
이 두 눈으로 보고 싶으니

아무런 정취도 없는 이런 노래를 주고받으면서 서로의 마음을 위로하고 있습니다.

가오루는 해마다 가을이 깊어지면 습관처럼 죽은 큰아씨를 그리워하니 그 마음이 애절합니다. 잠자리에서 눈을 뜨면 반드시 큰아씨가 떠올라 그저 슬퍼할 따름입니다.

우지의 불당이 완공되었다는 전갈을 받고 몸소 시찰을 위하여 우지로 내려갔습니다.

오래도록 보지 않아 단풍진 산과 들이 신기하게 보입니다. 해체한 침전 자리에 웅장하고 화려한 건물이 새로 서 있습니다.

그 옛날 선승처럼 검소하게 생활하였던 하치노미야의 거처를 생각하니 가오루는 돌아가신 하치노미야가 그립고, 새로 지어 옛날의 모습을 잃어버린 것이 아쉽고 안타까우니 평소보다 한결 감개무량한 기분으로 바라보고 있습니다. 침전의 구조는 일부는 하치노미야의 지불당으로 꾸민 듯하고 또 다른 한쪽은 여

자다운 섬세한 꾸밈새입니다. 허나 지금 삿자리 병풍과 그밖의
사소한 세간은 산사의 승방에서 사용하라 공양을 위하여 보시
하고 말았습니다.

또 산장에 걸맞게 소박한 세간을 주문하여 꾸미고, 모든 것을
깔끔하고 유서 깊게 그윽하게 꾸미니 간소하다는 느낌은 들지
않습니다.

가오루는 개울가의 바위에 앉아 한참이나 일어나지 않습니다.

　사방의 건물은
　죄 변하였는데
　지금도 마르지 않고 샘솟는 맑은 물이여
　어찌하여 죽은 사람의 모습은
　간직하고 있지 않은가

이렇게 노래하고, 눈물을 닦으면서 변의 처소에 들르니 가오
루를 본 변은 그저 슬퍼 훌쩍훌쩍 눈물을 흘립니다.

가오루는 문턱에 잠시 기대앉아 발을 조금 들어올려놓고 이
야기를 나눕니다. 변은 휘장으로 몸을 가리고 있습니다.

다른 얘기를 하다가 이런 말이 나왔습니다.

"예의 그 사람이 얼마 전에 이조원에 와 있다 들었으나 직접
찾아가보기가 쑥스러워 지금까지 만나 보지 못하였습니다. 내
뜻은 역시 그대가 전하여주세요."

"얼마 전에 그 어머니에게서 편지가 왔습니다. 아씨가 방향을 바꾸기 위해 이쪽저쪽으로 거처를 옮기고 있는 듯합니다.

요즘에도 답답하고 허술한 좁은 집에 숨어 지낸 것이 안쓰러워 우지가 조금 더 가까웠더라면 그곳으로 아씨를 데리고 가면 안심이건만 험악한 산길이 있어 쉬이 갈 수가 없다는 내용이 씌어 있었습니다."

"세상 사람들이 그토록 두려워하는 산길을 나만 옛날과 변함없이 험악함을 무릅쓰고 다니고 있구려. 대체 큰아씨와 나는 무슨 인연인가 싶으니, 슬퍼 견딜 수가 없소이다."

가오루는 평소처럼 눈물을 흘리며 또 이렇게 말합니다.

"그렇다면 사람의 눈을 꺼리지 않아도 되는 그 은신처로 내 편지를 보내주시오. 그대가 직접 찾아갈 수는 없겠는지요."

"말씀을 전하는 것은 쉬운 일이나 새삼스레 도읍으로 올라가자니 내키지가 않습니다. 니오노미야 님의 댁에도 좀처럼 찾아가지 않는 것을."

"도읍에 가는 것을 왜 그리도 싫어하는가요. 그대가 도읍에 왔다고 사람들이 전하면 소문도 나겠으나, 잠자코 있으면 알 수 없는데. 오타기 산에 은신하는 성승도 부처님께 도읍으로 가지 않는다는 맹세를 하였으나 그것을 깨뜨리면서도 속세로 내려와 중생의 소망을 들어주고 있으니 오히려 존귀한 일이 아닐겠는가."

"감히, 중생을 제도할 일도 없는데 도읍에 얼굴을 내밀면 보나 마나 듣기 거북한 소문이 나겠지요."

변이 이토록 상경을 불편해하자 가오루는 평소의 그답지 않게 강경하게 말합니다.

"절호의 기회입니다. 내일 모레쯤 이곳에 수레를 보내지요. 그때까지 그 임시 거처를 알아내세요. 나는 어리석은 짓을 저지를 생각은 꿈에도 없으니."

미소를 지으면서 이렇게 얘기하니, 변은 성가셔하면서도 가오루는 천박하고 경솔하게 처신할 성품이 아니므로 자신의 명예를 위해서라도 소문에는 주의를 할 것이라고 생각합니다.

'대체 그 아씨를 어찌 생각하기에 이렇듯 강경하게 말씀하는 것일까.'

"그렇게까지 말씀을 하시니 알겠습니다. 아마도 삼조궁에서 가까운 곳이 아닐까 합니다. 일단은 아씨에게 편지를 보내도록 하세요. 제가 굳이 찾아가 제 생각을 거들먹거리는 듯 보이면 불필요한 간섭이라 여길 수도 있으니, 새삼 중간에 나섰다가 나쁜 소리를 들으면 중매쟁이처럼 기가 죽을 것입니다."

변은 이처럼 얘기합니다.

"편지를 쓰는 것은 쉬운 일이나, 사람들의 입방아를 들을 것이 실로 성가시구려. 가오루 대장이 히타치 수의 딸에게 호감을 보였다고들 떠들어댈 수도 있겠으니. 그 수란 작자가 몹시 촌스럽고 거만스럽다는 소문도 있고 하여."

변은 가오루의 말에 씁쓸히 웃으면서 안되었다고 생각합니다.

사방이 어두워져 가오루는 돌아갔습니다. 나무 그늘 아래 핀 아름다운 꽃과 단풍을 수행원에게 꺾어 오라 하여 둘째 황녀에게 선물하였습니다. 황녀는 가오루에게 소중한 대접을 받고 있으니 결혼의 보람이 없다 할 수는 없으나 가오루는 여전히 황녀를 그저 공경하고 받드는 식이라 부부다운 애틋한 정은 보이지 않습니다.

천황은 평범한 아비가 딸을 걱정하듯 시어머니에 해당하는 온나산노미야에게도 자신의 딸을 부탁하니, 더없이 고귀한 정실로 극진하게 대우하고 있습니다.

모든 사람들이 더없이 귀히 여기는 황녀를 어여삐 여기는 것 외에 내밀한 정사가 보태졌으니, 가오루에게는 괴로운 일이었습니다.

가오루는 변과 약속한 날, 이른 아침에 심복인 하급 부하 한 명과 사람들에게 얼굴이 알려지지 않은 소몰이꾼을 골라 우지로 보내며 이렇게 명하였습니다.

"장원의 자들 가운데 촌티 나는 자를 불러 경호를 붙이도록 하라."

반드시 직접 다녀오라고 하니, 변은 내키지 않아 성가신데도 어쩔 수 없이 화장을 하고 몸단장을 하고는 수레에 올랐습니다.

가는 길에 들과 산을 돌아보니 옛일이 주마등처럼 떠올라 추억에 잠기고, 이런저런 생각을 하면서 해질 녘에 삼조 근처에 있는 은신처에 당도하였습니다.

　은신처는 몹시 쓸쓸하고 오가는 사람들도 없는 곳이라 별 눈치를 보지 않고 수레를 안으로 들였습니다.

　"이렇듯 찾아 뵈었습니다."

　우지에서부터 안내한 사내에게 그렇게 이르라 전합니다.

　하쓰세 참배길에 아씨를 동행하였던 젊은 시녀가 나와 변이 수레에서 내리는 것을 돕습니다. 답답하고 적적한 은신처에서 시름에 잠겨 외롭게 지내고 있는데 옛 추억을 얘기할 수 있는 변이 찾아와주니, 아씨는 기쁜 마음으로 가까이 불러 만납니다. 아버지인 하치노미야를 곁에서 모셨던 사람이라 생각하면 반가움이 한결 더하겠지요.

　"언젠가 하쓰세 참배길에 남몰래 그 모습을 뵌 후로 아가씨 생각이 한시도 떠나지 않았으나, 출가를 하여 세상을 버린 몸이라 작은아씨의 댁에도 찾아 뵙지 않았습니다. 허나 이번에는 가오루 님이 이상할 정도로 집요하게 채근을 하여대시니, 이렇게 마음을 먹고 찾아왔습니다."

　아씨는 유모 역시 이조원에서 뵙고는 훌륭한 분이라 칭찬하였던 가오루가 잊지 않고 그렇게 말씀하여준 것이 사무치도록 고마우나, 이렇듯 갑작스럽게 가오루가 무슨 계획을 세우리라고는 전혀 생각지 못하고 있었습니다. 그날 저녁때가 지나 살며시 문을 두드리는 사람이 있었습니다.

　변은 가오루의 사자일 것이라 여겼는데, 대문을 열자 사람이 탄 채로 수레를 안으로 들이는 기척이 느껴지니 이상한 일이라고 생각합니다. 시녀들이 수상히 여길 틈도 없이 우지 장원의 관리인이라는 사람이 변을 만나고 싶다 하여 변이 마루 끝으로 나와 앉았습니다.

비가 부슬부슬 내리는데다 바람까지 서늘하게 불어오는데, 그 바람을 타고 뭐라 형용할 수 없는 향이 풍겼습니다.

'가오루 님이 몸소 찾아온 것이 분명하구나.'

모두들 이렇게 생각하며 가슴이 설레나, 아무런 준비도 없는 누추한 곳에 찾아오리라고는 생각지도 못한 때여서 훌륭한 가오루의 기척에 시녀들은 어쩔 줄을 모르고 당황하며 수군거립니다.

"대체 어찌 된 일일까요."

"이렇듯 한적한 곳에서 오랜 세월 가슴에 쌓인 이야기를 마음껏 얘기하고자 찾아왔습니다."

가오루는 변을 통하여 이렇게 말합니다.

"뭐라 대답하면 좋을지요."

어머니가 없으니 난감하여 아씨는 어쩔 줄을 모릅니다.

유모가 보다 못하여 이렇게 충언을 합니다.

"몸소 찾아오신 분을 안으로 들이지도 않고 어찌 그냥 돌려보내겠습니까. 어머님이 가까운 곳에 계시니, 이런 사정을 자세하게 알리세요."

"그렇게 어색해하며 눈치 없는 짓을 할 것이 무에 있습니까.

어머니에게 알릴 필요는 없습니다. 젊은 사람들끼리 얘기를 좀 나누었다 한들 깊은 사이가 되는 것도 아니지 않습니까. 가오루 님은 마음이 느긋하고 사려 깊은 분이니 아씨의 허락 없이 함부로 행동하지는 않을 것입니다."

변이 이렇게 말하는 동안 빗발이 더욱 굵어지면서 하늘이 캄캄해지고 말았습니다. 이 집의 관리인들이 집 안팎을 돌아보면서 이상한 아즈마 지방 사투리로 말하였습니다.

"무너진 동남쪽 구석이 위험합니다."

"이 손님의 수레를 안으로 들일 것 같으면 들여놓고 문을 꼭 닫았으면 좋겠군. 이 사람의 수행원들을 대체 뭘 꾸물거리고 있는 것인지."

이렇게 투덜거리는 소리가 들리니, 가오루는 몹시 불쾌하고 어색한 기분이 듭니다.

'사노 나루터에는 비를 피할 집도 없거늘'이라 읊조리며 비가 와 난감해졌다는 표정으로 촌스런 삿자리 끝에 앉아 있습니다.

> 넝쿨풀이 무성하게
> 문을 뒤덮기라도 했다는 말인가
> 정자의 처마에서 떨어지는 물에
> 젖은 몸을 이렇듯
> 오래 기다리게 함은

빗방울을 털어내려 움직이자 불어오는 바람에 옷에서 풍기는 향기가 신비로울 정도로 그윽하게 퍼지니, 아즈마의 촌뜨기들조차 놀라지 않을 수 없었겠지요.

뭐라뭐라 둘러댈 말도 없어, 남쪽 차양의 방에 자리를 마련하고 올라앉게 하였습니다.

아씨가 도무지 가벼운 마음으로 만나려 하지 않으니, 시녀들이 억지로 가오루 쪽으로 밀어내었습니다.

중간에 있는 미닫이문을 약간 열어놓았습니다.

"히다의 장인이 원망스럽게 느껴질 정도로 격의를 둔 문이로군요. 이렇게 미닫이문 밖에서 사람을 대면한 일은 아직 없습니다."

이렇게 투정을 하면서 슬쩍 미닫이 문 안으로 들어갔습니다. 큰아씨를 대신하는 본존이란 소망은 아직 얘기하지 않고 그저 이런 식으로 얘기한 것일까요.

"우지에서 뜻하지 않게 문 틈새로 그대의 모습을 본 후로 그대가 몹시 그리웠으니, 전생의 인연이 그러한 것일까요. 이상하리만큼 그대가 그리웠습니다."

아씨의 모습이 매우 귀엽고 다소곳하니, 기대에 어긋나지 않는 실로 사랑스러운 모습이라고 생각합니다.

가을밤이 머지않아 밝아오나 이별의 때를 알리는 닭은 아직 울지 않았는데, 큰길 근처에서 뭐라고 하는 것인지 늘어진 목소리로 들어본 적 없는 소리를 질러대며 떼지어 지나가는 행상인의 기척이 들립니다. 가오루는 그런 소리를 들으며, 이런 새벽에 보니 머리에 물건을 인 행상인들의 모습이 마치 귀신 같다며, 쑥밭처럼 허름한 집에서 지낸 하룻밤의 경험을 흥미로워합니다.

밤을 지키는 관리인들이 문을 열고 나가는 소리가 들립니다. 각자가 자신의 잠자리에 드는 소리를 확인한 후에 사람을 불러, 수레를 옆문 옆에 바짝 대도록 명합니다. 수레가 도착하자 가오루는 아씨를 껴안고 함께 수레에 올랐습니다. 모두들 예기치 못하였던 이 사태에 놀라 자빠질 듯 법석을 떱니다.

"지금은 구월인데, 이거 큰일 아닙니까. 대체 어찌 된 일인지요."

이렇게 한탄하는 까닭은 구월이 결혼을 꺼리는 달이기 때문입니다. 변도 이 뜻하지 않은 일에 놀라 아씨를 가엾게 여기면서도 시녀들을 이렇게 위로합니다.

"가오루 님에게 무슨 생각이 있겠지요. 걱정들 마세요. 구월이라 하나 내일은 절분입니다."

오늘은 입동 전전날인 십삼일입니다.

"저는 이번에는 동행하지 않겠습니다. 작은아씨의 귀에 들어갈 수도 있는데, 우지와 교토를 오가면서 찾아 뵙지도 않는다면 몹시 송구스러우니."

변은 가오루에게는 이렇게 말합니다. 가오루는 아직은 작은아씨에게 이 일이 알려지는 것을 부끄러워합니다.

"그 점은 훗날이라도 사과할 수 있지 않습니까. 지금 가는 곳도 안내 없이는 불안하니."

가오루는 이렇게 동행을 조르고 있습니다.

"누구 한 사람, 아씨를 따르도록 하여라."

변은 할 수 없이 아씨의 시중을 드는 시종이란 시녀와 함께 수레에 올랐습니다. 유모와 변이 데리고 온 여동 등은 뒤에 남으니, 뭐라 납득할 수 없는 묘한 기분이었습니다.

가까운 곳으로 가는 줄 알았는데 실은 우지로 가는 것이었습니다. 우지까지는 먼 길이라 바꿔 탈 수레도 빈틈없이 마련되어 있었습니다. 가모 강가를 지나 홋쇼 절 주변에 접어들었을 때는 날이 환히 밝았습니다. 젊은 시녀 시종은 아침의 밝은 햇살 속에서 가오루의 얼굴을 힐끗 보고는 너무도 훌륭한 분이라 동경하는 마음에 가슴이 두근거리니, 세상의 눈길 따위는 생각지도 않습니다. 아씨는 너무도 놀란 나머지 망연자실하여 엎드려 축 늘어져 있을 뿐입니다. 돌이 많아 덜컹거리는 길에 접어들자 가오루는 아씨를 꼭 껴안았습니다.

"이곳은 수레가 많이 흔들리니."

수레 가득 퍼져 있는 가오루의 얇은 평상복 자락이 아침 햇살에 화사하게 반짝이자 변은 자신의 모습이 부끄러워 어쩔 줄을 모릅니다.

"죽은 아씨를 동행하고 여행길에 올라 가오루 님을 뵙고 싶었거늘. 오래 살아남아 있으니, 이렇듯 뜻하지 않은 일을 당하는구나."

변은 슬픔을 감추려 애쓰나 결국은 훌쩍훌쩍 눈물을 흘리고
맙니다.

'어머나, 정말 불길하군. 경하로운 일이 있을 터인데, 출가한
몸과 수레를 같이 탄 것만 해도 불길한데 무슨 꼴이야. 그 추한
몰골로 눈물까지 흘리니.'

시종은 변이 추하고 어리석다고 생각합니다.

'늙은이가 이유도 없이 함부로 눈물을 흘려대는군.'

사정을 모르니 대충 생각할 수밖에 없는 게지요.

가오루는 그 옛날과 다름없는 경치를 바라보면서, 눈앞에 있
는 아씨가 귀엽기는 하나 큰아씨에 대한 그리움이 사무치듯 밀
려오니, 고하타 산이 깊어지면서 눈물이 앞을 가려 마치 사방에
안개가 끼어 있는 듯한 기분입니다. 아씨를 안은 채 시름에 잠
겨 있는 탓에 겹쳐진 두 사람의 소맷자락이 수레 밖으로 길게
늘어져 우지 강의 안개에 젖으니, 붉은색에 옅은 남빛 평상복이
놀랍게도 색이 변한 것처럼 보이는 것을, 급한 오르막길을 올라
높은 곳에서 발견하고는 안으로 잡아당겼습니다.

　　이 사람을 죽은 큰아씨 대신
　　사랑하려 하니
　　눈물이 넘쳐흘러
　　아침 이슬이 땅을 적시듯

소맷자락 젖으니

　가오루가 혼자 중얼거리는 소리를 듣고 변도 소맷자락을 쥐어짤 정도로 눈물을 흘리자, 젊은 시녀 시종은 점점 더 이유를 알 수 없어 꼴불견이라고 생각합니다. 기뻐야 할 여행길에서 눈물을 흘리다니, 불길한 일이 생길 듯한 기분입니다.

　참을 수 없어 콧물을 훌쩍거리는 소리를 듣고 가오루 역시 살며시 코를 풀고는 이런 모습을 아씨가 어찌 여길까 생각하니 가엾습니다.

　"오랜 세월을 두고 몇 번이나 오간 길이라 생각하니 왠지 마음이 슬퍼집니다. 그대도 잠시 일어나 이 산의 경치를 좀 보세요. 기운이 많이 없어 보이는군요."

　가오루가 억지로 안아 일으키자, 아씨는 부채로 얼굴을 살며시 가리며 부끄러운 표정으로 수레 밖을 내다봅니다. 그 눈매가 큰아씨를 쏙 빼닮았으나 이 아씨 쪽이 다소 느긋한데 지나치게 다소곳한 것이 미덥지 못한 느낌도 듭니다.

　'죽은 큰아씨는 어린아이처럼 순진하였으나 마음씀씀이는 빈틈이 없었거늘.'

　이렇게 해소할 길 없는 슬픔이 한없는 하늘에도 넘치는 듯한 기분입니다.

　우지에 도착하자 수레에서 내린 가오루는 큰아씨를 생각하며 삼가 조심하듯 아씨 곁에서 떨어집니다.

'아아, 죽은 큰아씨의 혼이 이곳에 머물면서 나를 보고 있을 터이지. 누구를 위하여 나는 이렇듯 정처없이 떠도는 것일까. 모두가 못내 잊을 수 없는 큰아씨와의 추억 때문이니.'

아씨는 어머니가 얼마나 걱정할까 하여 슬픈 마음이나, 수레 안에서 본 가오루의 우아한 모습과, 깊은 애정, 다감한 마음에 위로를 받아 수레에서 내렸습니다.

변은 일부러 수레를 복도에 대고 그쪽으로 내렸습니다.

'딱히 조심할 것도 없는데 굳이 남쪽으로 내리지 않다니, 지나친 배려가 아닌가.'

가오루는 변의 처사를 이렇게 생각합니다.

장원에서 관리인들이 시끄러울 정도로 많이 모여들었습니다.

아씨의 식사는 변이 올렸습니다.

길은 울창한 나무들로 어두웠는데, 이 집은 밝고 시원한 느낌입니다. 강과 산의 경치가 더욱 돋보이게 하도록 궁리한 구조를 보고 아씨는 저 은신처에 있었던 동안의 답답함이 풀리는 듯한 기분이었으나 가오루가 자신을 어떻게 할지 알 수 없으니 여전히 불안에 떨고 있습니다.

'가오루 님은 과연 나를 어찌할 생각이신가.'

가오루는 도읍에 있는 어머니 온나산노미야와 둘째 황녀에게 편지를 보냈습니다.

"아직 완성되지 않은 우지의 불전 장식 등, 전에 보기만 하고 그냥 두었던 것이 갑자기 생각나 이곳으로 내려왔습니다. 오늘은 일진도 좋은 날이라 갑자기 생각난 김에 내려왔는데, 아무래도 몸이 좀 불편하다 보니 오늘이 근신을 해야 하는 날이라는 생각이 났습니다. 이곳에서 오늘 내일 근신을 하며 지내겠습니다."

평소보다 느긋하게 풀어져 있는 가오루의 모습이 한결 아름답습니다. 방으로 들어오니 아씨는 부끄러워도 몸을 숨길 수는 없어 그대로 앉아 있습니다.

어머니는 아씨를 아름답게 보이려 갖가지 색깔을 섞어 지은 옷을 겹쳐 입혔으나, 다소 촌스러운 느낌도 섞여 있습니다. 그 옛날 큰아씨가 오래 입어 부드러워진 옷을 입고 있었던 모습이 더없이 품위 있고 우아하였다는 생각이 납니다. 허나 퍼진 머리 끝이 풍성하고 아름다우니 한 올 한 올이 섬세하고 품위 있어 보여, 부인인 둘째 황녀의 탐스러운 머릿결에도 뒤지지 않을 것이라 생각됩니다.

'이 사람을 과연 어떻게 대우하면 좋을 것인가. 지금 당장 삼조궁에 부인으로 맞아들이는 것도 거창한 일이라 세상이 시끄러울 것이니. 그렇다 하여 삼조궁에 있는 시녀들과 동급으로 취급하여 지내게 하는 것은 내 뜻에 어긋나고. 아무튼 한동안은 우지에 은신하도록 해야겠구나.'

한편으로 이런 생각도 하나 만나지 못하면 허전할 것이라 이런저런 생각을 하다 보니 사랑스러움이 더하여 그날은 종일을 다정다감하게 얘기를 나누며 지냈습니다.

돌아가신 하치노미야에 대해서도 이런저런 옛날 일을 재미나게 들려주고 때로는 농담도 하는데, 아씨는 그저 조심스러워 부끄러워만 하니 가오루는 미진한 느낌이 드나, 이렇게 고쳐 생각합니다.

'다소 부족하고 결점이 있다 하더라도 지금은 그것이 낫지. 불만스러운 점은 내가 가르치면서 지켜보기로 하자. 만약 이 사람이 촌티를 벗지 못하고 품위 없이 공연한 멋만 부리고 차분하지 못하다면 큰아씨를 대신할 수는 없을 터이니.'

이곳에 있는 금과 쟁을 꺼내오라 하나, 무엇보다 음악적인 소양은 터득하지 못하였을 터이니 탈 줄은 모를 것이라 아쉬워하며 혼자서 현을 퉁깁니다.

'하치노미야 님이 돌아가신 후로는 이곳에서 이렇게 악기를 잡는 일도 없었구나.'

가오루는 악기들을 새삼스럽게 여기는 한편 그리운 심정으로 만져 보면서 감상에 잠겨 있습니다. 그러다 달이 둥실 떠오르니 가오루는 또 추억에 잠깁니다.

'하치노미야 님의 금 소리는 요란스럽지 않았으니, 매우 아름답고 몸이 스미도록 부드럽게 퉁겼지.'

"그 옛날 모두가 살아 있을 때 그대도 이곳에서 자랐다면, 옛날을 그리워하는 마음도 깊고 간직한 추억도 많았을 터이지요. 하치노미야 님의 인품이 타인인 나조차 사무치도록 그립습니다. 그대는 어쩌다 히타치 같은 곳에서 세월을 보냈는지요."

아씨는 하얀 부채를 만지작거리며 몹시 부끄러워합니다. 기대어 있는 그 옆얼굴이 투명하도록 하얗고 풋풋한 앞머리 사이로 보이는 얼굴에 큰아씨의 추억이 눈앞에 떠오르는 듯하니 가오루는 가슴이 벅차오릅니다.

가오루는 이만한 용모를 지닌 아씨에게 어울리도록 음악적인 소양을 갖추게 하고 싶다는 생각을 합니다.

"육현금을 퉁겨본 적이 있는지요. 적어도 「가여운 아내」란 곡목의 육현금은 즐겨 연주하셨겠지요."

가오루가 이렇게 물으니 아씨가 대답합니다.

"노래조차 어울리지 않은 시골에서 지내왔는데, 하물며 육현금을 어찌."

대답하는 말투로 보아 그리 볼품없고 눈치 없는 사람이라 여겨지지는 않습니다. 우지는 마음대로 오가기가 쉽지 않으니 마냥 이곳에 숨겨둘 수는 없다고 생각하자 벌써부터 괴로운 심정인 것을 보면 가오루의 애정이 예사로워 보이지 않습니다.

육현금을 밀어놓고 '눈 내리는 소리는 초왕이 난대 위에서 뜯는 밤의 금 소리와 같네'라 노래합니다. 무예를 최고로 치는 터라 활만 쏘는 아즈마 지방에서 오래도록 지내온 시녀 시종은 그 목소리에 감동하고 있습니다.

'참으로 훌륭한, 나무랄 데 없는 목소리야.'

이 노래에 얽힌 고사를 알지도 못하면서 열심히 칭찬을 하니,

실로 교양 없는 소행이라 하겠지요.

　　하얀 눈은 반녀의 침소 안에 버려진
　　가을 부채의 하얀색이요

　이런 앞귀절의 이 노래는 한의 성제의 궁녀였던 반녀가 황제의 총애를 잃었을 때, 여름에는 소중히 쓰였던 부채가 가을이 되면 버려지는 것에 비유하여 자신의 신세를 한탄한 옛이야기를 담고 있습니다.

　가오루는 하필이면 이런 때 어울리지 않는 노래를 불렀다고 후회하고 있습니다.

　변이 과일과 과자 등을 보내왔습니다. 상자의 뚜껑은 단풍잎과 넝쿨잎으로 꾸미고 갖가지 과일과 과자가 정성스럽게 담겨 있습니다. 바닥에 깐 종이에 노인답게 굵직하고 서툰 글씨체로 쓰여 있는 노래가 밝을 달빛에 언뜻 보였습니다. 노래를 들여다보는 가오루의 눈길이 마치 종이 위에 있는 과자를 얼른 먹고 싶어하는 것처럼 보였습니다.

　　겨우살이는 단풍 들어
　　색이 변하는 가을인데
　　달빛은 옛날 그대로
　　맑게 비치니

이렇게 노인다운 고풍스러운 노래가 씌어 있으니 가오루는 거북해 하면서도 절절하도록 그리운 느낌이 듭니다. 변의 체면을 보아 이렇게 중얼거렸습니다.

우지란 지명이나
나의 괴로운 마음은
옛날과 변함이 없는데
방에 비치는 달빛 속에
보이는 사람의 얼굴은
옛사람이 아니니

딱히 답가를 읊는 심정으로 노래한 것은 아닌데, 시녀 시종이 변에게 전한 것이겠지요.

홍매화의 기억

세토우치 자쿠초

우키후네의 등장

이 권은 전권에 이어 하치노미야의 딸들인 우지의 아씨들의 이야기다. 큰아씨는 사망했으므로 이 권의 히로인은 작은아씨와 새로이 등장하는 이복 막내동생 우키후네 두 자매가 된다.

두 아씨 가운데 우키후네는 본편에서 겐지의 사랑을 받은 주요 여성들에 필적하는 중요한 히로인이다. 우지 10첩에서는 그 누구보다 우키후네가 가장 드라마틱한 생을 산다. 그녀가 등장한 후로 큰아씨와 작은아씨의 존재감이 희미해질 만큼 우키후네는 매력적으로 그려져 있다.

이 권에는 「햇고사리」, 「겨우살이」, 「정자」의 세 첩이 실려 있다. 그 가운데 「겨우살이」가 가장 길고, 「햇고사리」와 「정자」는 단편이다.

햇고사리

아버지와 언니를 잃고 우지 산장에 홀로 외로이 남은 작은아씨는 새봄이 찾아왔는데도 마음은 밝아지지 않고 우울하기만 하다. 그런 참에 산사의 아사리가 절의 동자가 따온 고사리와 뱀밥을 하치노미야가 살아 시절에 그랬던 것처럼 보낸다. 작은아씨는 그 답장으로 이런 노래를 보낸다. 이 노래에서 제목이 생겨났다.

모두들 떠나간
올해의 쓸쓸한 봄은
돌아가신 아버님의 유품이라
뜯어 보낸 이 햇고사리
누구에게 보이면 좋으리

작은아씨는 시름에 겨운 나머지 얼굴까지 초췌해져 죽은 큰아씨로 착각할 만큼 모습이 비슷해졌다. 시녀들은 그런 작은아씨의 모습을 보면서 가오루와 결혼했더라면 좋았을 것이라고 안타까워한다.

큰아씨를 잊지 못하는 가오루는 작은아씨와 마찬가지로 새해가 왔는데도 슬픔에 젖어 종종 눈물을 흘린다. 가오루는 니오노미야에게 자신의 마음을 털어놓으며 다소 위로를 얻는다. 다감한 니오노미야는 눈물까지 흘리며 가오루를 동정한다.

니오노미야는 하루빨리 작은아씨를 도읍으로 데리고 오기 위해 가오루와 의논한다. 가오루는 작은아씨를 니오노미야에게 양보한 것을 이제야 후회한다.

니오노미야는 이월 초순, 작은아씨를 도읍으로 맞아들이기로 한다. 작은아씨는 지금 와서 추억이 많은 우지를 떠나기가 힘든 데다 도읍에서 새로운 생활을 하자니 불안하여 주저하며 한탄한다. 그러나 마냥 우지에 있을 수도 없어 니오노미야의 빗발 같은 재촉을 이기지 못하고 도읍으로 올라가기로 한다. 가오루는 후견자 역을 맡아 이사에 필요한 모든 준비에 만반을 기하는 등 세심하게 배려한다.

드디어 우지를 떠나기 전날, 가오루가 우지를 찾아간다. 죽은 언니를 생각하며 눈물에 젖어 있는 작은아씨를 대면하고 절절한 심정으로 대화를 나눈다. 작은아씨는 아름다움과 훌륭함이 한층 더해진 가오루의 모습이 놀란다. 한편 가오루는 작은아씨의 생김이 마치 큰아씨가 살아 있는 것처럼 꼭 닮아 아씨를 니오노미야에게 주고 만 것이 후회스러워 견딜 수 없어한다.

변은 우지에 남을 각오로 출가를 한다. 가오루는 변과 이 세상의 무상함을 한탄한다.

작은아씨는 우지에 대한 미련을 남긴 채 도읍으로 출발한다. 도읍으로 가는 길이 멀고 험한 것을 처음 경험하면서 니오노미야가 우지를 오가는 것이 얼마나 힘들었을지 실감하고 납득한다.

이조원에 도착하자 니오노미야는 작은아씨를 수레에서 안아 내리고, 정성스럽게 대우한다.

가오루도 얼마 후 이조원에서 가까운 삼조궁의 수리가 끝나 이사를 한다. 니오노미야가 작은아씨에게 푹 빠져 더없이 소중하게 대한다는 소문을 듣자 왜 작은아씨를 제 것으로 삼지 않았는지 또 후회가 앞선다.

유기리 우대신은 이달에 여섯째 딸과 니오노미야의 혼례를 계획하고 있었는데 작은아씨가 앞서 올라온 것이 못마땅하여 가오루에게 중재를 요청하는데, 가오루가 단호하게 거절하자 실망한다.

꽃이 흐드러지게 필 무렵 이조원을 찾은 가오루는 니오노미야의 부인으로 안정된 생활을 하고 있는 작은아씨와 대면한다. 니오노미야는 작은아씨와 가오루의 관계에 일말의 불안을 느낀다.

겨우살이

지금의 천황이 동궁이었던 시절 다른 여어보다 빨리 입궁하여 총애를 받고 있었던 후지쓰보 여어는 나중에 입궁한 아카시 여어의 막강한 세력에 밀려 측은한 처지에 놓여 있었다. 천황의 후사를 황녀 하나밖에 낳지 못한 것도 이 여어에게는 비운이었다.

그런데 이 후지쓰보가 낳은 둘째 황녀는 매우 아름다웠다. 어머니 여어는 황녀가 열네 살 때 돌아가셨다. 천황은 후견이 없는 이 황녀를 각별히 어여삐 여기고 장래를 걱정하여 가오루에게 눈독을 들이고 넌지시 그 뜻을 알리며 사위로 삼고자 한다.

가오루는 폐하의 사위가 되는 것은 영광스러운 일이지만 큰아씨가 아직도 마음에서 떠나지 않아 내키지 않아한다.

유기리 우대신은 그런 소문에 점점 더 초조해하며 역시 여섯째 딸은 니오노미야와 맺어줘야겠다고 생각한다. 아카시 중궁도 유기리의 설득에 넘어가 혼담에 동의하면서 니오노미야에게 권한다.

가오루는 폐하의 제안을 거절하지 못하고 둘째 황녀와 약혼한다. 한편 니오노미야도 거부하지 못하고 유기리의 여섯째 딸과 약혼한다.

작은아씨는 그 소식을 듣고 우지를 떠나 온 것을 다시 한 번 후회한다. 돌아가신 아버지의 유언을 거역하고 이런 모욕을 당하는 자신보다 가오루의 사랑을 끝까지 거부하며 출가하려 했던 언니의 사려 깊음을 되새기며 더욱 그리워한다. 그러나 작은아씨는 이미 임신한 상태였다.

니오노미야는 입덧을 하는 여자를 가까이에서 본 일이 없기 때문에 작은아씨가 임신했다는 것을 전혀 눈치채지 못한다. 작은아씨도 말하지 않았기 때문에 니오노미야는 알 리가 없다. 니오노미야와 유기리의 여섯째 딸의 결혼 날짜가 정해졌다는 소식에 작은아씨의 수심은 더욱 깊어진다.

가오루는 그런 작은아씨가 가여워 찾아가본다. 그리고 두 사람 사이를 중재했던 일을 다시 한 번 후회한다.

우지에 다녀온 이야기를 하면서 큰아씨가 그리워 눈물을 흘리는 가오루에게 작은아씨는 출가한 변이 부럽다면서 은밀히 우지에 데려가달라고 부탁한다. 가오루는 그대로 우지에 눌러앉으려는 작은아씨의 속내를 눈치채고 당치 않은 일이라고 단념시킨다. 이렇게 찾아보는 것도 질투심이 많은 니오노미야가 어떻게 생각할까 걱정스러운 가오루는 이래저래 신경을 쓴다.

끝내 니오노미야는 유기리의 여섯째 딸과 결혼한다. 유기리 우대신은 육조원을 더없이 아름답게 치장하고 만전을 기하여 니오노미야를 맞는다. 사흘째 날 밤의 의식도 성대하게 치르는데, 가오루도 그 의식에 참석한다. 니오노미야는 의외로 매력적인 여섯째 딸에게 마음이 끌린다.

이리하여 점차 떨어져 자는 밤이 많은 처지에 놓은 작은아씨는 더욱 근심이 커져 자진하여 가오루에게 편지를 보낸다. 표면적으로는 가오루가 직접 우지로 내려가 하치노미야의 법회를 성대하게 치러준 것에 대한 답례였지만, 직접 만나 고맙다는 말을 하고 싶다는 한마디에 가오루는 기뻐하며 다음날 저녁, 당장 이조원을 찾아간다.

이날 작은아씨는 가오루를 발 안으로 들여놓고, 자신은 휘장과 발 사이에 앉아 대면한다.

가오루는 니오노미야의 변심을 비난하면서 작은아씨를 위로한다. 그러나 작은아씨는 니오노미야에 대해서는 한마디도 하지 않고 우지에 데리고 가달라고 애원한다.

가오루는 작은아씨에 대한 연심을 억누르지 못하고 도망치는 아씨의 소맷자락을 잡고 안까지 쫓아 들어가 억지로 작은아씨 곁에 누워 구구절절하게 사랑을 호소한다.

작은아씨는 뜻하지 않은 사태에 두려워 어쩔 줄 모른다. 굳게 믿었던 만큼 가오루의 도리에 어긋난 사랑에 어떻게 대처하면 좋을지 모르는 채 울기만 한다. 가오루는 작은아씨의 복대를 보고 회임했다는 것을 알고는 더 이상의 행동은 하지 않고 물러 갔다.

그러나 초췌해진 작은아씨의 모습이 점점 더 큰아씨를 닮아 가는 것을 생각하면 더욱 애착이 갈 뿐이었다. 결혼하여 남녀 사이를 알고 있었던 작은아씨가 가오루가 부끄러워할 만큼 매 정한 태도를 보이지 않았던 것이 오히려 가오루의 마음을 부추 겨 단념하기가 어렵다.

가오루는 니오노미야가 오랜만에 이조원으로 돌아왔다는 소 식만 듣고도 질투심에 고뇌한다.

작은아씨는 가오루의 본심을 알자 역시 의지할 사람은 남편 인 니오노미야밖에 없다고 생각하고 원망과 질투심을 감추고 다소 어리광을 피우는 듯한 태도를 취한다.

둥글게 부푼 배에 복대를 두른 아씨의 모습을 본 니오노미야 는 작은아씨를 사랑스럽게 여긴다. 육조원의 긴장된 생활보다 가정적인 이조원 쪽이 심신이 편안하고 만사가 정겨운 니오노미야는 작은아씨를 자상한 말과 정이 넘치는 마음으로 위로한다.

니오노미야는 작은아씨의 옷에서 풍기는 향기가 가오루의 것이 틀림없다는 것을 알고는 두 사람 사이를 의심하면서 집요하게 추궁한다. 작은아씨는 옷을 갈아입었는데 살에 밴 향기까지는 지울 수 없었던 것이다. 뭐라 변명할 말이 없는 작은아씨는 뭐라 비난해도 눈물만 흘린다.

그런데 니오노미야는 애처롭게 우는 작은아씨의 모습에 오히려 애정이 샘솟으니 도저히 버릴 수 있는 마음이 생기지 않는다. 니오노미야는 증거가 될 만한 편지는 없을까 하여 찾아보는데, 그런 것은 전혀 보이지 않는다. 작은아씨의 신변이 걱정스러운 니오노미야는 당분간 이조원에 머물면서 육조원에는 가지 않는다.

가오루는 그 사실에 질투를 하면서도 후견인답게 작은아씨와 시녀들이 육조원에 비해 부끄럽지 않도록 옷가지를 잔뜩 만들어 보낸다.

가오루가 다시 작은아씨를 찾아가 휘장 안까지 들어와 친근하게 말을 거는 터라 작은아씨는 난감하여 어쩔 줄을 모른다. 가오루는 우지에 불당을 짓고 큰아씨의 인형을 만들어놓든 그림을 그려놓든 하여 자신도 근행에 정진하고 싶다는 계획을 털어놓는다.

그 계획을 들은 작은아씨는 지금까지 도망가려고만 하던 태도를 바꿔 가오루 쪽으로 다가가면서 뜻밖의 얘기를 한다. 언니를 아주 많이 닮은 여동생이 있다는 것을 모르고 지냈는데, 요즘 지방에서 도읍으로 올라와 찾아왔기에 만나 보았더니, 정말 쌍둥이처럼 닮아 마치 그리운 언니를 보는 듯하였다는 것이었다.

그 여동생은 하치노미야가 시녀에게서 낳은 딸이었는데, 하치노미야가 자신의 딸이라고 인정하지 않아 여자는 한을 품은 채 다른 남자의 아내가 되었고, 남편을 따라 오래도록 지방에 내려가 있었다.

그 밤, 가오루는 자신이 마음을 억제하고 아무 일도 없었던 것처럼 돌아갔다. 큰아씨를 꼭 닮았다는 배다른 동생에 대해서도, 혹시 만났다가 실망하면 더욱 서운할 것이라 생각되어 만나고 싶어하지 않는다. 아니 작은아씨가 자신의 마음을 다른 곳으로 돌리려 말한 구실에 지나지 않을 것이라고 생각한다.

구월 이십일이 지나 가오루는 우지에 내려간다. 전부다 한층 황폐하고 쓸쓸한 산장에서 변과 절절하게 대화를 나눈다. 산사의 아사리를 불러 산장의 침전을 산사로 이동시키고 불당을 짓겠노라는 계획을 말한다.

그 밤, 가오루는 다시 변과 얘기를 나누는데 변의 입을 통해 돌아가신 친아버지 가시와기 위문독이 살아 있었던 날의 얘기를 듣는다. 가오루는 작은아씨에게서 들은 아씨의 배다른 여동생에 대해 변에게 묻는다.

가오루의 물음에 변은 이렇게 대답한다.

"부인이 돌아가신 지 오래지 않아 시중을 드는 상급 시녀 가운데 중장이라 하여 성격도 그리 나쁘지 않은 이에게 그야말로 은밀히 정을 주셨습니다. 아무도 그 사실을 몰랐는데, 그 사람이 여자 아이를 낳은 탓에 하치노미야 님은 자신의 아이라는 것을 확실히 알면서도 일이 성가시게 되었다 하여 그 후로는 두 번 다시 정을 통하지 않았습니다. 그 뜻하지 않은 일에 넌더리가 나 그 후로는 정말 성승처럼 사신 것이지요. 중장은 시녀로 지낼 수도 없는데다 어디 의지할 곳도 없으니 그만 집을 떠나고 말았습니다. 그 후 미치노쿠의 수의 아내가 되었는데, 그 얼마 후에 도읍으로 올라와, 그때 낳은 딸이 무사히 성장하였다는 것을 넌지시 알려왔습니다. 하치노미야 님께서 이런 편지는 절대 보내서는 안 된다고 내던져버리자, 곱게 키운 보람도 없다면서 낙담하고 슬퍼하였습니다. 그 후 남편이 히타치의 수가 된 탓에 다시 임지로 내려가, 지난 몇 년 동안 소식을 듣지 못하였는데, 올봄에 도읍으로 올라와 이조원의 작은아씨를 찾아갔다는 얘기를 얼핏 전해 들었습니다. 그 아씨는 벌써 나이가 스무 살 정도 되었을 것입니다. 무척이나 귀엽게 성장하였는데, 안쓰럽다고 한때는 구구절절한 편지를 보내기도 하였지요."

가오루는 그렇다면 큰아씨를 닮았을 것이라며 관심을 갖는다. 큰아씨를 닮은 사람이라면 낯선 타국이라도 찾아갈 생각이라고 전해달라며 가오루는 변에게 중재를 청한다.

이 아씨의 어머니는 하치노미야의 정부인의 조카이고 변은 정부인과 종자매이니 두 사람은 혈연관계이다. 아씨는 하치노미야의 자식으로 인정받지는 못했지만 그래도 최소한 하치노미야의 묘소를 찾아보고 싶다고 변에게 요청한다. 만약 아씨가 찾아오면 가오루의 의향을 전하겠노라고 변은 약속한다.

이때 가오루와 변이 주고받은 노래에서 이 첩의 제목이 정해졌다.

그 옛날 이곳에 묵은
추억이 없었더라면
깊은 산 넝쿨잎 아래서 잠드는
나그네의 하룻밤이
얼마나 쓸쓸하였을 것인지

썩어 문드러진 나무처럼
볼품없는 이 늙은이의
외로운 누옥에 묵은
그 추억을 지금도 잊지 않으시니
슬프기만 합니다

가오루가 우지를 다녀온 선물로 아름답게 물든 넝쿨잎을 작은아씨에게 보냈을 때, 우연히 함께 있었던 니오노미야는 넝쿨잎에 묶여 있는 별 뜻 없는 편지를 보고 질투한다. 니오노미야는 작은아씨와 가오루의 사이를 의심하는 마음이 오히려 자극 제가 되어 작은아씨에 대한 애정이 깊어가는 듯하다.

그날은 니오노미야가 비파를 퉁기고 작은아씨는 쟁을 연주하며 단란하게 보낸다. 그 화목한 모습을 본 시녀들은 역시 작은아씨는 복이 많은 사람이라고 생각한다.

그런데 그 후, 사나흘 니오노미야가 이조원에 머물자 유기리 우대신이 궁중에서 바로 이조원에 나타나, 니오노미야를 육조원으로 데리고 가버린다. 작은아씨는 그 당당한 위세에 눌려 우지로 돌아가고 싶다고 간절히 바란다.

정월 말부터 진통을 겪은 작은아씨는 이월 초에 남자 아이를 순산한다. 첫아들을 얻은 니오노미야가 기뻐함은 물론 천황과 중궁까지 매우 기뻐한다. 사람들은 새삼스럽게 작은아씨를 따르며 축하의 말을 전하러 달려온다.

마침 가오루는 약혼녀인 둘째 황녀의 성인식이 겹친데다 추가임명으로 권대납언으로 승진하여 우대장을 겸하게 된다. 아들을 순산한 다섯째 날 밤의 축하 잔치에는 가오루가 축연의 음식물을 정성껏 선물했다.

이달 이십일이 지나 가오루는 드디어 둘째 황녀의 남편이 되어 궁중을 드나들게 된다.

세상 사람들은 신하로서는 최고의 영예인 황녀와의 결혼을 질시하는데, 가오루 자신은 마음이 우울해 즐겁지 않다. 답답한 궁중을 드나들기가 성가셔 둘째 황녀를 삼조궁에 맞기로 하고 그 준비를 서두르지만 가오루의 마음을 차지하고 있는 것은 오히려 우지에 불당을 짓는 일이었다.

가오루는 니오노미야가 없는 틈에 작은아씨를 찾아가 니오노미야의 아들을 본다. 그 귀여움에 감동한 가오루는 큰아씨와 자신 사이에 이렇게 귀여운 아이가 태어났더라면 하고, 해봐야 소용없는 생각을 한다. 아내인 둘째 황녀가 하루빨리 자식을 낳아주었으면 하는 생각은 하지 않으니 정말이지 난감한 성격이다.

가오루는 사월 초쯤에 둘째 황녀를 삼조궁으로 데려오기로 한다. 그 전날, 천황은 황녀의 처소인 비향사에서 송별의 등꽃 잔치를 연다. 대신을 비롯해 쟁쟁한 상달부들이 참석하여 관현 놀이가 화려하게 펼쳐졌다. 각자 특출한 악기를 연주하는 가운데, 사위인 가오루의 젓대 소리가 천상의 소리처럼 들린다. 그 젓대는 예의 가시와기 위문독의 유품이었다. 손님 가운데 가시와기의 동생인 안찰사 대납언은 이 황녀를 얻고 싶었던 탓에 분해하며 가오루를 질투한다.

다음날 밤, 둘째 황녀는 아름답게 치장한 행렬을 거느리고 삼조궁으로 들어간다. 황녀는 기품 있고 차분한 흠잡을 데 없는 분이었다. 가오루는 자신의 행운에 우쭐하는 한편 큰아씨를 잊지 못하는 마음은 여전하여 우지에 세우고 있는 불당에 힘을 기울인다.

사월 이십일이 지나 우지에 간 가오루는 하쓰세에 참배를 하고 돌아가는 길에 산장에 들른 하치노미야의 셋째 딸인 우키후네를 우연히 보고 만다.

우키후네는 가오루가 엿보고 있다는 것을 모르는데, 여행길에 피곤한 기색이 역력하지만 그 모습은 큰아씨를 닮았고 목소리와 말투는 작은아씨를 닮기도 했다.

가오루는 정말 사랑스러운 여자라고 감격한다. 가오루는 변과 대면하고 우키후네의 어머니와 얘기한 결과를 캐묻는다. 변은 우키후네가 돌아가신 하치노미야의 묘소라도 찾아보고 싶다고 해 온 것이라고 전하고, 우키후네의 어머니는 가오루의 의향을 듣자 분에 넘치는 일이라면서 기뻐했다고 한다.

정자

가오루는 우키후네의 매력에 끌리면서도, 열의를 보이는 것은 신분을 잊은 경솔한 처신이라 자제하면서 먼저 편지는 보내지 않고 변을 통해서만 교섭하고 있다.

히타치의 수에게는 전처가 낳은 자식이 많은데다 후처도 자식을 줄줄이 낳은 탓에 후처가 데리고 온 우키후네는 남을 대하듯 냉대하곤 했다.

부인은 그 점을 고심해 어떻게든 이 딸에게 좋은 혼처를 마련해주고 싶었다. 우키후네는 빼어난 아름다움과 자연스러운 기품을 갖춘 미인이라 어머니로서는 데리고 온 자식이라 차별받는 것이 불쌍해 견딜 수 없는 것이다.

히타치의 수는 자신의 재력을 믿고 집도 화려하게 꾸미고 딸들도 도읍의 아씨들 못지않게 애지중지 키우고 있는 덕분에 연문을 보내는 젊은이들이 많다. 그 가운데 좌근위 소장은 인품도 천박하지 않고 당찬 구석도 있어 보이는 터라 어머니는 이 남자라면 우키후네의 사윗감으로 괜찮겠다고 생각하고 편지를 우키후네와 편지를 주고받게 하면서 두 사람 사이를 중재한다.

소장이 열심히 구혼을 하자 어머니는 팔월쯤으로 혼인 날짜를 잡고 딸의 방을 치장하면서 혼례 준비를 한다.

소장이 미처 그날을 기다리지 못하고 결혼을 재촉하자 어머니는 중매쟁이에게 우키후네를, 데리고 온 자식이라고 말한다. 중매쟁이에게 그 말을 들은 소장은 히타치의 수의 재력과 원조에 힘입어 궁핍한 생활을 면해보려는 목적이었는데 우키후네가 히타치의 수의 친자식이 아니라 성가셔 하는 의붓딸이라는 것을 알고 화를 낸다.

심보가 고약한 중매쟁이는 우키후네 대신 아직 어린 히타치의 수의 딸을 추천하며 히타치의 수를 꼬드겨 혼인 약속을 얻어낸다. 그런 줄은 꿈에도 모르는 어머니는 소장이 내일이라도 찾아올 것이라고 만반의 준비를 갖추고 기다리는데, 히타치의 수가 불쑥 나타나 자신의 딸과 소장의 혼담이 이루어져 약속한 날에 찾아올 것이라고 고한다.

소장의 배신에 억장이 무너진 어머니는 작은아씨에게 편지를 보내 잠시 우키후네의 신변을 맡아달라고 부탁한다.

작은아씨는 아버지가 인정하지 않은 여동생이라 하여 잠시 망설이는데, 시녀 대보가 주선하여 이조원의 서쪽 별채에 사람들 눈에 띄지 않는 곳에서 지내게 한다.

어머니와 우키후네는 유모와 시녀 두셋만을 데리고 작은아씨에게 몸을 의탁한다. 어머니는 작은아씨의 행복한 생활을 부러워하면서 자신에게 냉담했던 하치노미야를 원망한다. 어머니는 이삼 일 그곳에 머물다가 니오노미야의 아름다운 모습을 얼핏보고는 감탄한다. 그때 종자들 가운데 섞여 있는 소장의 모습을 알아보고, 그 왜소하고 비굴한 인상에 그런 남자를 사위로 삼으려고 했던 것을 부끄러워한다.

이곳에서 어머니는 가오루의 모습도 보게 되는데, 니오노미야에 뒤지지 않는 훌륭함과 아름다움에 경탄한다. 지금까지 우키후네를 큰아씨 대신으로 삼고 싶다는 가오루의 제안을 신분이 너무 다르다는 이유로 신중하게 생각지 않은 것을 후회한다. 어머니는 가오루와의 중재를 작은아씨에게 부탁하고 돌아간다.

니오노미야가 이조원에 왔을 때 마침 작은아씨는 머리를 감고 있었다. 따분한 니오노미야는 댁내를 거닐다가 서쪽 별채에 머무르고 있는 우키후네에게 눈길이 멈춘다.

누군지 알 수는 없지만 여자의 아름다움에 바람기가 동한 니오노미야는 그 자리에서 우키후네를 붙잡고 곁에 누워서는 어떻게든 여자를 제 것으로 삼으려 한다.

난생처음 그런 경우를 당한 우키후네는 두려운 나머지 어찌할 바를 모른다. 그리고 상대의 말에서 이 댁의 주인인 니오노미야라는 것을 알고 더욱 당황한다. 대가 센 유모가 그 모습을 보고 두 사람 곁으로 다가가 부동명왕처럼 노려보면서 어떻게 든 쫓아 보내려고 하지만 니오노미야는 태연하게 방해꾼인 유모의 손을 꽉 꼬집는다.

유모는 때마침 주변을 살피러 온 시녀 우근에게 유모가 이런 일이 생겨 난감한 지경에 놓여 있다고 있는 그대로 전한다. 우근은 현장을 들여다보고는 깜짝 놀라 작은아씨에게 고하겠노라며 물러간다.

작은아씨는 사정을 전해 듣고 니오노미야의 성벽이 또 도졌다고 한탄하며 우키후네를 가엾게 생각하지만 어쩔 도리가 없다. 그때 아카시 중궁이 몸이 불편하다는 전갈이 와서 니오노미야는 마지못해 우키후네를 놓아주고는 문안차 궁중으로 들어간다.

위기일발로 화는 면했지만 앞일이 걱정스럽다.

작은아씨는 우키후네를 가까이 불러 자상하게 위로하고 아버지 얘기를 하면서 그 밤을 함께 보낸다.

어머니는 유모에게서 그 소식을 전해 듣고 서둘러 우키후네를 이조원에서 데리고 나와 삼조 근처에 마련해둔 허름한 집에 숨긴다.

가오루의 부탁으로 변이 도읍으로 올라가 우키후네에게 가오루의 의향을 전한 밤, 가오루 자신이 불쑥 그 집에 나타나 우키후네와 밤을 지낸다.

우키후네의 수려한 아름다움에 만족한 가오루는 다음날 아침, 우키후네를 수레에 태워 우지로 데리고 간다. 변과 시녀 시종만 수레에 동승해 우지로 향한다. 우키후네는 자신의 의지와는 무관하게 운명에 휘둘려 결국 우지에 살게 된다.

우지 10첩의 재미는 본편 이상으로 자세하게 그려져 있는 등장인물의 심리묘사일 것이다. 주역은 물론 조역과 단역에 이르는 인물까지 굴절된 심리의 씨줄날줄이 세세하고 극명하게 쓰여 있다.

자신이 중재했는데 오히려 그 때문에 작은아씨를 니오노미야에게 양보하고 만 가오루가 후회하면서 니오노미야의 자식을 임신한 작은아씨에게 다가가는 것은 그 우유부단한 성격 탓이다. 정사에 관한 한 빈틈이 없고 온갖 기회를 놓치지 않고 실행에 옮기는 니오노미야의 성격이 점차 명료하게 드러나는 한편, 늘 우물쭈물 고민하고 주저하다가 기회를 놓치기만 하는 가오루의 햄릿적인 성격이 대조적으로 부각된다.

작가인 무라사키 시키부는 과연 어떤 성격을 좋아했을지 궁금하지 않을 수 없다.

작은아씨의 몸에서 풍기는 가오루의 향기가 심상치 않다고 의심하면서도 그런 것마저 슬쩍 용서하고 마는 관대한 니오노미야의 성격도 간과할 수 없다.

그에 반해 가오루는 고지식하고 성실한 반면 상대의 사소한 실수조차 질책하고 용서하지 않는 성격이다. 무라사키 시키부는 이 두 사람의 성격을 분명하게 나누고 있다.

가오루가 작은아씨에게 접근하여 뜻을 이루기 직전까지 간 가오루가 작은아씨의 복대를 보고는 욕정을 억제하고 물러간 것 역시 그 성실한 성품의 반증일 것이다. 이때 복대의 존재감이 실로 크다. 당시 회임의 징표였던 복대는 옷 위로 둘렀다는 설도 있는데, 아무래도 배 위에 직접 둘렀을 것 같다.

가오루가 그것을 알아보았다는 것은 그만큼 두 사람의 육체가 근접해 있었다는 뜻이며 가오루가 뜻을 꺾지 않았다면 작은아씨는 막을 수 없는 상태였다는 것을 암시한다.

그 후 작은아씨는 바로 옷을 갈아입고 아무 일도 없었던 것처럼 니오노미야를 맞았다고 씌어 있는데, 작은아씨 역시 새침하고 철부지였던 우지 시절의 아씨가 아니라, 니오노미야와 유기리의 딸과의 결혼 등으로 헤어져 자는 밤의 괴로움을 경험해 어엿한 여자로 몸과 마음이 성장했다는 것을 알 수 있다. 살에 스민 향기가 사라지지 않았다는 것을 작은아씨 자신은 느끼지 못하지만, 니오노미야가 그것을 증거로 불륜이 있었다고 믿는 것은 이상한 일이 아니다. 아무 일도 없었다고 단언할 수 없는 정황이었으므로 작은아씨가 강경하게 변명할 수 없었던 상황에 설득력이 있다.

가오루의 불합리한 처신에 작은아씨가 성가시다는 투로 거부하는 태도를 보이지 않고 슬며시 거부하면서 부드러운 말투로 상대를 달래는 장면에서도 작은아씨의 성장을 엿볼 수 있다.

또 이런 일이 있은 후 작은아씨가 니오노미야에게 말이 아니라 태도로 어리광을 부리며 자신에게 니오노미야를 붙들어놓으려고 하는 점 등, 흔히 있을 법한 여자의 무의식적인 교태가 느껴진다. 생각해보면 이기적인 일이기는 하지만, 작은아씨가 자기 신변의 위험을 막기 위해 우키후네를 권하여 가오루의 마음을 우키후네에게 돌리는 과정도 실로 자연스럽다.

가오루는 순정파이고 죽은 큰아씨를 언제까지고 잊지 못하는 흔히 볼 수 없는 성실한 남자로 그려져 있는데, 내심 자부심과 자기애가 강해서 황녀와의 결혼을 귀찮아하는 듯 말하면서도 실은 우쭐해하는 점을 작가는 놓치지 않고 묘사했다. 그런 까닭에 집에서는 시녀에게 손을 대면서도, 시녀라는 신분을 경시하며 성욕의 처리만을 위해서 이용하는 냉담함을 놓치지 않고 넌지시 써놓았다.

이 권에서 가장 압권은 뭐니뭐니해도 우키후네의 눈부신 등장일 것이다. 우지 10첩은 하치노미야의 남긴 세 자매의 이야기인데 「겨우살이」에서부터 큰아씨와 작은아씨 이상으로 우키후네의 존재감이 커진다. 친아버지에게 자식이라 인정받지 못하여 아버지의 얼굴도 모르는 출생의 비운이 이 박복한 여인을 더욱 가련하고 사랑스러운 존재로 느껴지게 한다.

키워준 아버지인 히타치의 수가 멀리하는 것도 우키후네의 미색이 남달라 그 앞에서는 친자식이 볼품없이 보이기 때문일 것이다. 타고난 미모와 남자의 마음을 끄는 매력에 넘치는 것은 우키후네의 죄가 아니라 조물주의 탓이다. 그런데 우키후네는 미모와 육체가 지닌 매력 때문에 점차 뜻하지 않은 사건을 불러일으키고 주위에 파란을 일으키면서 가엾은 생애를 살게 된다. 이 드라마틱한 분위기는 우키후네의 신상이며 이야기의 히로인으로서 빼놓을 없는 조건인 셈이다.

하치노미야가 구도에 전념하는 성승과도 같은 인품이었다고 생각해왔던 독자들은, 우키후네의 어머니 중장에 대한 하치노미야의 이기적인 냉혹함에 당황할 것이다.

하지만 가오루가 우키후네를 데리고 우지에 갔을 때, 시골에서 자라 음악적인 소양이 없는 우키후네로서는 부끄럽기 짝이 없는 질문을 하는 등 오만한 태도를 취하는 묘사를 잊지 않은 것을 보면 무라사키 시키부는 인간에게는 다양한 면이 공존하고 있기 때문에 그 성격이 절대 단순하지 않다는 것을 리얼하게 그리려 했다 해야 할 것이다.

우키후네의 양아버지가 된 히타치의 수에 대해서도 단순하고 거칠고 촌스러워 교양도 없고 풍류도 모르면서 매사에 도회인인 척하는 남자로 과감하게 묘사하고 있다. 장식을 위한 가재도구가 너무 많아 아씨들의 머리통밖에 보이지 않는다는 표현에는 웃음이 절로 나온다.

그러나 이 남자는 우스꽝스러운 언행을 하면 할수록 악역으로 추락하는 것이 아니라 오히려 재미가 있어 미워할 수 없다. 그렇기에 우키후네의 어머니가 오랜 세월을 함께 살았을 거라고 수긍이 간다.

재빨리 변심한 공리적인 소장의 성격은 천 년 후인 요즘 세상에서도 흔히 볼 수 있는데, 그런 유형의 남자도 빼놓지 않는 것이 무라사키 시키부다.

『겐지 이야기』에는 때로 해학에 넘치는 장면이 있는데, 니오노미야가 작은아씨에게 몸을 의지하고 있는 우키후네를 발견하고 그 자리에서 제 것으로 삼으려 곁에 누워 이런저런 말로 꼬드기는 장면은 무척 흥미롭다. 이때 작은아씨는 머리를 감고 있었으니까 절대 현장에 나타날 수 없을 것이란 설정이다. 당시 여자들의 머리는 자기 키보다 길었기 때문에 감고 말리는데 하루가 걸렸다. 특히 작은아씨는 머리숱이 많았다고 한다. 그런 머리를 감으려면 길일을 택해야 하니 갑자기 변경할 수도 없다.

이렇게 작은아씨가 머리를 감는 동안에 생긴 일이다. 그런데 우키후네의 유모가 그 자리로 달려와 황당한 일을 당하고 있는 우키후네를 보고는 그 자리에 버티고 앉아 꿈쩍도 하지 않는다. 더구나 부동명왕 같은 표정으로 니오노미야를 노려보았다고 하니 그 형상이 상상이 간다. 히타치에서부터 유모로 지냈던 여자이니 아마도 투박하고 생김새도 좋지 않았을 것이다. 다만 이 유모는 당차고 대가 세다.

만약 니오노미야가 더 이상의 행동을 취한다면 가만있지 않겠다는 표정으로 지켜보고 있다. 제아무리 뻔뻔한 니오노미야라도 유모가 보는 앞에서 우키후네에게 수작을 걸 수는 없다.

귀찮은 사람이라 생각하고 쫓아보내려 유모의 손을 힘껏 꼬집는다.

하지만 유모는 그 정도에 물러나지 않는다. 우키후네는 예기치 못한 사태에 두렵고 부끄러워 혼미한 채로 몸을 떨고 있다. 이 얼마나 해학적인 장면인가.

더구나 현장에 온 작은아씨의 시녀 우근에게 이렇게 거침없이 고하는 것도 재미있다.

"좀 들어보세요. 큰일이 벌어졌습니다. 나는 망을 보느라 꼼짝도 할 수 없습니다."

독자는 우키후네가 당한 재난을 동정하고 대체 어떻게 될 것인가 조마조마하면서도 저도 모르게 웃음을 터뜨릴 것이다.

그리고 작은아씨의 시녀들이 "실제로는 어땠을까?" "거기까지는 못 갔겠지요"라고 노골적으로 쑥덕거리는 장면도 현대와 그리 다르지 않다.

이 권에 실린 3첩만 읽고는 우키후네의 매력을 미처 알 수 없지만, 니오노미야와 가오루라는 숙명적인 라이벌이 한눈에 반했다는 점에서 우키후네의 예사롭지 않은 매력을 감지할 수 있다.

우지 10첩의 재미가 실로 가경에 들어섰다고 할 수 있겠다.

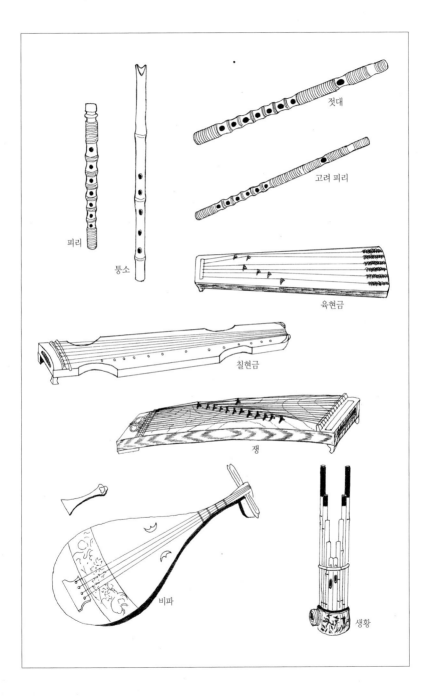

피리

퉁소

젓대

고려 피리

육현금

칠현금

쟁

비파

생황

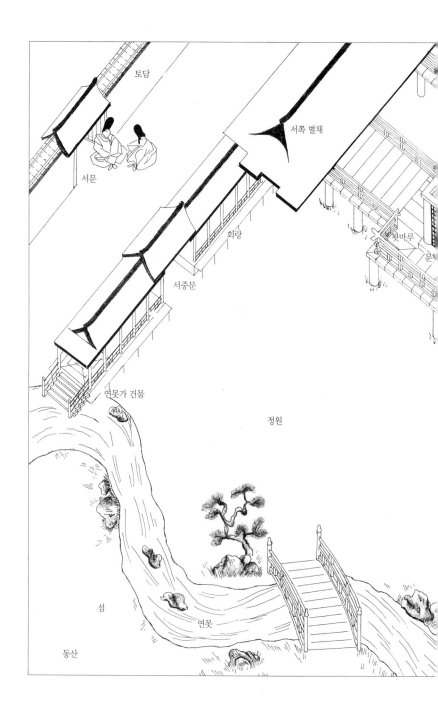

토담

서쪽 별채

서문

회랑

뒷마루

문

서중문

연못가 건물

정원

섬

연못

동산

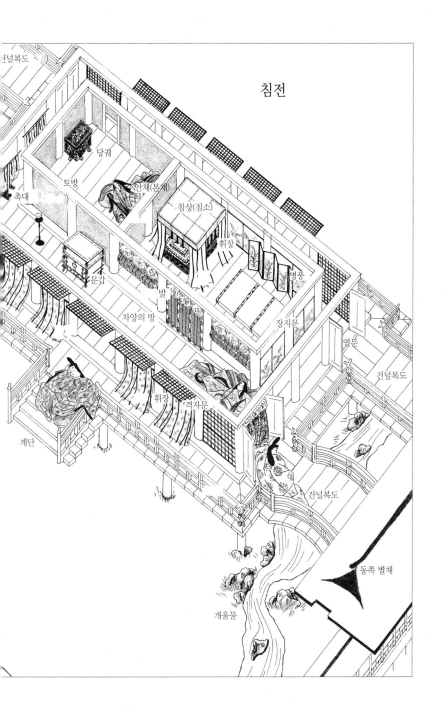

침전

널복도

당궤

토방

안채(본체)

촉대

침상(침소)

휘장

문갑

병풍

발

차양의 방

장지문

옆문

건널복도

계단

휘장   격자문

건널복도

동쪽 별채

개울물

소례복 차림

겉옷

바지(풀 먹인 빳빳한 바지)

성인식 예복

쥘부채

겉겹옷(5겹)

당의

겉치마

겉옷

속바지

평상복 차림

겉옷

쥘부채

건

평상복 차림

쥘부채

가벼운 평상복 차림

홑옷

바지
(대님으로
아랫자락을
묶는 바지)

관

관복 차림

홀

석대

포

속옷자락

겉바지

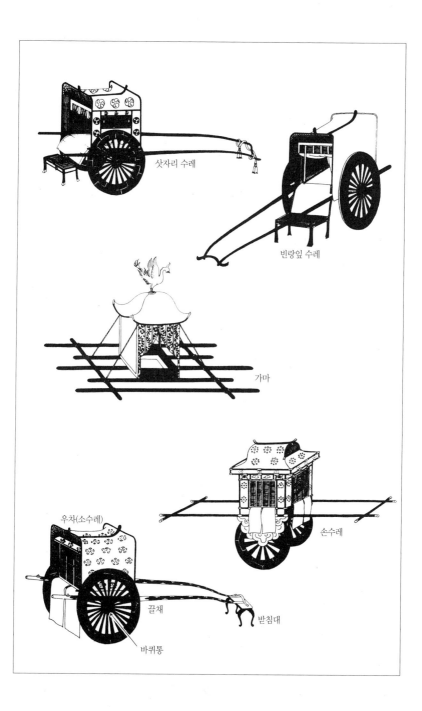

삿자리 수레

빈랑잎 수레

가마

우차(소수레)

손수레

끌채

받침대

바퀴통

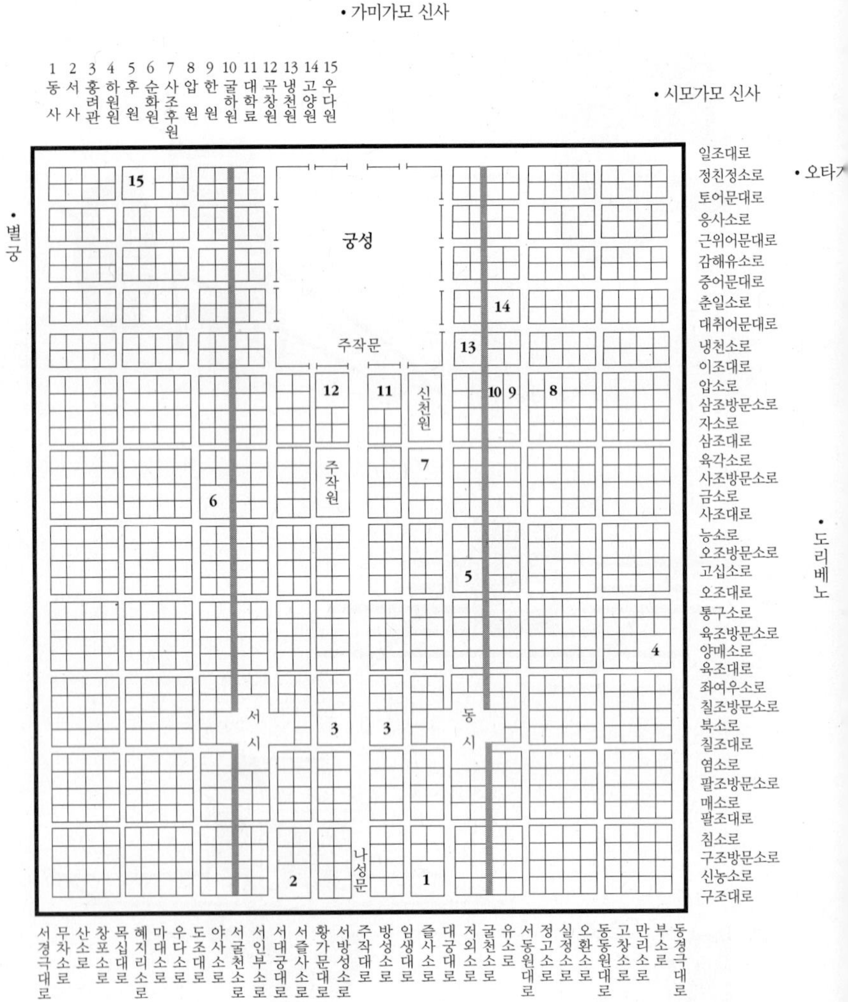

• 가미가모 신사
• 시모가모 신사
• 오타기
• 별궁
• 도리베노
1 동사
2 서사
3 홍려관
4 하원원
5 후원
6 순화원
7 사조후원
8 압원
9 한원
10 굴하원
11 대학료
12 곡창원
13 냉천원
14 고양원
15 우다원
궁성
주작문
신천원
주작원
서시
동시
나성문
일조대로
정친정소로
토어문대로
응사소로
근위어문대로
감해유소로
중어문대로
춘일소로
대취어문대로
냉천소로
이조대로
압소로
삼조방문소로
자소로
삼조대로
육각소로
사조방문소로
금소로
사조대로
능소로
오조방문소로
고십소로
오조대로
통구소로
육조방문소로
양매소로
육조대로
좌여우소로
칠조방문소로
북소로
칠조대로
염소로
팔조방문소로
매소로
팔조대로
침소로
구조방문소로
신농소로
구조대로
서경극대로
무차소로
산소로
창포소로
목십대로
혜지리소로
마대소로
우다소로
도조대로
야사소로
서굴천소로
서인부소로
서대궁대로
서즐사소로
황가문대로
서방성소로
주작대로
방성소로
임생대로
즐사소로
대궁대로
저외소로
굴천소로
유소로
서동원대로
정고소로
실정소로
오환소로
동동원대로
고창소로
만리소로
부소로
동경극대로

헤이안 경

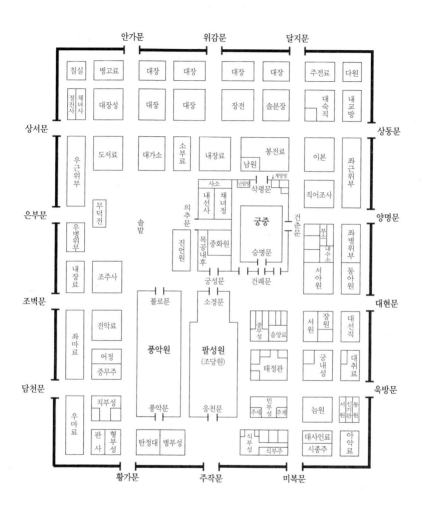

안가문　　　위감문　　　달지문

| 칠실 | 병고료 | 대장 | 대장 | 대장 | 대장 | 주전료 | 다원 |
| 정친사·채녀사 | 대장성 | 대장 | 대장 | 장전 | 솔분장 | 대숙직 | 내교방 |

상서문　　　　　　　　　　　　　　　　　　　　　　　상동문

| 우근위부 | 도서료 | 대가소 | 소부료 | 내장료 | 봉전료 | 이본 | 좌근위부 |

남원　계방방

사소　난림방　삭평문　내선사　채녀정

은부문　　　　　　　　　　　　　　　　　　　　　　　양명문

| 우병위부 | 무덕전 | | 의추문 | 궁중 | | 부소·내소 | 좌병위부 |
| 내장료 | 조주사 | 진언원 | 목공내후 중화원 승명문 | 건춘문 | 서아원 | 동아원 |

궁성문　건례문

조벽문　　　　　　　　　　　　　　　　　　　　　　　대현문

불로문　소경문

| 좌마료 | 전악료 | 풍악원 | 팔성원 (조당원) | 중루성 음양료 서원 장원 | 대선직 |
| | 어정 중무주 | | 태정관 궁내성 | 대취료 |

담천문　　　　　　　　　　　　　　　　　　　　　　　육방문

| 우마료 | 치부성 | 풍악문 | 응천문 | 민부성 주세 주계 | 늠원 | 서원판 신동원판 |
| | 판사 형부성 | 탄정대 병부성 | 식부성 식부주 | 대사인료 시종주 | 아악료 |

황가문　　　주작문　　　미복문

궁성

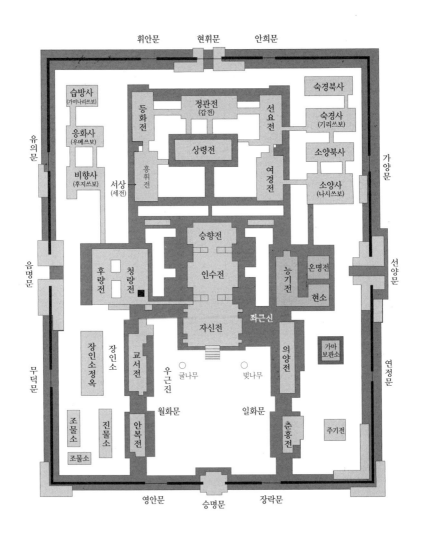

궁중

휘안문　　**현휘문**　　**안희문**

습방사 (가미나리쓰보)

응화사 (우메쓰보)

비향사 (후지쓰보)

유의문

음명문

무덕문

조물소

진물소

조물소

등화전

정관전 (감전)

선요전

상령전

흥휘전

서상 (세전)

여경전

숙경북사

숙경사 (기리쓰보)

소양북사

소양사 (나시쓰보)

가양문

선양문

승향전

인수전

후량전

청량전

능기전

온명전

현소

자신전

좌근진

연정문

장인소정옥

장인소

교서전

우근진

굴나무

벚나무

의양전

가마보관소

월화문

일화문

안복전

춘흥전

주기전

영안문　　**승명문**　　**장락문**

280

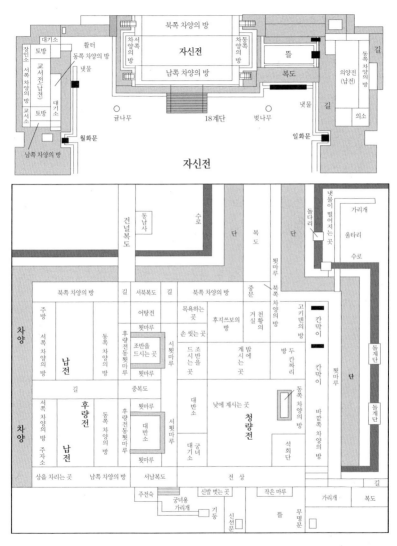

자신전

청량전 · 후량전

관위	신기관	태정관	중무성	식부성	치부성	형부성	병부성	민부성	대장성	궁내성	좌우대사인료	도서료	내장료	아악료	현번료	제릉료	주계료	목공료	대학료	주세료	좌우마료	좌우병고료	음양료	전약료	내장료	봉전료	대취료	주전료	재궁료
정종1위		태정대신																												
정종2위		좌우내대신신신																												
정3위		대납언																												
종3위		중납언																												
정4위		참의	경				경																							
종4위	백	좌우대변																												
정5위		좌우중변 좌우소변	대보				대대 판사보																							
종5위	대부	소납언	소대시 감물종				소보											두	문장박사								두		두
정6위	소부	좌우대외기 대사	대대기승				중대 판사승											조	명경박사					시 의					조
종6위	대소우우		소중감 승물				소소대 판주 사승약																		조					
정7위		좌우소외기 소사	대소소대 내감주 록기물령				판대 사대 대속록											대윤	명법박사	조교				음천주의 양문금박 박박박 사사사사					대윤
종7위			감대 물전 주전약				대소 해주 부약											소음 박윤 윤사	산박 박사 사	서박 박 사				역음누침 박양각박 사사사사	의 윤 사				소윤
정8위	대사		소소 주록 령				판소중 사해 소속록부																							
종8위	소사		소전약				소해부											대속	소속				마의사				대속		속
대초위																												소속		
소초위																														

관의상당표

관\위	동서시사	수옥사	정천사	조주사	내선사	준인사	직부사	채녀사	주수사	후궁	춘궁방	중궁직	수리직	좌우경직	대선직	좌우근위부	좌우위문부	좌우병위부	탄정대	장인소	검비위사	감해유사	대재부	진수부	안찰사	국사하국	국사중국	국사상국	국사대국
정종1위																													
정종2위																				별당									
정3위																													
종3위									상시							근위대장			윤				수						
정4위										부										두									우에노·히타치·카즈사노 태수
종4위									전시		춘궁대부	중궁대부	대부	대부		근위중장	위문독	병위독	대필		별당	장관	대이		안찰사				
정5위															대선대부	근위소장			소필										
종5위									장시		춘궁학사		형	형			위문좌	병위좌		5위장인		차관	소이	장군				수	수
정6위			정		봉선		정												대충·소충	6위장인			대감				수		
종6위									정			대진	대진	소진		근위장감	위문대위	병위대위				판관	소감·대판사	군감		수		개	개
정7위													소진				위문소위		소충		소위		대전·소판사·군조	기사					대연
종7위			우		전선											근위장조		병위소위				주전	박사					연	소연
정8위							우		우				대속				위문대지		대소		대지		의사·전사·산사·소공				연		
종8위													소속				위문소지	병위소지	소소		소지			군조				목	대목·소목
대초위		영사				영사																					목		
소초위									영사																	목			

계보도

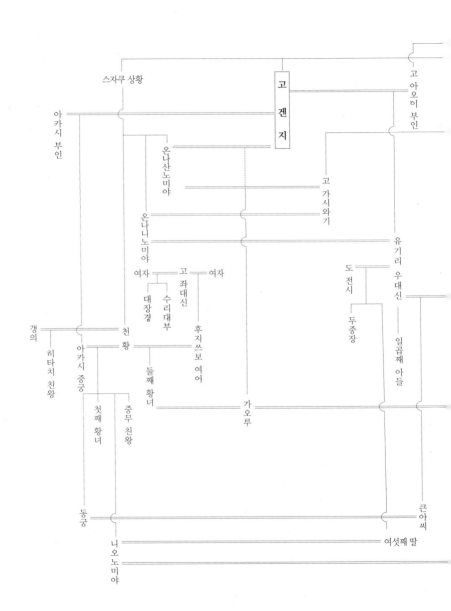

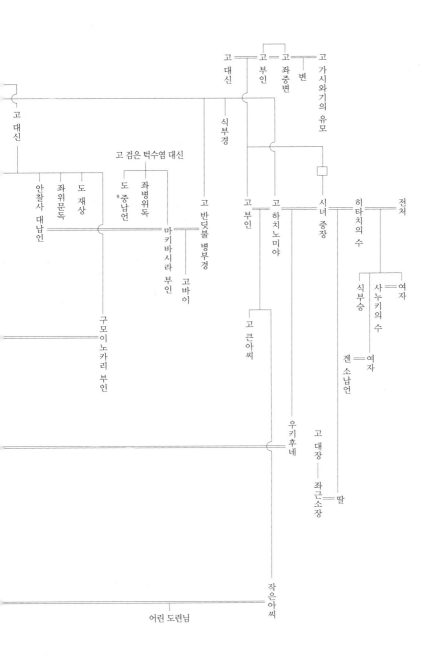

연표

첩	황제	가오루 나이	주요 사항
46 메밀 잣밤나무 47 갈래머리	43 홍매	24	여름, 후지쓰보 여어 서거. 가을, 가오루는 여어의 둘째 황녀와 혼담이 오가는 가운데, 큰아씨를 추모한다. 니오노미야는 유기리의 여섯째 딸과 혼담이 있다.
48 햇고사리 49 겨우살이	긴 조 제	25	정월, 우지의 아사리 작은아씨에게 산나물을 보낸다. 이월, 작은아씨 탈상, 큰아씨를 잃은 슬픔을 안고 도읍의 이조원으로 들어간다. 가오루는 작은아씨에게서 큰아씨의 모습을 본다. 가오루, 개축한 삼조궁으로 이전 준비. 이십여일, 유기리의 여섯째 딸 성인식. 여름, 둘째 황녀 탈상. 가오루는 큰아씨를 추모하면서도 둘째 황녀와의 혼담을 승낙. 니오노미야와 유기리의 여섯째 딸의 혼담이 성사. 작은 아씨는 회임을 하지만 니오노미야와 여섯째 딸의 결혼 소식에 번뇌하면서 언니가 현명하였다고 생각한다. 가오루가 작은아씨를 찾아가, 그녀를 니오노미야에게 양보한 것을 후회하고 연모하는 뜻을 밝힌다. 팔월 십육일, 니오노미야, 유기리의 여섯째 딸과 결혼. 작은아씨, 이를 비탄한 나머지 가오루에게 우지로 데려가줄 것을 부탁하나, 오히려 설득당한다. 가오루는 큰아씨의 인형을 우지에 만들고 싶다는 의중을 작은아씨에게 털어놓는다. 작은아씨는 자신을 연모하는 가오루의 심정에 난감해하면서 이복 자매인 우키후네의 존재를 알린다. 니오노미야가 작은아씨와 가오루의 사이를 의심하지만 작은아씨에 대한 애정은 더욱 깊어진다.
50 정자		26	이월, 작은아씨가 니오노미야의 아들을 출산, 성대한 출산 축하연이 줄잇는다. 둘째 황녀는 성인식을 치르고 가오루와 혼인, 사흘밤의 의식. 삼월, 니오노미야의 아들의 오십일 축하연. 사월, 천황의 등꽃 연회. 가오루, 둘째 황녀의 거처를 삼조궁으로 옮긴다. 여름, 새로 짓는 불당을 보기 위해 우지로 내려간 가오루가 우키후네를 엿본다. 가을, 우키후네의 어머니 중장이 우키후네와 좌근위 소장의 결혼을 준비한다. 그러나 소장은 혼약을 파기하고 히타치의 수의 딸과 혼약. 중장은 이를 비탄하여 우키후네를 작은아씨에게 맡긴다. 작은아씨가 가오루에게 우키후네를 권한다. 니오노미야가 우키후네의 존재에 솔깃해한다. 우키후네, 삼조의 오두막으로 거처를 옮긴다. 구월, 가오루가 우지를 찾아가 변으로부터 우키후네의 소재를 듣는다. 변이 삼조의 오두막집으로 우키후네를 찾아간다. 가오루, 우키후네를 찾아가 만난다. 가오루, 우키후네를 우지 산장으로 데리고 간다.

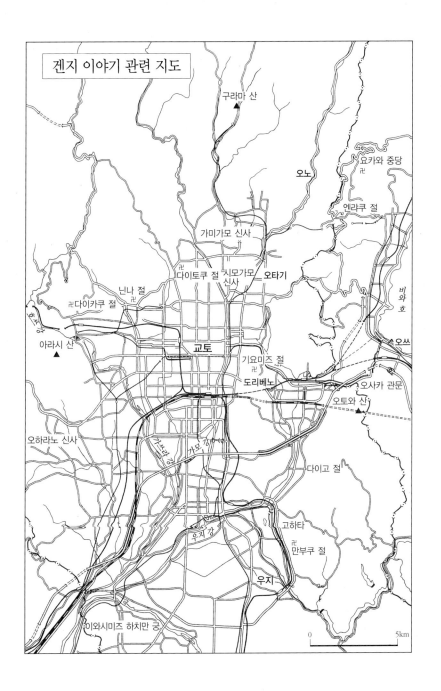

겐지 이야기 관련 지도

구라마 산

오노

요카와 중당
卍

엔랴쿠 절
卍

가미가모 신사

다이토쿠 절 卍 시모가모
卍   신사

오타기

닌나 절
卍 다이카쿠 절   卍

비
와
호

아라시 산

교토

오쓰

기요미즈 절
卍

도리베노

오사카 관문

오토와 산

오하라노 신사

가쓰라
강   가모 강

다이고 절
卍

우지 강

고하타

만부쿠 절
卍

우지

이와시미즈 하치만 궁

0   5km

어구 해설

가모賀茂**의 축제** 가모 신사에서 행하는 축제. 접시꽃 축제를 뜻한다. 음력 사월 중순의 유일(酉日).

갑전匣殿 궁중의 정관전(貞觀殿)에 있는 의류 재봉소. 대신의 집안에도 있다. 제7권 「떡갈나무」 첩에 나오는 갑전은 후자.

갱의更衣 천황의 부인으로 여어의 다음가는 지위. 대납언 이하 집안의 딸이어야 될 수 있다.

겐지源氏 미나모토(源)란 성을 가진 씨족을 칭하는 말이다. 따라서 겐 씨라고 번역해야 하지만 『겐지 이야기』에서는 주인공의 이름 역할을 하기 때문에 소리를 그대로 살렸다.

경신날 밤의 놀이 경신일(庚申日) 밤, 밤을 새워 노래를 하고 관현악을 즐기는 풍습. 도교에서는 그날 밤에 자면 사람의 몸 안에 사는 벌레(尸蟲) 세 마리가 하늘로 올라가 천제(天帝)에게 나쁜 일을 밀고하여 일찍 죽게 한다고 한다.

고하타木幡 **산** 우지에서 도읍으로 올라가는 길목에 있는 산. 오늘날의 고하타 동쪽 산기슭이나 모모(桃) 산 부근이라고 한다. '야마시나 고하타 고을에는 타고 갈 말은 있어도 일부러 걸어오네, 그대를 생각하니'(『습유집』, 「잡사랑」·가키노모토노 히토마로柿本人麿). 도적들이 출몰하는 위험한 곳.

공달公達 귀족의 자녀.

국화가 서리를 맞아 색깔이 변하니 당시에는 서리를 맞아 색깔이 변한 국화를 아름답게 여겼다.

굽 달린 잔, 굽 높은 잔 키가 높은 다리가 하나 있는 대. 식기 등을 올려놓는다.

근신勤慎 음양도(陰陽道)의 금기. 불길한 일을 피하기 위해 집에서 조신하게 지내야 한다.

근행勤行 부처 앞에서 경을 읽거나 회향(回向)을 하는 것.

금 현이 일곱 줄인 현악기. 칠현금 기러기 발(柱)이 없고, 주법이 어렵다. 뛰어난 음악은 뛰어난 정치와 통한다는 유교적 이념에 근거하여 황족과 상류층 귀족들이 즐겨 연주하였으나, 『겐지 이야기』 시대에는 거의 연주되지 않았다고 한다. 『우쓰호 이야기』(宇津保物語)에서는 신비로운 악기로 귀히 여겨졌고, 『겐지 이야기』에서는 황족들이 주로 연주한다.

나리히라業平 아리와라노 나리히라(在原業平, 825~880). 헤이제이(平城) 천황의 황자 아보(阿保) 친왕과 간무(桓武) 천황의 황녀 이토(伊都)의 아들. 자이고(在五) 중장이라 불렸다. 6가선 가운데 한 사람으로 『고금집』, 「가나 서문」에 '정열이 너무 넘쳐나서 표현에 부족함이 있다'고 평가되어 있으며, 그의 시 30수가 수록되어 있다. 『이세 이야기』의 주인공으로 거론되나 허구를 많이 포함하고 있다고 여겨진다.

내교방内教方 궁중의 무희에게 여악, 답가를 가르치는 곳. 히타치(常陸)의 수(守)가 내교방의 악인이라면 음악의 전문가일 테니, 딸의 교육에 좋을 것이라고 생각한 것은 시대에 뒤떨어진 감각이다.

내세에서도 변하지 않겠노라는 약속 일련탁생(一蓮托生)의 맹세.

내장료内蔵寮 중무성(中務省)에 속하는 기관. 보물, 헌상품 등을 관리하고, 천황, 황후의 장속(裝束), 봉폐(奉幣) 등을 관리한다.

노송나무 기둥 삼나무나 노송나무로 만든 굵고 훌륭한 기둥. 궁전이나 귀족의 저택에 사용한다.

노송나무 바구니 노송나무를 얇게 깎아 구부려 만든 바구니. 내부를 칸막이로 나눠 사용한다.

황금뇌물을 받고 좋게도 나쁘게도 그릴 수 있는 화가 중국 왕소군(王召君)의 고사를 반영하고 있다. 왕소군은 전한(前漢) 원제(元帝)의 후궁이었다. 화공에게 뇌물을 주지 않아 모습이 추악하게 그려진 탓에 황제의 총애를 얻지 못하고 흉노족의 비로 보내졌다. 출발에 앞서 그 모습을 본 황제는 왕소군이 후궁 가운데 가장 미인이라는 것을 알고 화공을 처형했다는 고사.

눈물의 강에 베개마저 떠오를 듯한 심정 흐르는 눈물이 강을 이뤄 몸과 베개가 뜰 정도란 말은 비탄을 강조하기 위한 상투적인 표현.

능직물綾 갖가지 무늬를 섞어 짠 견직물.

다듬이 천을 부드럽게 하거나 광택을 내기 위해 천을 두드리는 도구. 겨울철에 대비해 가을에 다듬이질을 하는 경우가 많다. 그 소리가 애수를 띠고 있어 시와 노래의 소재로 사용되었다.

다이라노 시게쓰네平重経 사자(使者)의 이름. 우근은 니오노미야의 신뢰를 얻기 위해 이름을 구체적으로 밝힌다. 『겐지 이야기』에서 등장인물의 실명이 분명하게 밝혀지는 경우는 신분이 낮은 자에 한한다.

대보大輔 작은아씨의 시녀.

대장경大藏卿이나 수리대부修理大夫 대장경은 대장성(大藏省)의 장관. 정4위 하에 상당한다. 수리대부는 수리직 장관. 종4위하에 상당.

두툼한 종이 참빗살나무 껍질로 만든 종이. 하얗고 두꺼워 소식을 전하는 편지에 사용한다. 연문에는 적당하지 않고 풍류가 없다. 미치노쿠(陸奥) 종이라고도 한다.

마타리女郞花 가을꽃. 글자로부터 여자에 비유되는 일이 많다.

머지않아 날이 밝았습니다 길고 긴 가을밤이 짧게 느껴질 정도로 사랑에 빠진 모습.

명향名香 불전에 피우는 향. 뛰어난 향.

미치노쿠陸奥의 수 미치노쿠는 오늘날의 아오모리(靑森), 이와테(岩手), 미야기(宮城), 후쿠시마(福島) 현 전역과 아키타(秋田) 현의 일부. 미치노쿠의 수(守)는 종5위 상.

바둑 중국에서 전래된 유희. 둘이 대좌하고 바둑판에 흑백의 돌을 번갈아 놓아, 넓은 지역을 차지한 자가 승리한다.

반섭조盤涉調 아악 6조의 하나. 반섭(서양음계의 H에 가까운)을 주음으로 하는 단조 선율. 겨울의 선율로 가볍다.

반혼향反魂香 한(漢) 무제(武帝)의 비 이부인(李夫人)의 고사. 총애하던 이부인이 죽자 무제는 방사에게 영약인 '반혼향'을 피우게 했는데, 연기 속에 부인의 모습이 나타났다고 한다.

밤을 지키는 스님 밤에도 침소 가까이에 대기하면서 가지기도(加持祈禱)를 하는 승.

방향이 막히게 된다 음양도에서 중신이 지상에 있는 동안은 그 방향이 막힌 다 하여 그 방향을 피한다. 그 전날, 다른 방향에 있는 집에 머물고, 외 출을 할 때도 그 방향으로는 가지 않는다.

변弁 가시와기의 유모의 딸. 불행한 결혼으로 지방으로 내려갔다가 다시 도읍으로 돌아와 아버지 좌중변의 연줄로 우지에 몸을 의지하게 된다. 우지 하치노미야의 부인과는 종자매. 가오루의 출생에 관한 비밀을 알 고 있는 사람이다.

복상服喪 죽은 사람과의 관계에 따라 일정 기간 상복(喪服)을 입고 근신하 는 것. 자매의 경우는 경복(輕服)으로 석 달 동안이다.

불길하니 혼자서는 달을 보지 마세요. 달 보기를 꺼리는 것은 중국에서 전래된 미신. 화가(和歌)에서도 흔히 볼 수 있는 발상이다.

비파琵琶 나라(奈良) 시대 이전에 페르시아나 인도에서 중국을 거쳐 전래 된 현악기. 목에 주(柱)가 붙어 있다. 4현 4주의 악비파(樂琵琶)와 5현 5주의 맹승비파(盲僧琵琶)로 크게 나뉜다. 『겐지 이야기』에 등장하는 비파는 전자이다. 현이 수평이 되도록 들고 회양목으로 만든 술대로 긁 어 연주한다. 반딧불 병부경과 아카시 부인이 비파의 명수였다.

빈랑잎 수레 빈랑잎을 잘게 찢어 가마의 사면과 지붕을 덮은 수레.

사가원嵯峨院 제3권 「솔바람」 첩에서 겐지가 짓도록 한 것인가. 제6권 「봄 나물 상」 첩에서 무라사키 부인이 주최한 겐지의 마흔 살 축하연이 있 었던 곳.

사이바라催馬樂 고대 가요. 원래는 민요였지만 헤이안 시대에 아악에 편성 되었다. 반주는 홀, 박자, 육현금, 비파, 칠현금, 피리, 대금, 생황 등이 한다. 춤은 없다. 궁중이나 귀족의 연회석, 사원의 법회 등에서 불렀다.

사흘밤의 축하 신혼 사흘째 밤, 남녀가 함께 떡을 먹는 풍습. 남자가 여자 의 집을 드나들었던 시대에는, 이 의식을 치러야 결혼이 성립된 것으로 보았다. 떡은 하얀색.

삿자리 병풍 삿자리를 댄 병풍.

삿자리 수레 가마의 지붕과 옆에 가늘게 다듬은 노송나무와 대나무, 갈대 등으로 엮은 자리를 댄 수레. 격식이 낮아 4, 5위 이하가 상용했다. 상달부(上達部)는 단출한 외출 때에 사용했다.

상달부上達部 섭정, 관백, 태정대신, 좌우대신, 내대신, 대중납언, 참의 및 3위 이상의 관직에 있는 사람들.

생황笙 중국에서 온 관악기. 나무로 된 받침대에 17개의 대나무 관을 세우고 받침대 옆에 있는 구멍을 불어 소리를 낸다.

소반 나무 쟁반에 다리를 붙인 것. 그릇 등을 올려놓는다.

소장少將 작은아씨의 시녀.

속겹옷下襲 관복 차림을 할 때, 포(袍) 속에 입는 옷. 그 자락을 길게 늘어뜨린 것을 속옷 자락이라고 한다.

수령受領 실제로 임지에 내려가 정무를 집행하는 국사의 최고 지위.

술로 장식한 수레 갖가지 색실로 치장한 수레. 귀부인용. 타는 사람이 신분에 따라 색이 다르다.

시소侍所 상황, 친왕, 섭정가 등에서 집안일을 관장하는 사람들의 대기소.

식부경式部卿 제9권 「정자」 첩에서 처음 등장한다. 기리쓰보 선황의 황자이며 겐지, 하치노미야와는 형제.

식부승式部丞**에 장인**藏人**을 겸하고 있는 자** 식부성의 3등관이며 장인소의 직원인 자. 모두 6위에 상당한다. 히타치(常陸)의 수(守)의 전처의 아들.

쌍조雙調 아악 6음계의 하나. 양악의 G음에 가까운 쌍조를 주음으로 하는 여(呂)선율 음계. 봄의 음계.

아사가오朝顔 『만엽집』 이후, 무궁화, 도라지꽃, 메꽃 등 다른 식물의 이름이라는 설이 있었으나, 『겐지 이야기』에서는 오늘날의 나팔꽃을 뜻한다. 허망함의 상징. 또 '가오'란 호칭에서 사람의 얼굴이 연상된다.

아사리阿闍梨 인도의 고대 언어로 교수, 규범이란 뜻. 불교에서는 제자를 인도하고 모범이 되는 고승을 뜻한다. 천태, 진언종의 승려로 조정이 임명한 승.

악령, 귀신, 원령 산 사람의 몸에 들어간 죽은 사람의 원혼이나 산 사람의 영. 병의 원인으로 여겨졌다.

안찰사按察使 지방 행정의 감시관. 이 시대에는 명목만 있는 임직이었다.

안찰사 군 온나산노미야의 시녀. 가오루의 연인. 제6권 「봄나물 하」 첩에 등장하는 인물과는 나이로 보아 다른 사람으로 보인다. 가오루는 결혼에는 소극적이었지만 연인은 많았다.

안찰사 대납언 제7권 「다케 강」 첩에서 가오루를 사위로 삼고 싶어했다.

안찰사 대납언 집안의 고바이紅梅 반딧불 병부경과 마키바시라 부인 사이에서 태어난 딸. 병부경이 죽은 후, 마키바시라 부인이 안찰사 대납언과 재혼하자 대납언의 의붓딸이 되었다. 제7권 「홍매」 첩에서 니오노미야가 관심을 보였다는 기술이 있다.

앞을 물리는 사람 귀인의 행렬 가장 앞에 서서, 통행인들을 물리는 사람.

앞을 물리는 역으로 4, 5위 사람들이 꽤나 많이 작은아씨의 수레를 고관들이 수행하여 앞을 물리고 있는 것은 니오노미야의 위세에 따른 것이다.

액막이 제 신에게 기도하며 죄와 부정을 씻어내는 것, 또는 그 행사. 원래 계(禊)와는 다르다. 계보다 액막이 제가 광범위하며, 전자는 개인적이고 자발적인 것인 데 반해, 후자는 사회적이고 강제적이었다. 그러다가 헤이안 시대 이후에는 혼동되었다.

여呂 음악의 음계. 장조 선율.

여어女御 천황의 후궁. 황후와 중궁의 뒤를 잇는 지위. 통상 황족이나 섭정, 관백, 대신의 딸이어야 될 수 있었다.

여자의 성인식 처음으로 겉치마를 입고 머리를 올린다. 보통 열두 살에서 열네 살경에 치른다.

역박사曆博士 중무성(中務省) 음양료(陰陽寮)에 속한 직원. 정원 한 명.

열엿새 밤의 달 음력 십육일의 달. 달이 늦게 뜬다.

옛날에 죽은 자식이 가여워 그 시신을 주머니에 넣어 오랜 세월 목에 걸고 있었다는 사람도, 부처님의 공덕으로 결국은 그 시신 주머니를 버리고 불도가 되었다 친어미가 계모의 손에 죽은 자식의 시신을 목에 걸고 불도에 귀의했다는 속설.

오십 일이 되는 날을 생후 오십 일이 되는 날. 떡을 만들어 부모와 조부 등이 젓가락으로 떡을 아기의 입에 넣어주는 축하 의식을 치른다.

오타기愛宕 **산에 은신하는 성승** 교토 시 사쿄(左京) 구의 오타기 산. 수험도(修驗道)의 성지. 고야쇼닌(空也上人, 903~972)과 신제이(眞齋, 800~860) 승정을 암시한다는 설도 있다.

우경 대부右京大夫 우경직 장관. 종4위하에 상당한다. 경직(京職)은 좌우로 나뉘어 있으며, 도읍의 사법, 치안을 관장한다.

우근右近 작은아씨의 시녀. 대보(大輔)의 딸.

우두전단牛頭栴檀 향나무의 일종. 인도의 고즈(牛頭) 산에서 자란다.

우지宇治, **우지**宇治 **산** 현재의 교토 부 우지(宇治) 시 부근. 하세(長谷) 절로 참배하러 가는 길목에 있다. 산수의 풍광이 아름다워 헤이안 시대 귀족들의 별장지였다.

운韻**을 맞히는 놀이** 옛 시가의 운을 가리고, 시의 내용으로 가려진 운자를 맞히는 놀이.

유모乳母 어머니를 대신하여 갓난아이의 수유와 양육을 담당하는 여자. 일반적인 시녀와는 다른 권한이 있었다. 주군에 대해서도 친모와 다름없는 애정으로, 운명을 함께하며 봉사하는 경우가 많다.

육현금六絃琴 일본 고유의 악기. 야마토 금(大和琴), 아즈마 금(東琴)이라고도 한다. 일정한 주법이 없어 즉흥적으로 연주한다.

율律 음악의 음계. 단조적인 선율.

음양박사 음양료(陰陽寮)에 속하는 박사들. 천문, 역수, 점 등을 행하는 박사.

이조원二条院 니오노미야의 사택. 이곳에 작은아씨를 맞는다.

인형 사람의 모습을 본뜬 것으로, 제의나 기도 때, 죄나 부정을 옮겨 가게 하여 신사의 냇물에 떠내려 보내는 인형. 우키후네를 큰아씨의 인형으로 삼는 것은 불길한 전개를 암시한다.

입궁入內 특히 황후, 중궁, 여어 등이 될 사람이 정식 의식을 거쳐 후궁으로 들어가는 것.

자단紫檀 인도 원산의 콩과 수목의 이름. 붉은색을 띠며 딱딱하다. 닦으면 나무결이 곱다. 가재도구류에 사용한다.

작물소作物所 장인소(藏人所)에 속하는 기관. 궁중의 도구류를 관리한다.

장인藏人 장인소의 관리. 장인소는 원래 천황의 기밀문서나 도구류를 보관하는 납전(納殿)을 관리하는 기관. 천황 직속이라 점차 직무가 확대되어 궁중 의식과 천황의 일상 업무를 다루는 중직이 되었다. 5위 장인 외에 6위 장인에게도 전상의 방에 오를 자격이 있었다.

쟁箏 현이 13줄인 금. 나라 시대에 중국에서 전래되었다. 현은 1~5현까

지를 태서(太緒), 6~10현까지를 중서(中緒), 11~13현까지를 세서
(細緒)라고 한다. 『겐지 이야기』 시대에 일반적으로 연주된 금은 쟁이
었다.

전동 무구(武具)의 일종. 화살을 꽂아 등에 메는 것이나, 보통은 허리에
찼다.

전상인殿上人 4위, 5위 중에서 청량전(淸涼殿) 전상의 방에 오를 수 있는
자. 또는 5위, 6위 장인을 뜻한다.

젓대 길이 40센티미터 정도에 구멍이 일곱 개 있다. 중국에서 전래되었
고, 아악에서는 좌악(左樂), 사이바라 등에 사용된다.

정월에 거행하는 궁중의 연회 궁중의 내연. 정월 이십일일, 이십이일, 이십삼
일 가운데 자일(子日)에 한다. 장소는 궁중의 인수전(仁壽殿).

제帝 '미카도'라고 읽는다. 천황을 의미하는 미카도는 절대 권력자는 황
제와는 개념이 다른 일본 고유의 존재이다.

조신朝臣 조신은 공경(公卿)에게 붙이는 존칭.

죄를 씻기 위해 강물에 신사의 곁을 흐르는 강물로 계(禊) 등을 치르는 강.

주먹밥 찐 밥을 주물러 달걀 모양으로 만든 밥.

죽은 큰아씨의 혼을 찾아가는 것 중국 백거이의 시 「장한가」(長限歌)에서 현
종의 명을 받은 도사가 양귀비의 혼을 찾아 해상에 있는 봉래산(蓬萊
山)으로 갔다는 고사가 반영되어 있다.

중매쟁이伊賀專女 '이가토메'라 읽는다. 늙은 여우 또는 노파란 뜻을 담고
있다. 듣기 좋은 말로 사람을 꼬이는 여우 같다는 뜻.

중무中務 **친왕**親王, **고즈케**上野 **친왕**親王, **중납언**中納言 **미나모토**源 **조신**朝臣 중
무 친왕은 아카시 중궁이 낳은 황자로 니오노미야의 동생. 고즈케 친왕
은 가계가 분명치 않다. 중납언 미나모토는 가오루를 뜻한다.

중장中將 우지(宇治) 하치노미야의 부인의 조카. 하치노미야의 시중을 들
다가 우키후네를 얻는다.

창가唱歌 금(琴)이나 비파의 선율을 입으로 노래하는 것. 또는 연주하면
서 선율에 맞춰 노래를 부르는 것.

천향淺香 향나무의 일종. 침향류. 목질이 딱딱하지 않아 침향과 달리 물에
넣어도 가라앉지도 뜨지도 않는다.

첫날밤을 치르고 난 후의 편지 남녀가 동침을 한 다음날 아침, 남자가 여자에게 보내는 편지. 이르면 이를수록 성의가 있다고 여겨졌다.

출산 축하연 출산 후 3, 5, 7, 9일째 밤에 치르는 축하연. 친족들이 의복과 음식을 선물한다.

친근한 친구끼리는 밤과 낮 새벽 없이 당시의 속담인가. 친한 사람들끼리는 밤낮을 가리지 않고 교류한다는 뜻.

친왕親王 황족의 칭호. 천황의 자식, 또는 자손으로 친왕 선하를 받은 자.

칠현금七絃琴 현이 일곱 줄인 현악기. 기러기 발(柱)이 없고, 주법이 어렵다. 뛰어난 음악은 뛰어난 정치와 통한다는 유교적 이념에 근거해 황족과 상류층 귀족들이 즐겨 연주했으나, 『겐지 이야기』 시대에는 거의 연주되지 않았다고 한다. 『우쓰호 이야기』에서는 신비로운 악기로 귀히 여겨졌고, 『겐지 이야기』에서는 황족들이 주로 연주한다.

침沈 침향. 서향과의 상록 고목(高木)으로 열대산이다. 목질이 무거워 물에 가라앉는다. 향료나 가재도구류의 재료로 쓰인다. 흑색이며 품질이 좋은 것을 가라(伽羅)라고 한다.

큰아씨의 혼이 천공을 떠돌면서 성불하지 못하고 하늘에서 떠도는 것.

탈상脫喪**의 예** 복상(服喪) 기간이 끝나 상복(喪服)을 벗는 의식. 강에서 몸을 정결히 한다.

턱수염이 텁수룩한 숙직자宿直者 하치노미야의 산장의 숙직인. 제8권 「하시히메」 첩에서 가오루에게 옷을 하사받고, 그 향에 어쩔 줄을 몰라했던 자.

판돈 바둑이나 쌍륙(雙六)을 할 때 승패에 거는 돈.

하쓰세初瀨**의 관음**觀音 나라 현 사쿠라이(櫻井) 시 하쓰세에 있는 하세(長谷) 절의 관음. 진언종 풍산파(豊山派)의 총본산인 풍산 신락원(神樂院). 헤이안 시대 관음 신앙의 성지로 참배객의 줄이 끊이지 않았다.

하얀 부채 반녀(班女)의 부채를 연상시킨다.

햇고사리 막 싹이 움트는 고사리.

홋쇼法性 **절** 데이신(貞信) 공 후지와라노 다다히라(藤原忠平, 880~949)가 925년에 구조가와라(九条河原)에 지은 절.

황종조黃鍾調 **가락** 아악 6음계의 하나. 서양음악의 A음에 가까운 황종의

음을 주음으로 하는 선율. 여름의 음계.

후견後見 뒤를 보살피는 것. 또는 그 사람. 주종, 부부, 친자, 정치적 보좌 등 다양한 관계에 이용되었다.

후주쿠粉熟 과자의 이름. 쌀, 보리, 콩, 깨 등을 가루로 떡을 쪄서 돌외의 즙을 짜서 졸인 감미료와 함께 죽통에 넣어 굳힌 것.

후지쓰보藤壺 **여어** 女御 현 천황인 긴조(今上) 제의 후궁. 새 첩이 시작될 때 '후지쓰보'란 호칭이 등장하는 것은 제6권 「봄나물 상」 첩과 같다. 후지쓰보가 죽은 후, 황녀의 처우가 문제되는 것도 비슷한 점.

히다飛駄**의 장인**匠工**이 원망스럽게 느껴질 정도로 격의를 둔 문** 히다의 장인이 어떤 문으로 들어가려고 하든 문이 닫히고 마는 한 칸짜리 조그만 당(堂)을 세워, 화가인 구다라노 가와나리(百濟川成)을 곤경에 빠뜨렸다는 일화(『곤자쿠今昔 이야기』 권24, 25)가 반영되어 있다.

히타치常陸 **친왕**親王 히타치 지방의 태수인 친왕. 친왕은 임지에 부임하지 않는다.

히타치常陸**의 수**守 히타치는 오늘날의 이바라기(茨城) 현. 친왕이 다스리는 곳이나 친왕은 부임하지 않고 실무는 차관(次官)인 개가 맡았다. 그 때문에 제9권 「정자」 첩에서는 개(介)를 수(守)와 통용하고 있다.

작성자: 다카기 가즈코(高木和子)

인용된 옛 노래

가여운 아내

　밖에서 기다리다 정자의 처마 끝에서 떨어지는 빗물에

　젖고 말았으니 그대 집 문을 열어주시오

　걸쇠나 자물쇠라도 있다면 문을 걸어 잠그겠지요.

　어서 그 문 열고 들어오세요.

　저를 결혼한 여자라고 생각하시는지요

　　＊사이바라의 율 「정자」

가을밤은 길고도 깊은 법인데

　마냥 긴긴 밤이라

　생각할 것도 없네

　옛부터 만나는 이에 따라

　달라지는 가을밤의 길이이니

　　＊『고금집』, 「사랑3」 · 오시코치노 미쓰네(凡河內躬恒)

가을 하늘을 올려다보면 평소보다 수심이 한결 더하는 듯합니다

　황혼 속 홀로 불당 앞에 서니

　땅 위를 덮은 회화나무와 나무에 넘치는 매미 울음소리

　본디 사계절은 모두 마음이 괴로운 것이나

　그중에서도 단장의 슬픔 깊은 것은 가을이니

　　＊『백씨문집』 권14, 「모립」(暮立)

가을밤이 머지않아 밝아오나

　마냥 긴긴 밤이라

　생각할 것도 없네

옛부터 만나는 이에 따라

달라지는 가을밤의 길이이니

＊『고금집』, 「사랑3」·오시코치노 미쓰네

　＊가을의 긴 밤이 짧게 느껴질 정도로 사랑에 빠져 있는 모습.

고하타 산

야마시나 고하타 고을에는

타고 갈 말은 있어도

일부러 걸어가네

그대 생각을 하며

＊『습유집』, 「잡사랑」·가키노모토노 히토마로(柿本人麿)

「괜한 누명을 씌우지 말고」

한때는 그대의 사랑을 굳게 믿은 적도 있건만

괜한 누명을 씌우지 말고 그저 잊어주길

＊『후찬집』, 「사랑2」·작자 미상

그 옛날, 내가 소맷자락을 잡아

사랑했던 이 추억의 홍매는

예나 지금이나 같은 향기를 풍기는데

뿌리째 옮겨 심을 곳은

이미 내가 사는 곳과는 다른 곳

＊「햇고사리」 첩, 가오루의 노래

색보다 향이 더욱 뛰어나구나

누가 소맷자락 스쳐

그 향을 우리 집

매화꽃에 배게 한 것일까

＊『고금집』, 「봄상」·작자 미상

그대가 몸을 던지겠다던

깊은 눈물의 강바닥으로

나 역시 몸을 던졌다 한들

늘 그리워 견딜 수 없는 그 사람을

잊을 수는 없으리니

＊「햇고사리」 첩, 가오루의 노래

이내 몸은 눈물의 강바닥 쓰레기 되어

그리움에 애태울 때면

강물을 타고 떠돌기도 하니

✽『습유집』, 「사랑4」· 미나모토노 시타고(源順)

그리움에 한도가 있어

언젠가는 사라질

이 세상이라면

그리움에 한도가 있어

언젠가는 사라질 이 세상이라면

이토록 오랫동안

마음 태우지 않았으련만

✽『고금화가육첩』 제5

깨가 쏟아지도록 금실 좋은 부부

어찌 이리도 만나기가 어려운가

깨가 쏟아지도록 금실 좋은 부부 되자

맹세했건만

✽『이세 이야기』 28단

꽃 가운데 오직 국화만을 사랑하는 것은 아니나

꽃 가운데 오직 국화만을

사랑하는 것은 아니나

이 꽃에 마음을 두는 것은

이 꽃이 지고 나면

내년 봄까지 달리 꽃이 없기 때문이니

✽『화한낭영집』 권상 「국화」· 겐신(元稹)

꽃의 색이며 새의 지저귐 소리를 계절과 함께 즐기면서

꽃과 새의 향과 지저귐 소리를

보지도 듣지도 않는 우울한 이내 몸은

모처럼의 계절을 헛되이 보낼 뿐이네

✽『후찬집』, 「여름」· 후지와라노 마사타다(藤原雅正)

나 혼자만 괴로우니 모든 것을 원망한다

세상이란 예로부터

이렇듯 괴로운 것일까
그럴 리 없으니
이는 나 혼자만의 탓으로
그리 되었으리
    *『고금집』, 「잡하」·작자 미상

그저 내 신세 하나가 괴로운 탓에
모든 이 세상을 원망하고 마는구나
    *『습유집』, 「사랑5」·기노 쓰라유키(紀貫之)

나는 내 마음대로 처신할 수 있는 입장이 아닙니다
좋다 싫다 딱부러지게 말할 수 없으니
내 뜻대로 되지 않는 남녀 사이 괴로워라
    *『후찬집』, 「사랑5」·이세(伊勢)

내 남은 목숨이 그리 길지는 않을 터인데
내 남은 목숨이 그리 길지는 않을 터인데
이내 마음은 어찌 어부가 따오는 해초처럼
천 갈래로 흐트러지는 것일까
    *『고금집』, 「잡하」·작자 미상

내 몸 하나의 슬픔도 힘겨운데
그저 내 신세 하나가 괴로운 탓에
모든 이 세상을 원망하고 마는구나
    *『습유집』, 「사랑5」·기노 쓰라유키

눈 내리는 소리는 초왕이 난대 위에서 뜯는 밤의 금 소리와 같네
하얀 눈은 반녀의 침소 안에 버려진 가을 부채의 하얀 색이요
눈 내리는 소리는 초왕이 난대 위에서 뜯는 밤의 금 소리와 같네
    *『화한낭영집』(和漢朗詠集) 권상 「눈」·손교(尊敬)
    * 한(漢) 무제(武帝)의 총애를 받았던 반녀가 조비연에게 총애를 빼앗기자 가을이 되어 버려진 부채에 자신을 비유했다는 고사가 있다. 가오루는 우키후네와의 관계가 지금 막 시작되었는데 자기도 모르게 불길한 시구를 읊조리고 만다.

눈물에 젖은 승복을 입은
그대와 이 내가
다를 것이 무에 있으랴
파도에 떠다니는 듯한 불안에 나 역시 눈물로 소맷자락 적시고 있으니

*「햇고사리」첩, 작은아씨의 노래

　내 발로 떠다니는 배를 타고서도

　하루도 파도에 젖어

　눈물 흘리지 않는 날이 없으니

　*『후찬집』, 「사랑3」· 오노노 고마치(小野小町)

되찾고 싶구나

　되찾고 싶구나

　지금의 내가

　지난 그 옛날의 나라고 생각되도록

　*『겐지석』

드넓은 하늘 질러가던 달도

이 집 위에 멈추어

밝게 비추고 있는데

기다리는 이 밤이 지나도록

모습을 보이지 않는 매정한 그대여

　*「햇고사리」첩, 니오노미야의 노래

　드넓은 하늘 질러가던 달도

　서쪽 산 자기 집으로 들어가거늘

　그대는 구름 저 멀리 떠나가듯

　내 집을 지나쳐가니

　*『모토요시(元良) 친왕어집』

뜰에는 수북하게 낙엽이 떨어져 있는데, 그것을 밟고 오는 사람의 흔적조차
없는 광경

　가을이 오니

　뜰에는 단풍이 수북 쌓였네

　허나 낙엽 깔린 길을 밟고

　오는 사람은 없으니

　*『고금집』, 「가을하」· 작자 미상

「만났으나 만나지 못한 듯」

　잠들 새도 없이 바로 날이 밝는 여름밤은

　그리운 사람을 만났으나 만나지 않은 듯하니

*『겐지석』

참으로 이런 일이 있을 줄은 몰랐네

만나도 만나지 않은 듯

아무 일 없이 밤을 지새울 줄이야

*1004년 5월 아쓰미치(敦道) 친왕

매화가지 꺾으니 소매에 그 향내가 배었네

매화 가지 꺾으니

소매에 그 향내가 배었네

그 소매 매화꽃인 줄 알고

꾀꼬리가 찾아와 자꾸만 지저귀네

*『고금집』,「봄상」·작자 미상

목숨을 소중히 하여 오래 사세요. 그리고 지켜보세요.

지금은 알 수 없으나 지켜봐다오

오래오래 산다면

내가 그대를 잊는지

그대가 나를 잊는지

*『고금집』,「이별」·작자 미상

몸이 저미도록 슬프니 서늘한 가을바람마저 무정하게 여겨지는가 봅니다

가을에 부는 바람은

대체 어떤 색 바람이기에

이리 몸이 저미도록 슬픈 것일까

*『사화집』(詞花集),「가을」·이즈미 시키부(和泉式部)

법화경의 약왕품

만일 어떤 이가 이 약왕보살본사품을 듣고 능히 기뻐하며 거룩하다 찬

양하면

그 사람 현세, 입에서는 항상 푸른 연꽃 향이 나고

온 몸의 털구멍에서는 항상 우두전단의 향이 날 것이니

*『법화경』,「약왕보살본사품」(藥王菩薩本事品)

봄날의 어두운 밤은 아무런 소용이 없으니

봄날의 어둔 밤은 아무런 소용이 없으니

매화꽃은 어둠 속에 보이지 않으나

향내만은 숨길 길 없어
* 『고금집』, 「봄상」· 오시코치노 미쓰네

봄은 봄이되 옛 봄은 아니니

달은 달이되 옛 달이 아니고

봄은 봄이되 옛 봄은 아니니

이내 몸은 변치 않았건만
* 『고금집』, 「사랑5」· 아리와라노 나리히라, 『이세 이야기』 4단

불길하니 혼자서는 달을 보지 마세요

어두운 곳에 온통 낀 이끼는 방금 내린 비에 젖고

아주 작고 차가운 이슬은 가을이 왔음을 느끼게 하네

달빛을 보며 옛일을 생각하지 말지어다

그리하면 그대는 용모를 상하게 되고 나이를 먹게 되니
* 『백씨문집』· 권14 · 증내

홀로 자는 외로움 견딜 수 없어

잠자리에서 일어나

불길하다 꺼리지 않고

하염없이 저 달 바라보네
* 『고마치집』(小町集)

사노 나루터에는 비를 피할 집도 없거늘

비가 내리니 난처하구나

미와 곳 사노 나루터에는

비를 피할 집도 없거늘
* 『만엽집』 권3 · 나가노 이미오키마로(長忌寸奧麻呂)

산에 산에 안개가 끼는 이 경치를 버리고…

오래 살아 정 들었나

꽃 피지 않는 고을에

저 기러기

봄 안개 피어오르는

경치를 버리고 날아가니
* 『고금집』, 「여름」· 작자 미상

새벽녘에 피었다가 바로 색이 바래는구나

　나팔꽃 꽃색깔은

　덧없는 세상을 보여주는 것인가

　새벽녘에 피었다가 바로 색이 바래는구나

　❋『화조여정』(花鳥余情)

색이 바래는 것조차 아까운

　색이 바래는 것조차 아까운 가을 싸리건만

　가지가 꺾일 만큼 이슬이 맺혀 있네

　❋『습유집』,「가을」· 이세

세상이 시름에 겨운 것인지 그 사람이 매정한 것인지

　세상이 시름에 겨운 것인지

　그 사람이 매정한 것인지

　어부가 따온 해초에 사는 벌레는 아니지만

　실은 내 자신 탓에 이리 괴로운 것이었으니

　❋『고금집』,「잡하」· 작자 미상

세키 강이 겉으로는 얕은 듯 보여도

실은 깊은 것처럼

내가 그대를 어여삐 여기는 것도

매정하게 구는 겉보기와는 달리

그 속은 쉼없이 타오르니

　❋「겨우살이」 첩, 가오루의 노래

　그대는 나를 매정한 사람이라 여기겠으나

　세키 강의 흐름처럼 그대와 나 사이가 끊기는 일은

　결코 없으리라 생각하니

　❋『야마토 이야기』 106단

소리 없는 산골

　그리움이란 힘든 것이니

　소리내어 울자꾸나

　소리 없는 산골은

　어디에 있는 걸까

　❋『고금화가육첩』 제2

손짓하는 곳이 많아

　불제에 쓰는 닥나무 술처럼

　그대에게는 손짓하는 곳이 많아

　그대를 좋아하지만 믿지는 못하네

　손짓하는 곳이 많다고

　남들은 말하지만

　불제에 쓰는 닥나무 술이

　강물에 흘러 한 곳에 도달하듯

　나도 그대를 마지막 의지처로 생각하니

　　＊『이세 이야기』 47단

싫다 하면 싫다할수록 오히려

　이상하게도 상대가 싫다 하면 싫다 할수록

　오히려 그리움은 쌓여만 가네

　어찌하면 이 괴로움을 없앨 수 있으리

　　＊『후찬집』, 「사랑2」 · 작자 미상

　마스다 연못의 순채는

　아무리 싫다 해도 계속 생긴다 하니

　나 또한 상대를 아무리 미워해도

　그리움만 쌓여가네

　　＊『겐지석』

쓰르라미 우는 소리

　쓰르라미 울어대자

　날 저물고 말았다 생각하니

　이곳은 산그늘이었네

　　＊『고금집』, 「가을상」 · 작자 미상

쓰쿠바 산에서 자란 히타치의 수의 의붓딸을 험악한 산길을 헤치고서라도 찾
아가 만나고 싶은 마음이 있었으나

　쓰쿠바 산에는

　낮은 산 숲이 울창한 산

　이런저런 산이 많으나

　그 속으로 들어가자 하여

어려울 것은 없네
　＊『신고금집』, 「사랑1」 · 미나모토노 시게유키(源重之)

아무도 천년솔처럼 오래 살 수 있는 세상은 아니라 생각하자
　안타까워라
　남녀 사이란 뜻대로 되지 않는 것인가
　그 누구도 천년의 수명을 다할 수 없는데
　　＊『고금화가육첩』 권4

아비 심정에 이런 딸을 두고 애를 태우는 것도 무리는 아니라
　어둠 속을 걷는 것도 아닌데
　자식 둔 부모 마음은
　자식 생각에 어쩔 줄 모르고
　길을 헤매이누나
　　＊『후찬집』 권15, 「잡1」 · 후지와라노 가네스케(藤原兼輔)

아직도 혼이 덜 났다 여기고
　아직 혼이 덜 났는지
　또다시 공연한 소문이 날 것 같구나
　그 사람을 여전히 마음에 두고 지내니
　　＊『고금집』, 「사랑3」 · 작자 미상

앞서고 뒤서는 사별의 아픔만은
　나뭇잎 끝에 맺힌 이슬과
　나무 밑동에 돋은 물방울은
　먼저 죽고 나중 죽는
　세상 사람의 비유일런가
　　＊『신고금집』, 「애상」 · 헨조(偏照)

어부가 낚시라도 할 수 있을 만큼
　사랑의 그리움에 소리내어 우니
　어부가 낚시라도 할 수 있을 만큼
　하염없이 흐르는 눈물로
　베갯머리를 적시고 있네
　　＊『겐지석』

얼굴에는 나타나지 않으나
참억새의 가슴에 품은 연심
사뭇 애틋하게 이슬에 젖은
옷자락으로 손짓하는 억새처럼
유혹하는 편지 부지런하니
  *「겨우살이」첩, 가오루의 노래

  억새는 가을 들판
  풀들의 옷자락인가
  그 이삭 그리움에
  손짓하듯 보이니
  *『고금집』,「가을상」·아리와라노 무네야나(在原棟梁)

옛사람의 소맷자락 향기가 난다
  오월 기다려 피는 귤꽃 향내 맡으면
  그 옛날 그리운 사람 소맷자락에서
  나던 향기가 떠오르네
  *『고금집』,「여름」·작자 미상; 『이세 이야기』60단

오래 살다 보니
이렇듯 기쁜 시절도 만날 수 있었는데
행여 세상이 허망하다 하여
우지 강에 몸을 던졌다면
  *「햇고사리」첩, 대보의 노래
  * '신세를 괴로워하다'란 뜻의 말과 '우지'는 동음이의어.

  마음속으로 빌고 빌며
  의지하여 살아왔노라
  하쓰세 강가의 두 줄기 한 뿌리인 삼나무처럼
  그 사람을 만나는 기쁜 시절이 오지 않을까 하여
  *『고금화가육첩』권3

  이렇게 다시 만나는 날도 오는 것을
  이곳에 머물러 이 한 몸을
  우지 강처럼 괴로운 신세라
  한탄하고 있었네
  *『모로스케집』(師輔集)

오바스테 산의 달

　내 마음 끝내 달랠 수 없었네

　사라시나의 오바스테 산을

　비추는 달을 보고
　※『고금집』, 「잡상」· 작자 미상

이 세상에는 아무런 미련이 없음은 물론이요 염증이 나고 말아

　그저 내 신세 하나가 괴로운 탓에

　모든 이 세상을 원망하고 마는구나
　※『습유집』, 「사랑5」· 기노 쓰라유키

이 정원의 꽃가지를 하나 꺾도록 허락하마

　그대 집 정원에는

　아름다운 꽃이 소담스레 피었다 들었으니

　청하건대 그 봄이 한창인

　꽃가지를 하나 꺾도록 해다오
　※『화한낭영집』 권하, 「사랑」

이 풍진 세상에 살기보다는 산골 깊은 곳에서 호젓하게 사는 것이 더 편하다

　산골에 살다 보면 적적하기는 하여도

　괴로움 가득한 풍진 세상보다는

　살기가 편하니
　※『고금집』 잡하 · 작자 미상

「이세 바다」

　이세의 깨끗하고 아름다운 바닷가에서

　조개를 줍자 구슬을 줍자
　※사이바라의 율 「이세 바다」

이와세 숲의 두견새

　그립다면 몸소 찾아오시오

　이와세 숲의 두견새는 아니나

　사람을 통해 나를 불러내려 하다니
　※『겐지석』

인생살이란 짧은 것

　어차피 짧은 인생살이

목숨이 다하기를 기다리는 동안은

괴로움 겪는 일이

적었으면 하구나

＊『고금집』, 「잡하」· 다이라노 사다훈(平貞文)

자식을 생각하는 아비 마음의 어둠

자식 둔 부모 마음은

어둠 속을 걷는 것도 아닌데

자식 생각에 어쩔 줄 모르고

길을 헤매이누나

＊『후찬집』 권15 · 「잡1」· 후지와라노 가네스케

「존귀하도다」

존귀하도다 오늘의 존귀함이여

옛날에도 옛날에도 이리하였을까

오늘의 존귀함이여 오늘의 존귀함이여

＊사이바라의 여「존귀하도다」

죄를 씻기 위해 신사의 냇물에 떠내려 보내는

사랑치 않겠노라

냇물로 몸을 씻고 맹세하였으나

신은 그 기원을 받아들이지 않았으니

＊『이세 이야기』 65단

「주인 없는 집의 벚꽃은
스스럼없이 바람에 날리며 지는구나」

띠가 무성한

황폐한 집의 벚꽃은

바람에 날리며

스스럼없이 지는구나

＊『습유집』, 「봄」· 에교(惠慶)

타인의 신세타령을 들으면서 소맷자락을 짜낼 듯이 눈물을 흘리고

이 한 몸이 괴로워

세상을 '괴로운 세상'이라 이름 붙이니

그 탓에 타인의 신세까지 슬퍼지는 것일까

*『고금집』, 「잡하」·작자 미상

하찮은 물거품에나 비유될 몸인걸요

물거품이 꺼지지 않고 떠 있듯

겨우 살아 있는 괴로운 이 내 몸이나

흐르는 물처럼 목숨을 부지하여

슬퍼하면서도 역시 그대를 믿지 않을 수 없으니

*『고금집』, 「사랑5」·기노 도모노리(紀友則)

햇빛은 덤불숲이든 어디든 고루 비친다

햇빛은 덤불숲이든 어디든 고루 비치니

지금은 옛 도읍이 된 이소노카미의 고을에도 꽃이 피네

*『고금집』, 「잡상」·후루노 이마미치(布留今道)

흘러내리는 눈물의 강에 베개마저 떠오를 듯한 심정이니

홀로 자는 이부자리에

고인 눈물에

무거운 돌베개마저 뜰 듯하구나

*『고금화가육첩』제5·가키노모토노 히토마로

당신에게 버림받아

흘리는 눈물의 강물

넘쳐흘러 베개가 떠내려가는 것일까

*『습유집』, 「잡사랑」·작자 미상

지은이 **무라사키 시키부**(紫式部, 978년경~1014년경)는 헤이안(平安) 시대 중기에 활약한 여류작가로, 일본의 가장 위대한 문학작품이자 세계에서 가장 오래된 완전한 장편소설로 일컫는 『겐지 이야기』(源氏物語)의 저자다. 진짜 이름은 알려져 있지 않으며, '무라사키'라는 별명은 『겐지 이야기』의 여주인공 이름에서 딴 것으로 전해진다. 무라사키 시키부의 생애를 알려주는 주요 자료로는 1008~10년까지 쓴 일기가 있으며, 이것은 그녀가 모셨던 중궁 쇼시(彰子)의 궁정생활을 엿보게 해준다는 점에서도 상당히 흥미롭다. **일부**에서는 『겐지 이야기』의 집필시기를 무라사키 시키부의 남편인 후지와라노 노부타카(藤原宣孝)가 죽은 1001년부터 그녀가 궁정에서 시녀로 일하기 시작한 1005년까지로 보고 있다. 그러나 이 길고 복잡한 작품을 쓰는 데는 훨씬 더 오랜 세월이 걸려 1010년 무렵에도 끝나지 않았을 가능성이 더 많다. 한편 히카루 겐지가 죽은 뒤의 이야기는 다른 작가가 썼다고 보는 견해도 있지만, 이 책을 현대어로 옮긴 세토우치 자쿠초는 무라사키 시키부가 오랜 세월을 두고 이 소설을 완성했을 것이란 설을 내세우고 있다.

현대일본어로 옮긴이 **세토우치 자쿠초**(瀨戶内寂聽, 1922~)는 일본 도쿠시마 현에서 태어나 도쿄 여자대학교를 졸업한 뒤 결혼한 남편과 중국으로 건너갔으나, 종전을 맞이해 일본으로 돌아온 뒤 작가의 길로 들어섰다. 1972년 불교에 귀의하고 종교활동과 집필활동을 병행하고 있다. 세토우치 자쿠초는 『겐지 이야기』에 대해 남다른 조예와 애정을 가진 작가로, 많은 글과 여러 활동을 통해 『겐지 이야기』의 매력을 널리 알리는 데 힘쓰고 있으며, 특히 『겐지 이야기』의 현대어역은 겐지 붐을 일으키는 계기가 되기도 했다. 2006년 문화·저술 부문에 이바지한 공로를 인정받아 문화훈장을 받았다. 저서로는 『석가모니』 『다무라 준코』 『여름의 끝』 『꽃에게 물어봐』 『백도』 『사랑과 구원의 관음경』 등이 있으며, 무라사키 시키부의 『겐지 이야기』를 현대어로 옮겼다.

옮긴이 **김난주**(金蘭周)는 1958년 부산에서 태어나 경희대학교 국문과를 졸업하고 같은 학교 대학원에서 수학했다. 일본 쇼와 여자대학교에서 일본 근대문학을 전공하여 석사학위를 받은 후, 오쓰마 여자대학교와 도쿄 대학교에서 일본 근대문학을 연구했다. 옮긴 책으로는 한길사에서 펴낸 세토우치 자쿠초의 『겐지 이야기』, 시오노 나나미의 『어부 마르코의 꿈』 『콘스탄티노플의 뱃사공』을 비롯해, 요시모토 바나나의 『키친』, 에쿠니 가오리의 『냉정과 열정 사이』 『언젠가 기억에서 사라진다 해도』, 오가와 요코의 『박사가 사랑한 수식』, 마루야마 겐지의 『천년 동안에』, 시마다 마사히코의 『천국이 내려오다』, 나라 요시토모의 『작은별 통신』 등이 있다.

감수자 **김유천**(金裕千)은 한국외국어대학교 일본어과를 졸업하고, 일본 도쿄 대학교 인문과학연구과에서 석사학위, 인문사회계연구과 일본문화연구전공으로 박사학위를 받았다. 현재는 상명대학교 일본어문학과 조교수로 있다. 저서로는 『일본의 연애가』(공저) 등이 있으며, 주요 논문으로는 「일본문학과 일본인의 성의식 연구 ―『源氏物語』를 중심으로」 「『源氏物語』의 논리와 주제성」 「『源氏物語』의 불교」 등이 있다.